J STERLING

Vale a pena se apaixonar

Traduzido por Marta Fagundes

1ª Edição

2024

Direção Editorial:	**Revisão Final:**
Anastacia Cabo	Equipe The Gift Box
Tradução:	**Arte de capa:**
Marta Fagundes	Bianca Santana
Preparação de texto:	**Diagramação:**
Ana Lopes	Carol Dias

Copyright © J. Sterling, 2024
Copyright © The Gift Box, 2024
Capa cedida pela autora

Todos os direitos reservados.
Nenhuma parte do conteúdo desse livro poderá ser reproduzida em qualquer meio ou forma – impresso, digital, áudio ou visual – sem a expressa autorização da editora sob penas criminais e ações civis.
Esta é uma obra de ficção. Nomes, personagens, lugares e acontecimentos descritos são produtos da imaginação da autora. Qualquer semelhança com nomes, datas ou acontecimentos reais é mera coincidência.

Este livro segue as regras da Nova Ortografia da Língua Portuguesa.

CIP-BRASIL. CATALOGAÇÃO NA PUBLICAÇÃO
SINDICATO NACIONAL DOS EDITORES DE LIVROS, RJ
Meri Gleice Rodrigues de Souza - Bibliotecária - CRB-7/6439

S857v

Sterling, J.
   Vale a pena se apaixonar / J. Sterling ; tradução Marta Fagundes. - 1. ed. - Rio de Janeiro : The Gift Box, 2024.
   246 p. (Sugar mountain ; 1)

   Tradução de: Worth the fall
   ISBN 978-65-5636-372-1

   1. Romance americano. I. Fagundes, Marta. II. Título. III. Série.

24-95224   CDD: 813
             CDU: 82-31(73)

Dedicatória

A todas as mulheres que se sentem invisíveis, não ouvidas ou apreciadas em seus relacionamentos. Está tudo bem se afastar disso quando você já não aguenta mais. Querer ser feliz não é egoísmo. Não deixe que ninguém diga o contrário.

E a todos os homens (que não estão lendo este romance, de qualquer forma) Nós nunca os abandonamos sem um aviso... Passe a prestar mais atenção.

BEM-VINDA AO LAR

Thomas

Minha esposa morreu no parto da nossa filha. Simplesmente, morreu. No mesmo instante em que eu estava conhecendo a garota mais importante da minha vida, eu perdi a outra a quem mais amava. Fiquei lá parado, indefeso, observando seus olhos revirarem enquanto segurava nossa filha em meus braços. A equipe do hospital se apressou em me empurrar para o lado, levando a maca onde estava minha esposa para fora do quarto, me deixando de pé com uma recém-nascida que agora fazia ruídos mais estridentes do que qualquer ser humano tão pequenininho era capaz de fazer.

Graças a Deus, uma enfermeira apareceu pouco depois e pegou a bebê do meu colo, porque se eu tivesse que ficar ali sozinho por mais tempo, poderia ter deixado ela cair. Não porque eu iria querer isso, mas porque não conseguia mais sentir os meus braços. Não conseguia sentir porra nenhuma.

Quando o médico reapareceu, eu mal tinha me movido. Por quanto tempo fiquei lá parado, congelado no tempo, com a minha mente repassando a cena? Poderia ter sido dez minutos ou uma hora. Com toda sinceridade, eu não fazia ideia.

— Thomas — disse ele, com gentileza, como se as palavras que estivesse prestes a pronunciar não fossem como um golpe violento capaz de me derrubar. — Thomas — ele repetiu, nitidamente esperando que eu focasse o olhar nele. — Ela faleceu — disse ele, no mesmo tom gentil, o documento amassado em seu punho.

Tentei engolir, mas não conseguia. Meu corpo não funcionava mais como deveria.

— Como? — Foi a única palavra que me forcei a dizer. Saiu como um sussurro, apesar de eu ter tentado falar normalmente.

— Aneurisma cerebral. — Ele balançou a cabeça, devagar. — Não havia nada que pudéssemos fazer. Nem havia maneira de vocês dois terem ficado sabendo. Simplesmente — ele parou, abrindo e fechando o punho — acontece de vez em quando.

Simplesmente.

Acontece.

De.

Vez.

Em.

Quando.

— Tudo bem.

O que mais eu deveria dizer? Brigar com o médico não traria Jenna de volta.

— Tem alguém que você gostaria que eu informasse? Sua família? Os pais de Jenna? — ofereceu.

Eu apenas balancei a cabeça em negativa, de forma que ele me deixasse sozinho. Ele demorou mais tempo a perceber isso do que eu gostaria.

— Me avise se precisar de alguma coisa. Estamos aqui para ajudar — disse ele, antes de sair porta afora, e só então percebi que eu sequer sabia quem era aquele cara, mas ele, definitivamente, me conhecia.

Não era nenhuma surpresa, para dizer a verdade. Não que isso importasse qualquer coisa agora.

Por falar neles, minha família estava na outra sala, com charutos em mãos, esperando que eu saísse e desse uma boa notícia. Os pais de Jenna estavam lá também. Isto seria a última coisa que qualquer um deles poderia imaginar. Como eu seria capaz de sair e contar a eles que Clarabel estava viva, mas que Jenna estava morta? Era quase impossível até mesmo pensar nas palavras certas, quanto mais dizê-las em voz alta.

Curvando-me, coloquei as mãos sobre os joelhos e tentei focar na minha respiração. O oxigênio não chegava aos pulmões.

— Thomas? Você está bem? — uma voz feminina soou preocupada à medida que vinha na minha direção. Os pés dela se arrastando pelo piso era a única coisa mais alta do que o som dos batimentos do meu coração. Ela colocou a mão nas minhas costas e começou a esfregar em círculos.

Vale a pena se apaixonar

— Você só está tendo um pequeno ataque de pânico — tentou me tranquilizar, mas aquilo me fez surtar ainda mais.

Eu não tinha ataques de pânicos.

Eu era um O'Grady. Temos vivido em Sugar Mountain desde que a cidade entrou no mapa. Gerações da minha família ajudaram a fundar este lugar. E todo mundo em um raio de cento e sessenta quilômetros sabe, pelo menos, quem nós somos. Eu era dono e administrava o Resort Sugar Mountain com meus dois irmãos mais novos, e nosso pai ajudava com tudo.

— Apenas inspire e respire. Tente inspirar profundamente e soltar por dois segundos — ela instruiu antes de seus pés fazerem mais ruídos no piso.

Tentei fazer o que ela orientou, mas meus pulmões se recusavam a dar ouvidos.

— Tem uma pessoa aqui que quer te ver — a enfermeira disse, e eu virei a cabeça de leve para espiar. Minha filha estava enroladinha como um burrito nos braços dela. — Imaginei que ela poderia te ajudar a dar a notícia.

Apenas. Respire. Porra.

Eu era o filho mais velho. O primeiro que se casou. O primeiro que tornou meu pai um avô, mesmo que ele quiser que o chamassem de Pops. Mas eu não seria o primeiro a enterrar uma esposa. Essa honra foi dada ao meu pai. E ao meu avô. Talvez estivéssemos amaldiçoados mesmo? Ouvi alguém dizer isso na época da escola, e pensei que fosse só o tipo de coisa que um idiota diria. Talvez eles estivessem certos agora.

Por que minha mãe teria morrido em um acidente de carro, deixando três filhos pequenos que precisavam dela? E Jenna? Ela nunca teria escolhido partir se pudesse ficar neste plano. Talvez os homens O'Grady estivessem destinados a ficar sozinhos. Nem meu pai ou avô se casaram novamente. Caralho, acho que eles sequer namoraram outras mulheres.

Com minha respiração normalizando aos poucos, peguei minha garotinha no colo e saí porta afora para dar a pior notícia de todas conforme segurava a melhor em meus braços. A vida podia ser cruel pra caralho às vezes.

J. STERLING

OITO ANOS DEPOIS

Thomas

Fui apelidado de "o mal-humorado" desde a morte de Jenna. O'Grady Rabugento. Como se o fato de os meus irmãos me chamarem dessa forma arrancaria um sorriso do meu rosto ou me tornaria menos mal-humorado. Idiotas. A única pessoa que me fazia feliz era Clarabel, minha filhinha perfeita e angelical. A melhor coisa da minha vida. Meu propósito. Minha razão por não ter desistido nos primeiros anos de viuvez. Sem ela, eu estava mais do que convencido de que não teria suportado a dor. O sofrimento havia sido consumidor nos dias em que parecia que ela mais precisava de mim.

Minha filha me salvou.

E hoje era o aniversário de oito anos dela. Oito anos sem Jenna. E era isso que me deixava mais abatido. Eram momentos que Jenna nunca iria desfrutar. Ela deu à luz a um ser humano incrível, e nunca teve a chance de apreciar sequer um minuto desse prazer.

Os pais de Jenna continuaram morando em Sugar Mountain por alguns anos após a morte dela, provavelmente para se assegurarem de que eu conseguiria lidar com o luto, mas, em algum momento, viver na mesma cidade se tornou árduo demais. As lembranças os assombravam a cada esquina, e eles nunca conseguiram escapar do sofrimento, independentemente do quanto tenham tentado. A dor os perseguia.

Eles se mudaram de estado, mas mantiveram contato, fazendo videochamadas e aparecendo para visitar sempre que achavam que conseguiriam enfrentar a dor.

Os pais dela nunca me culparam pela morte de Jenna, mas eu sabia que sempre que eles me viam, ficavam tristes em vez de felizes. A mesma coisa valia para Clarabel. Olhar para ela era um lembrete constante da própria filha deles, e isso trazia o sofrimento que a perda dela causou. Clarabel tinha os olhos de Jenna e o sorrisinho torto.

Havia tanta felicidade e esperança naquela época, mas tudo isso morreu junto com ela.

Nunca fiquei chateado por eles terem se mudado. Eu meio que entendia. O luto que eles enfrentaram foi diferente do meu. Era do tipo que nunca tinha fim. Perder um filho era como perder um membro; você ficava constantemente desejando tê-lo de volta. E seguir em frente parecia impossível.

"Os pais não deveriam ter que viver mais que os próprios filhos", eles costumavam dizer por entre as intermináveis torrentes de lágrimas.

Era como se o coração de ambos nunca conseguisse cicatrizar das feridas.

Ao contrário do meu, que parou de agonizar por Jenna como havia agonizado anos atrás. Eu sabia que isso parecia cruel, mas estar com ela era coisa de uma outra vida. Eu mal conseguia me lembrar da sensação. Ou de como ela era. Nós dois tínhamos apenas vinte e três anos quando ficamos juntos pela primeira vez.

Eu conhecia Jenna do ensino médio, mas não éramos amigos próximos. Quando nossos caminhos se cruzaram uma noite, assim que decidi ir ao bar local após o trabalho, eu a chamei para sair logo de cara. Eu me lembro de suas amigas gritarem em comemoração quando ela aceitou.

Estávamos namorando por apenas dez meses quando descobrimos que ela estava grávida. Uma camisinha furada foi responsável por mudar o rumo das nossas vidas. Eu a pedi em casamento no dia seguinte. Nós nos casamos no cartório uma semana depois. Não porque era a coisa certa a fazer, mas porque queríamos. Eu era uma pessoa diferente naquela época – mais jovem, despreocupado e ingênuo.

E deixei de ser essa pessoa.

Thomas O'Grady era um pai solo com responsabilidades em relação a uma pessoinha que contava com ele todos os dias. Minha filha era tudo o que me importava. E tudo o que havia sobrado do meu relacionamento com Jenna era um punhado de fotos em porta-retratos espalhados pela casa, e que eu mal me lembrava de ter tirado.

— Pai, quando meus tios vão chegar aqui? — Clarabel desceu a escada, saltitante, e entrou na sala; seu longo cabelo castanho ainda todo emaranhado do sono.

— Já te falei que eles estão a caminho. Eles tiveram que pegar as coisas pra sua festa de aniversário — eu disse, pela quinquagésima vez, segurando uma mecha de seu cabelo entre os dedos. — Vá buscar a escova.

— Eu e meu cabelo estamos esperando pelo tio Patrick — declarou, dando um jeito de sair do meu alcance.

— E por quê? — Beberiquei meu café, esperando que ela respondesse o porquê de o meu irmão do meio ser necessário para escovar o cabelo dela, em vez do pai maravilhoso que ela tem.

— Porque ele sabe fazer uma trança francesa.

— Eu sei fazer tranças! — exclamei, querendo ser a primeira escolha da minha filha em absolutamente tudo.

— Trança francesa, papai. Ele sabe fazer *esse* tipo de trança. Não é a mesma coisa das outras.

— Então tá. Fica aí esperando pelo Patrick e sua extraordinária habilidade em fazer trança francesa — concordei, mas sem saber do que se tratava.

Eu descobriria que tipo de trança era essa depois. Antes que o dia acabasse, eu saberia a diferença entre uma trança francesa e as outras. E obrigaria o Patrick a me ensinar a fazer uma.

Daí, eu seria expert e faria uma melhor do que ele.

Então, sou um pouco competitivo. Me processem.

Eu a observei abrir a geladeira e pegar suco de laranja fresco. Ela tirou a tampa do jarro e bebeu da garrafa pequena, colocando na prateleira onde sempre o guardava. Era em momentos como esse que eu me dava conta do quanto ela havia crescido.

Ela costumava precisar de mim para abrir a geladeira e para tirar a tampa da garrafa. Agora, ela conseguia fazer tudo por conta própria.

O tempo estava passando rápido demais para o meu gosto.

— Vou subir. Me avisa quando os tios chegarem, tá? — gritou e sorriu ao sair dançando da cozinha.

No meio do caminho, ela parou diante da foto preferia da mãe, e que estava fixada na parede, e deu um beijo no porta-retrato, como sempre fazia.

— Hoje é meu aniversário, mãe. Estou fazendo oito anos. Eu sei que você sabe disso, mas eu gosto de te contar as coisas. Queria que estivesse aqui. Tenho saudades de você. Sinto muito por você ter morrido.

Meus olhos começaram a marejar, mas eu rapidamente me recompus. Clarabel sabia que o dia do aniversário dela era o mesmo da morte de Jenna, mas, de alguma forma, dávamos um jeito de tornar o dia feliz em vez de triste. Saber que a mãe havia morrido no parto era o tipo de coisa que poderia mexer com a cabeça das pessoas, e ninguém queria que isso acontecesse com Clarabel. Ela era pura demais.

Boa demais. E não tinha sido culpa dela.

— Onde está minha princesinha perfeita? — gritou meu irmão mais novo, Matthew, assim que entrou porta adentro com o bolo de aniversário de Clara em mãos.

Corri ao encontro dele, esperando tirar o bolo de suas mãos antes que ele o derrubasse. Não dava para ter certeza com ele. De nós três, Matthew equivalia a um *golden retriever* — todo feliz em te ver, mas com o rabo abanando e acertando tudo ao alcance se não prestasse atenção.

— Me dá isso aqui, otário. — Estendi a mão, mas ele se esquivou de mim como se estivesse patinando.

— Como assim você já tá me chamando de otário? Eu acabei de chegar. — Ele girou novamente, os pés se movendo mais rápido do que qualquer um poderia fazer.

— Me diga você. — Lancei um olhar que deixava claro que eu sabia exatamente o que ele havia feito noite passada, mas, na verdade, eu nem fazia ideia.

Matthew tinha sido um craque do hóquei no gelo até um ano atrás. Ele acabou com uma lesão tão fodida durante um jogo classificatório da qual nunca se recuperou. Em vez de continuar jogando como dava, ele pendurou os patins e voltou para casa, ciente de que nunca mais seria o jogador excelente que já tinha sido, se permanecesse na NHL.

Ele voltou para Sugar Mountain como o crianção que todos conhecíamos e amávamos por fora, mas alguma coisa em seu interior havia mudado.

— Não fiz merda nenhuma noite passada — disse antes de franzir o cenho. — Que eu me lembre.

— Matthew — grunhi, estendendo a mão e, finalmente, conseguindo pegar o bolo.

— Não tô a fim de ouvir isso de você, Rabugento.

Revirei os olhos diante do apelido mais besta do mundo.

Depois de colocar o bolo na bancada da cozinha, eu me virei e o encarei, dizendo com o tom sério:

— Você não pode continuar bebendo do jeito que está.

Ele deu de ombros, e, por um segundo, fui capaz de vê-lo trajando seu uniforme do time, as ombreiras largas e o capacete cobrindo seu sorriso irônico conforme segurava um taco de hóquei nas mãos.

— Tecnicamente, eu posso.

Exalei um suspiro profundo e exagerado.

— Você não precisa se preocupar comigo, Rabugentinho. Eu nem dirijo bêbado.

— Sim, porque a Bella sempre liga para o Patrick ir te buscar.

Matthew franziu o cenho. Foi um movimento sutil e quase imperceptível, mas eu reparei. Eu não sabia se tinha a ver com a menção do nome de Bella, nossa bartender do bar local e irmã caçula do melhor amigo dele, ou se o motivo foi porque nosso outro irmão tinha que bancar o motorista para essa nova versão dele toda maldita noite.

— Até parece que o Patrick tinha alguma coisa pra fazer. É bom que ele saia um pouco da casa do nosso pai.

Eu o observei colocar uma sacola de presente no sofá antes de ele caminhar até a geladeira e a abrir em busca de alguma coisa para comer.

— Tenho certeza de que em algum lugar dessa sua cabeça avoada, você realmente acredita nisso.

— É melhor do que ele ficar sentado em casa, suspirando por uma garota que nunca mais vai voltar. — Ele disparou as palavras como um sniper faria ao acertar o alvo.

Nosso irmão do meio, Patrick, ainda não havia superado seu primeiro amor, Addison.

Todo mundo pensava que eles se casariam, que teriam centenas de filhos e viveriam felizes para sempre em Sugar Mountain. Mas Addison tinha sonhos e objetivos maiores, e que só pareceram aumentar depois do divórcio dos pais e da mudança da mãe para Nova York, com a irmã caçula. Ela acabou sendo aceita em uma escola de culinária toda chique por lá, então fez as malas e foi para a Big Apple com lágrimas escorrendo pelo rosto. Aquilo partiu o coração do nosso irmão, mas ele nunca pediria que ela ficasse por ele.

— Caramba. A vida te deixou mais amargo.

— Nada disso, só estou sendo realista — ele disse ao abrir uma cerveja e tomar um longo gole.

— Está meio cedo, você não acha? — perguntei, obviamente em tom de crítica. — Estou apenas provando meu argumento sobre beber demais.

— Estou pouco me lixando se eu estou provando o seu argumento.

— Puta merda. Por que parece como se um cachorro tivesse morrido? — Patrick anunciou sua presença, entrando junto com nosso pai e fechando a porta com um pouco mais de força do que necessário.

Vale a pena se apaixonar

— A gente nem tem um cachorro por aqui — rebati, meu olhar se encontrando com o de Matthew por um segundo.

Foi tudo o que tive que fazer para dizer para ele, em silêncio, que não tocasse no nome de Addison no dia de hoje. Nós, os homens O'Grady, gostávamos de fingir que estávamos bem. Fingíamos que Patrick não andava para todo lado como um fantasma da pessoa que já tinha sido um dia. Da mesma forma que eu fingia que Matthew não tinha problema com bebidas para esconder o fato de que estava arrasado por ter perdido sua carreira bem-sucedida no hóquei.

Se não disséssemos qualquer uma dessas coisas em voz alta, então não eram verdades.

— Eu quero um cachorrinho! — A voz de Clarabel silenciou a de todos os outros cabeças-duras, e, a explosão de gritos ecoou na cozinha.

— Clara! Meu docinho de coco. Vem cá. Eu primeiro! — A frase foi proferida por todos os homens, cada um de nós competindo pela atenção dela.

Clarabel parou de supetão na escada antes de erguer um dedo.

— Vou dar 'oi' para vocês, um de cada vez. Mas vou cumprimentar o tio Patrick por último, porque quero que ele faça uma trança no meu cabelo — ela anunciou como se fosse a chefe por ali, e nós não passássemos de empregados. No entanto, todos nós acatávamos cada umas das ordens que ela dava.

— Por que eu não posso arrumar o seu cabelo? — meu pai perguntou, e Clara começou a rir como se aquela fosse a coisa mais engraçada que já tinha ouvido na vida.

— Popsssss — ela arrastou a palavra que meu pai gostava que ela usasse —, o senhor não sabe fazer tranças.

— Porque você nunca me ensinou. Eu poderia aprender — ele argumentou.

Ela colocou um dedo sob o queixo, como se estivesse considerando a ideia.

— Talvez outro dia. Mas já tenho um monte de coisas pra fazer hoje.

O olhar do meu pai encontrou o meu, e nós dois sorrimos. Minha filha era uma coisinha mesmo.

Esta garotinha era cercada por um bando de homens solteiros que fariam tudo por ela. Eu ficava pensando se a estávamos mimando demais, rezando ao mesmo tempo para não ser em excesso.

— Tem razão, amorzinho. Vem cá dar um abraço no seu Pops — disse ele, e ela pulou em seus braços. Ele grunhiu assim que a pegou no colo, mais para diverti-la do que por qualquer outro motivo. Para um homem da idade dele, meu pai estava em muito boa forma. — Você está ficando grande demais. Feliz aniversário.

— Valeu, Pops. Pode me colocar no chão agora. — Ela se remexeu até que ele a soltasse, e correu direto para os braços de Matthew.

— Eu te amo, tio Matthew, mas você tá fedendo cerveja — ela disse, e todos paramos de respirar diante do silêncio desconfortável.

— Bom — Matthew farejou o ar ao redor dela —, você tá com cheiro de pão de gengibre, biscoitos açucarados e pirulitos.

Clarabel cheirou o próprio braço.

— Não tô, não. — Ela olhou para com os olhos castanhos arregalados e amedrontados. — Eu não comi nada disso. Eu juro, papai.

— Ele só está pegando no seu pé, meu bem — eu a tranquilizei, e ela pareceu se acalmar.

— Você não é engraçado, tio. — Ela deu um tapa de leve nele antes de fazer beicinho e estender a mão para Patrick. — Você pode arrumar o meu cabelo agora?

— Quais são as palavrinhas mágicas? — Ele se recusou a sair do lugar, até que ela se lembrou das boas maneiras, o que fiquei grato.

— Por favor. Você pode, por favor, fazer uma trança francesa no meu cabelo, tio Patrick?

— Com toda a certeza. — Ele sorriu, e eu podia jurar que senti meu coração gelado aquecer.

Eu era um filho da puta sortudo por poder contar com esses homens, independentemente dos nossos problemas. Esta família era tudo o que eu tinha, e eles significavam tudo para mim.

Vale a pena se apaixonar

DIVORCIADA AOS VINTE E POUCOS ANOS

Brooklyn

Quando entrei pelas portas em estilo vaivém do bar Sugar Saloon, minha melhor amiga, Lana, soltou um grito estridente e se levantou de um pulo.

— Até que enfim! Um brinde à solteirice e à disposição para paquerar! — ela berrou no ambiente não tão vazio, e eu fiz uma careta quando todos os olhares se voltavam para mim.

Solteira? Sim.

Disposta a paquerar? Nem tanto.

Eu não confiava no meu julgamento quando se tratava do sexo oposto ou de relacionamentos neste momento. Como fui capaz de enganar a mim mesma por tanto tempo? O casamento deveria ser um compromisso para a vida toda, e me sentia ingênua e boba pela forma como entrei no meu.

— Ele finalmente assinou os papéis? — Bella, a bartender, perguntou com doçura conforme rodeava o velho balcão de carvalho.

Ela era deslumbrante, com seu longo cabelo castanho caindo até a metade das costas, e a pele naturalmente bronzeada de seu corpo mignon sempre à mostra. Eu jurava que ela tinha, no máximo, um metro e sessenta. Sempre me fazia rir ver a maneira como ela comandava os homens no bar.

Ninguém mexia com ela, mesmo que parecesse que caberia no bolso de alguém.

E, embora Bella mal tivesse idade suficiente para beber, eu gostava muito dela. Estive aqui muitas vezes ultimamente, reclamando sobre minha vida desastrosa, e Bella era uma das poucas pessoas que nunca me fez sentir julgada por isso. A maioria dos outros frequentadores que escutava nossas conversas não hesitava em me dizer o que pensavam da minha vida — que eu era louca por deixar um homem tão bom quando ele não tinha feito nada de errado.

Talvez eu fosse.

Eu assenti.

— Ele assinou. Mas não sem um pouco mais de sofrimento — eu disse, relembrando as últimas palavras que trocamos antes de sair do escritório do advogado mediador.

— *Não tem jeito mesmo?* — *A voz dele tremia com a pergunta.* — *Nada que eu possa fazer?*

Foi a primeira vez que ele me perguntou isso.

— *Não.* — Minha resposta foi firme. Inabalável. E não deixou espaço para dúvidas.

Quando me casei com Eli, apenas poucos anos atrás, nunca me ocorreu que terminaríamos. Mas, de novo, acho que ninguém entra em um casamento com a expectativa de que ele não dure para sempre.

Todos nós entramos em relacionamentos da mesma maneira... esperançosos.

Mas minha esperança havia lentamente se transformado em outra coisa – ressentimento. E isso me corroía. Eu comecei a odiar quão pouco ele queria trabalhar e avançar em sua carreira enquanto eu me excedia na minha. Eli queria todas as coisas boas que o dinheiro podia comprar, mas não queria ser o responsável por provê-las. Ele gostava dos meus cheques, cheios de horas extras e gorjetas de grandes eventos corporativos, mas não tinha o menor desejo de ganhar o dele. Parecia que quanto mais eu trabalhava, menos ele se esforçava.

— Como você está se sentindo? — Bella perguntou, o sorriso em seu rosto desaparecendo. Ela sentia pena de mim.

— Foi a coisa certa a fazer — respondi, embora isso não fosse exatamente uma resposta.

— Estou muito feliz por você. — Lana me envolveu em um abraço apertado.

— Você fez bem — ela me assegurou, e eu dei um sorriso forçado.

Minha melhor amiga podia estar muito feliz, casada com um deus

Vale a pena se apaixonar

suíço chamado Sven, mas eu entendi o que ela quis dizer. Ela foi a única com quem desabafei durante o último ano. A única pessoa que não me fez sentir louca ou irracional por tomar a decisão de terminar tudo, mesmo sem ter havido qualquer erro grave.

Não houve traição, nem mentiras, e nenhum tipo de abuso. Eram essas coisas que a maioria das pessoas considerava motivos aceitáveis para acabar com um casamento. Não estar feliz, definitivamente, não era um motivo bom o suficiente. Disseram-me para aguentar firme, que passaria, e – minha frase favorita – que eu não devia ser feliz porque *estava* casada!

Mas eu odiava a forma como me sentia. Dia após dia, eu gemia baixinho sempre que chegava em casa do trabalho e via o carro de Eli na garagem. Em vez de sentir alegria, eu me sentia sobrecarregada. Eu deveria estar ansiosa para ver o rosto dele quando entrasse pela porta da frente todas as noites, mas percebia que detestava o fato de ele estar lá. O desânimo era sufocante.

— Qual é, Brooky. Você deveria estar feliz. Isso é uma boa notícia — Lana praticamente cantarolou, esperando me animar.

— Eu estou. E é uma notícia boa mesmo. — Tentei ficar tão animada quanto ela, mas era difícil.

Eu estava sentindo uma mistura de emoções no momento. Felicidade definitivamente era uma delas, mas eu nunca tinha planejado me divorciar antes dos trinta anos. Era mais do que um pouco constrangedor. Quem fracassa tão rápido em um casamento? Aparentemente, eu.

Eu me sentia tão tola.

— Todo mundo vai falar — sussurrei, como se já não estivessem falando.

Ela ergueu as mãos, como se estivesse fazendo pouco caso das minhas palavras.

— Quem liga? Eles vão falar por cinco segundos antes de passar para outra coisa.

Eu nunca tinha sido o foco das fofocas de Sugar Mountain antes, e, definitivamente, não era fã de me tornar agora. Pessoas estranhas tecendo opiniões sobre o seu relacionamento era algo surreal. Eu não estava gostando da sensação.

— Talvez você possa trazer de volta as garotas dos balanços! — Lana praticamente gritou, e eu segurei o riso.

— Elas não fazem mais isso — eu disse, balançando a cabeça.

— Por isso que eu disse que você deveria trazer de volta — Lana argumentou.

O Sugar Saloon existia há mais de cem anos. Aparentemente, era o lugar para pegar uísque e mulheres antigamente. Se você olhasse para cima, havia um teto de vidro em uma parte do bar, onde as mulheres costumavam se balançar nos caibros, tentando os homens abaixo. O teto de vidro ainda estava intacto. Infelizmente, os balanços não. No entanto, as fotos ainda se encontravam penduradas e espalhadas pelo bar, fazendo com que as pessoas se recordassem da prática de antigamente entre essas quatro paredes de madeira. Eu não teria acreditado se não houvesse tantas fotografias.

— Deixa eu te fazer o primeiro coquetel da liberdade — Bella disse, com um sorriso, enquanto pegava sua coqueteleira com uma mão.

— E pra mim? — Lana fez um beicinho.

— Claro que pra você também.

— Obrigada, Bella. — Lana deu um sorriso largo. — Então, o que vamos beber? — Ela bateu o punho no balcão, nitidamente pronta para comemorar.

— Espera. — Bella ficou séria. — Alguma de vocês tem que voltar ao trabalho hoje?

— Não — Lana respondeu, antes de acrescentar: — E Sven disse que seria nosso motorista.

Claro que ele tinha dito isso. O homem era perfeito.

— Eu também tirei o dia de folga — respondi.

Achei que tiraria o dia caso precisasse lidar com meus sentimentos, chorar ou lamentar a perda de um casamento que nunca pensei que acabaria em primeiro lugar. Eu estava tão preocupada que, depois de assinar oficialmente os papéis, eu ficaria imersa em tristeza, arrependimento ou repleta de pensamentos de que, de alguma forma, cometi um erro. Mas eu não estava sentindo nada disso, porque já vinha enfrentando o luto por meses antes de terminarmos oficialmente.

Uma mulher não faz as malas do nada e vai embora da noite para o dia. Pode parecer assim do ponto de vista de um homem ou para um observador externo, mas isso raramente, se é que alguma vez ocorre, reflete a verdade. As mulheres lutam pelos relacionamentos até não poderem mais. Nós tentamos até estarmos exaustas de tanto tentar. E, quando finalmente decidimos acabar com tudo, isso não aconteceu de forma leviana ou sem aviso.

Os homens sempre foram avisados.

E, naquela altura do campeonato, a decisão em nossa mente raramente podia ser mudada.

Vale a pena se apaixonar

19

Todas as vezes que disse a Eli que não estava feliz, ele se recusou a me ouvir. Não importava quantas vezes eu trouxesse à tona os mesmos problemas, ele nunca levava minhas queixas a sério. Eu me sentia invisível e ignorada. Começamos a nos desintegrar sem qualquer forma de evitar isso.

E então ele teve a audácia de agir como se estivesse surpreso quando finalmente aconteceu.

— Ótimo! Qual bebida parece bacana? Vodca? Gim? Rum? — Bella começou a listar as bebidas alcoólicas e depois ergueu as sobrancelhas antes de acrescentar: — Tequila? Eu estou trabalhando em um novo drinque.

— Bella, você é boa demais para este lugar — comentei, sendo o mais sincera possível.

— Eu sei — ela sussurrou. — Ai, meu Deus. Eu te contei?

— Contar o quê? — Eu me inclinei para mais perto, agradecida pela mudança de assunto.

— Barry concordou em me deixar criar um cardápio de drinques sazonais! — Ela parecia tão animada ao mencionar o dono do salão.

Os frequentadores regulares de Sugar Mountain podiam adorar sua cerveja local, mas ter coquetéis artesanais atrairia os turistas que inevitavelmente apareciam aqui noite após noite.

— Não acredito que você finalmente o convenceu. Achei que aquele velho rabugento nunca concordaria — Lana caçoou, e todos sabíamos que ela estava falando sério.

— E não é? Foi difícil, mas o convenci de que todos os drinques conteriam ingredientes que já tínhamos, então não haveria custos iniciais extras. E tive que manter o cardápio simples para que todo bartender pudesse fazer os coquetéis se eu não estivesse por aqui para fazê-los.

— Isso faz muito sentido, na verdade.

Bella era esperta e tinha uma boa cabeça para negócios. Ela parecia muito mais madura do que outros jovens da sua idade, que ainda estavam se debatendo, tentando descobrir o que fazer da vida.

— Estou tão animada. Já tenho quatro ideias. Uma para cada bebida.

— E a imobiliária? — perguntei, fazendo seu sorriso desaparecer um pouco.

Ela tinha me contado uma vez que queria abrir sua própria empresa imobiliária quando fosse mais velha, e me lembro de ter dito a ela para começar agora, em vez de esperar.

— Acabei de começar a estudar para conseguir minha licença. A coisa boa é que posso fazer as duas coisas. Imóveis e *bartending*. Não é como se as pessoas estivessem batendo na minha porta para comprar casas de mim de qualquer maneira.

— Bem, quando eu estiver pronta para comprar algo, vou procurar você — anunciei, e o sorriso dela se alargou.

— Você faria isso?

— E por que não?

— Porque todo mundo diz que sou apenas uma garota e que não tenho que inventar de vender algo que não conheço direito.

— Tem que começar de algum lugar. Como você vai aprender se nunca tiver a chance de fazer? — Lana perguntou, de forma direta, e eu assenti com a cabeça, concordando plenamente.

— Obrigada, gente.

— É isso aí. Agora, faça algo gostoso que não nos dê dor de cabeça. Somos muito velhas para ressacas — Lana gritou, e Bella bateu palmas com entusiasmo e começou a trabalhar.

Três horas depois, eu estava tropeçando no Sugar Mountain Resort, procurando para todo o lado o meu cartão-chave, que estava em algum lugar no meu corpo, mas eu simplesmente não conseguia descobrir onde. Lana tinha dito a Bella para não nos dar uma dor de cabeça, e para ser honesta, eu não tinha uma no momento, mas provavelmente teria mais tarde. Deveríamos ter dito a ela para não nos deixar completamente bêbadas.

Talvez fosse pedir demais. Afinal de contas, eu estava supostamente comemorando.

Puxando a coisa que parecia um cartão de crédito do meu bolso de trás, mentalmente me dei um *"high five"*.

— Te encontrei, sua danadinha.

Bem nessa hora, me choquei contra uma parede alta e dura de... eu não sabia bem do quê, até olhar para cima. Thomas 'maldito' O'Grady estava me encarando como se eu tivesse duas cabeças.

Droga. Será que eu tinha duas cabeças? Tocando meu rosto, tentei sentir alguma alteração.

— Ufa. Só uma.

Os lábios dele se curvaram para baixo enquanto ele me observava.

— Só uma o quê?

— Hã? — Olhei para ele, seus olhos azuis gélidos me julgando. Com vontade. — Eu só tenho uma cabeça, muito obrigada.

— A maioria das pessoas tem.

A voz desse homem era como veludo, suave e mortal. Espere, o veludo era mortal? Acho que poderia ser, se usado da forma certa.

Eu cutuquei o peito dele, tentando ao máximo movê-lo do lugar.

— Você está no meu caminho. — Tentei passar por ele, mas meus pés atualmente me odiavam e se recusavam a obedecer a ordens.

— Você esbarrou em mim.

— Sem brincadeira. Você é como granito. Isso doeu, a propósito. Talvez fosse melhor dar uma suavizada, para que quando uma dama esbarrar em você, seja mais acolhedor. Como um travesseiro macio e fofo — soltei, com um sorriso, antes de cutucar o peito dele, duro como rocha, novamente. — Ai.

— Você precisa de ajuda para chegar ao seu quarto? — ele perguntou.

Por um momento, pensei que Thomas O'Grady estava sendo cavalheiro. Comigo.

— Definitivamente.

— Sério? — ele perguntou.

— Podemos escalar rochas. Ou eu posso.

— Escalar rochas? — As sobrancelhas dele se juntaram conforme me observava.

— Sim, você e esse seu peito de pedra. Acho que eu gostaria de escalá-lo. Aposto que seus abdominais são duros como rocha também, não são? — perguntei, sem dúvida prestes a babar nos sapatos desse homem, só de imaginar como ele era por baixo daquela camisa social. Bem, babar neles seria muito melhor do que vomitar.

Ele fez um som que eu não poderia descrever como uma risada, porque não havia sorriso por trás daquilo, mas eu gostei mesmo assim. Não era justo que todos os irmãos O'Grady fossem tão absurdamente bonitos. A genética era forte nessa família, mas nenhum mais do que Thomas. Seu ar carrancudo combinava com ele. O tornava ainda mais atraente do que os outros. Se eu pudesse escolher um deles, escolheria Thomas de dez vezes em dez. *Rawr*. Aquele homem era um leão, e eu seria feliz sendo sua presa.

J. STERLING

— Obrigado, acho — ele disse, me dando um meio-sorriso.

— Pelo quê?

Droga.

Eu tinha dito tudo aquilo em voz alta? Eu realmente precisava ir para a cama.

— Me ajuda?

Seus olhos azuis se estreitaram, e uma ruga se formou entre eles. Eu lutei contra o impulso de estender os dedos e traçar a pele, só para ver como ele era na vida real. Eu podia fazer esse tipo de coisa agora, já que estava me divorciando e, tecnicamente, era solteira. Mas Thomas provavelmente me expulsaria do hotel, e eu não estava pronta para ir embora. Eu gostava daqui.

— Randy! — ele gritou, e eu estremeci com o estrondo inesperado de sua voz.

Um rapaz apareceu de repente, como se ele o tivesse invocado do nada.

— Você pode levar esta hóspede para o quarto dela, por favor, e certifique-se de que ela entre em segurança?

— Claro, Sr. O'Grady. Agora mesmo.

Eu disse ao garoto o número do meu quarto e tentei andar ao lado dele, mas parei de me mover ao olhar por cima do ombro e ver Thomas parado ali, ainda com as sobrancelhas franzidas em julgamento.

— Obrigada por nada — murmurei, com um tom cheio de irritação.

A Brooklyn bêbada era um pouco mimada. Mas o mínimo que Thomas poderia ter feito era me acompanhar até o meu quarto... sabe, para que eu pudesse praticar minha escalada de rochas. E, depois de uma escalada, eu juraria nunca mais me envolver com homens.

Isso arrancou um som que parecia uma risada dele.

Droga, devo ter dito aquilo em voz alta também. Eu realmente precisava ir para o meu quarto.

VOCÊ PREFERERIA

Thomas

Eu estava encarando essa planilha de planejamento orçamentário na última hora, tentando corrigir um erro que parecia impossível de localizar. Como diretor financeiro, era meu trabalho revisar o desempenho do Sugar Mountain Resort no ano anterior e criar um plano para o próximo. Só que eu estava tendo dificuldades. Com a adição do nosso novo espaço para casamentos, o hotel encheria mais rápido e ficaria lotado por mais tempo do que o habitual. Provavelmente seríamos reservados para eventos com anos de antecedência, em vez de meses.

Isso poderia criar problemas para nós no futuro.

Adicionar outro prédio com quartos extras parecia a melhor opção. Mas eu precisaria passar pelo meu pai. Ele ainda era o gerente-geral do resort e não dava sinais de que renunciaria a esse título tão cedo. Eu estava grato por ele ainda amar o trabalho e não se importar com as longas horas.

Eventualmente, eu deveria assumir, mas não estava pronto para ser o rosto do resort. Não enquanto todos ainda me chamavam de 'O'Grady Rabugento' pelas costas. Matthew seria mais adequado para isso, para ser honesto. Eu? Eu amava os números. Eles eram como um quebra-cabeça que se encaixava perfeitamente. Números faziam sentido. Pessoas, geralmente, não.

De qualquer forma, eu sabia que nosso pai me diria para esperar e ver como o primeiro ano do espaço em estrutura de celeiro se sairia financeiramente antes de adicionar os quartos extras, mas até lá, seria tarde demais.

Estaríamos um ano atrasados na construção, quando já poderíamos estar quase concluídos. Pegando uma caneta, fiz uma anotação para falar com meus irmãos primeiro e obter a opinião de cada um. O velho lidava melhor quando era confrontado com uma apresentação não apenas com uma frente unida, mas também com um plano inteligente.

Uma batida rápida na minha porta desviou minha atenção.

— Entre — eu disse, agradecido pela interrupção.

— Thomas — Sierra, nossa coordenadora de eventos, estava parada na porta, parecendo um pouco nervosa — posso falar com você por um segundo?

— Claro.

Isso não era um pedido incomum. Sierra e eu tínhamos reuniões orçamentárias o tempo todo. E quando algum fornecedor ocasional tentava pedir mais dinheiro sem um motivo justificável para o aumento, ela vinha até mim para que eu assumisse o papel de 'malvadão'.

Eu cumpria essa função com prazer.

— Então, vou direto ao ponto — ela disse em um tom apressado enquanto se sentava. — Estou me mudando.

— Você está se mudando? — repeti, ciente do meu tom mais do que surpreso.

— Eu sei. Tenho certeza de que parece repentino, mas não é. Jada e eu queremos comprar uma casa, e é muito difícil encontrar uma que amemos e que possamos pagar na cidade sem ter que reformar tudo, e fazer por conta própria não é muito a nossa praia. Encontramos o lugar perfeito em Cherry Cove, e aceitaram nossa oferta — ela explicou, e eu odiava o quanto eu entendia.

Sugar Mountain nem sempre era o lugar mais acessível para se viver. Eu tive sorte de conseguir minha casa quando consegui. E mais sorte ainda de meu pai ter me dado o dinheiro para o pagamento inicial.

— Cherry Cove não é tão longe.

— Não é. — Ela sorriu. — Mas seria uma viagem muito ruim durante o inverno. Você sabe com que frequência as estradas ficam intransitáveis. Além disso, estamos pretendendo começar uma família.

— Vocês estão... — comecei a perguntar se ela estava grávida, mas me detive antes de cruzar essa linha não profissional.

— Não, ainda não. Existem muitas opções diferentes para nós e coisas que precisamos pensar e planejar. Não é fácil, e eu sei que vai tomar muito do nosso tempo. Quero fazer da nossa família uma prioridade.

Vale a pena se apaixonar

— Eu entendo completamente. Isso tudo é uma boa notícia, Sierra. Só odeio perder você. — Tentei soar imparcial, mas minhas palavras saíram como um gemido.

Problemas de pessoal eram uma das coisas com as quais eu menos gostava de lidar. E agora não era o momento para perder nossa coordenadora de eventos. Não quando esperávamos aumentar o número de eventos com a adição do celeiro.

— Eu não quero que você pense que estou te deixando na mão. Os assistentes são bons, mas você precisa de alguém ótimo. De outro nível. Tenho a recomendação perfeita para o meu substituto.

Eu me inclinei para frente, com os cotovelos na mesa.

— Quem?

— O nome dela é Brooklyn. Ela trabalha atualmente na Kleinfeld's. Acho que ela estaria interessada em algo um pouco mais estável.

— Brooklyn McKay? — perguntei como se conhecesse a mulher, embora não conhecesse, mas ela era a única pessoa em Sugar Mountain com esse primeiro nome.

Sierra bateu o queixo e começou a divagar enquanto eu só ouvia pela metade.

— Acho que agora é Allister. Não, espera, ouvi dizer que eles se divorciaram ou algo assim. Na verdade, não tenho certeza. De qualquer forma, você a conhece?

— Não a conheço de verdade, não. Só de nome. Ela cresceu aqui. Estava na turma do ensino médio do Patrick, tenho quase certeza.

Eu vasculhei minha mente em busca de imagens de Brooklyn e não consegui encontrar nenhuma. Eu sabia que o nome me era familiar, mas era só isso.

Ela tinha cabelo ruivo?

— Ela é realmente ótima. Acho que seria uma boa transição para ela.

— Ela sabe que você está saindo?

— Ainda não. Mas posso falar com ela primeiro, se você quiser. Sondá-la e ventilar a ideia — ela ofereceu.

Eu assenti.

— Isso seria muito útil.

— Te aviso assim que falar com ela. — Sierra se levantou para sair, alisando a saia com as mãos.

— Sierra, espere. Quando é seu último dia?

— Ah, sim. — Ela corou, como se estivesse envergonhada por ter esquecido essa informação. — Para daqui a três semanas. Sei que é um prazo curto.

— Três semanas — repeti, esfregando as têmporas para afastar a dor de cabeça que começava a se formar atrás dos olhos.

Três semanas não era tempo suficiente.

Eu entrei pela porta da garagem e dentro de casa, onde a minha pessoinha favorita no mundo me esperava.

— Papai! — Clara gritou, correndo pela sala para pular nos meus braços, apertando meu pescoço o mais forte que podia.

— Você está sufocando o papai. — Fingi não conseguir respirar, e ela afrouxou o aperto... só um pouquinho.

— Como foi o seu dia? Quer ouvir sobre o meu? — ela disse antes de beijar minha bochecha com lábios pegajosos.

Colocando seus pezinhos no chão, toquei seu nariz com o dedo antes de pegar um papel-toalha para limpar meu rosto.

— Você sabe que quero. Vá lavar as mãos para o jantar, e conversamos sobre isso.

— Tá bom. Tchau, Glo-Buggy! Até amanhã — ela gritou.

Eu ia repreendê-la por chamar a Sra. Green por aquele apelido maluco, mas a Sra. Green me interrompeu antes que eu pudesse:

— Não faça isso. É muito melhor do que ela me chamar de Sra. Green o tempo todo, como você faz.

— Mas esse é o seu nome — comentei.

Ela balançou a cabeça devagar, como se eu a estivesse exaurindo.

— Meu nome é Gloria, e você sabe disso.

— Não sei, não, Sra. Green.

— Thomas O'Grady. Pare de ser tão sério o tempo todo. Sua filha é adorável, e acho engraçado que ela invente novos nomes para mim o tempo todo. Além disso, ela não faz isso por maldade. Ela é criativa — disse ela com um tom quase orgulhoso, e senti minha irritação diminuir um pouco.

— Desde que você esteja bem com isso.

O cheiro de lasanha atingiu meu nariz, e eu notei que o temporizador do forno estava em regressão enquanto eu olhava para ele.

A Sra. Green era uma verdadeira bênção. Ela cuidava de Clara todos os dias depois da escola e já deixava o jantar pronto quando eu chegava em casa. Ela já tentou lavar minha roupa uma vez e limpar a casa, mas cortei isso na hora. Eu queria que Clarabel tivesse tarefas domésticas, como eu tinha acostumado a fazer desde criança. Se outra pessoa fizesse tudo por ela, como ela aprenderia a fazer as coisas por conta própria? Era uma dessas coisas que eu sempre questionava se estava fazendo certo ou não. Ainda não tinha certeza.

— Obrigado pelo jantar. Está com um cheiro incrível.

— Bem, eu sei que você não comeria direito se não fosse por mim, então, de nada. — O tom dela era de brincadeira, mas ela não fazia ideia de como estava certa. Ou talvez soubesse.

Nos fins de semana, Clara e eu ou saíamos para o Main Street Diner, ou, às vezes, pegávamos comida do restaurante do resort e trazíamos para casa. Se não fosse pela Sra. Green, provavelmente comeríamos comida pronta todas as noites. Para o desgosto do meu pai. Ele adorava fazer churrasco e tentava reunir todo mundo nos fins de semana para o jantar, mas até isso havia sido difícil ultimamente. A construção da casa de Patrick tinha tomado prioridade sobre tudo.

— Você não está errada. Obrigado de novo. Nos vemos amanhã. — Eu a acompanhei à porta da frente e observei até que ela atravessasse a rua e abrisse a própria porta, acendendo a luz do corredor e acenando para mim pela janela.

Sim, ela morava do outro lado da rua, e eu estava feliz por isso. Se ela não tivesse se oferecido para começar a cuidar de Clarabel, eu não sabia quem teria feito isso. Eu realmente pensava bastante nisso ao longo dos anos. Se não fosse pela Sra. Green, onde estaríamos?

Definitivamente, mal alimentados e muito menos estáveis.

O forno apitou, e eu peguei duas luvas, abri a portinha e tirei a lasanha quente de dentro. O queijo borbulhava por cima, chiando ao encontrar o ar frio.

— Eu adoro quando a Glo-Buggy Cara de Minhoca faz lasanha — Clara disse, puxando sua cadeira na nossa mesa e se sentava.

— Glo-Buggy Cara de Minhoca? — murmurei, com uma risada.

28

J. STERLING

— Ela gosta — Clara informou antes que eu pudesse dizer mais alguma coisa.

— Se você diz. — Decidi não discutir conforme pegava dois pratos do armário, bem na hora em que Patrick e Matthew entraram sem bater. Às vezes, eles faziam isso… apareciam sem aviso.

— Tios! — Clara gritou e saiu da cadeira tão rápido que a derrubou. — Opsie… — ela disse, com as bochechas vermelhas de vergonha.

— Eu cuido disso, princesa. — Matthew correu e pegou a cadeira caída, colocando-a no lugar. — Parece que chegamos na hora certa, né, Patrick?

— Com certeza — Patrick concordou, afastando o cabelo dos olhos bem na hora em que Clarabel correu em sua direção.

Ela pulou, e ele a pegou com pouco esforço antes de jogá-la em seus ombros.

Os três realmente se pareciam muito. Não havia como negar que éramos irmãos, mesmo que o cabelo de Patrick fosse mais comprido e os olhos de Matthew fossem um pouco mais azuis.

— Vocês vão ficar para o jantar? — perguntei, pegando mais dois pratos.

— Fica. Fica. Fica — Clarabel cantarolava do alto do ombro de Patrick, e eu sabia que eles nunca diriam não a ela. — Corre, cavalinho.

Ela bateu na cabeça de Patrick enquanto ele fingia trotar pela cozinha, com o cabelo caindo sobre os olhos de novo.

Matthew entrou na cozinha e pegou os pratos.

— Eu arrumo a mesa. Você traz a comida.

Assenti, peguei um pano e levei a lasanha ainda quente para a mesa antes de voltar para pegar uma espátula e queijo parmesão para a pequena.

— Bebidas? — perguntei em voz alta e esperei que todos gritassem seus pedidos para mim, como eu sabia que fariam.

Os três gritaram em uníssono.

— Água.

— Cerveja.

— Suco de maçã.

Em vez de responder, fui direto pegar os pedidos.

Equilibrando tudo nas mãos, coloquei a bebida correspondente na frente de cada um.

Clarabel estava sentada pacientemente em sua cadeira, com as mãos entrelaçadas sobre o colo à medida que eu servia porções generosas nos pratos.

Todos começaram a comer, e eu observei Clara soprando seu garfo

Vale a pena se apaixonar

cheio de lasanha antes de colocar na boca, como se não confiasse que não fosse queimar.

— Delícia — ela disse, mastigando.

— Boca fechada — eu a lembrei.

— Desculpa — ela tentou dizer, antes de engolir. — Quem quer ouvir sobre meu dia? — Clara perguntou para a mesa composta por três de seus maiores fãs.

Todos respondemos ao mesmo tempo – um sonoro sim, é claro –, e ela largou o garfo com um tilintar antes de empurrar a cadeira e se levantar.

— O Scott zombou dos meus sapatos. — Ela apontou para eles. — Disse que só esquisitos usam dois sapatos diferentes, então eu devo ser uma.

Eu juro que dava para ouvir o som de um alfinete caindo no chão com o silêncio que se instalou entre nós três. Todos paramos de mastigar, nos entreolhando, antes de focarmos de novo em Clarabel. Scott devia ter sido criado por gente besta, e era claro que ele e seus pais agora deveriam sofrer as consequências.

Pigarreando de leve, tentei parecer calmo, mas havia uma camada de proteção borbulhando logo abaixo da superfície. Clarabel adorava usar dois sapatos diferentes.

Quando ela era mais nova, tentei forçá-la a combinar os sapatos, mas uma manhã ela me olhou e simplesmente perguntou: *Por quê?*

Para ser honesto, eu não tinha uma boa razão para dar a ela. Então, cedi, pensando que era só uma fase. Além disso, usar dois sapatos diferentes nos pés certos não estava machucando ninguém.

— O que você disse? — perguntei.

— Disse a ele que preferia ser esquisita a ser burra e um idiota — ela respondeu, e todos nós começamos a rir ao assimilar sua resposta brilhante.

— Caramba, princesa — Matthew riu alto. — Ele chorou?

Ela riu enquanto se sentava de novo.

— Não, tio, ele não chorou! Mas ele saiu correndo para me dedurar.

Ela fez uma careta antes de dar uma mordida muito grande no jantar.

— Espera. — Patrick levantou a mão. — Ele dedurou você?

— Aham — ela murmurou com a boca cheia de comida. — E é por isso que a Srta. Shooster quer falar com você, papai.

— Ela quer falar comigo, é? — Eu me inclinei para trás na cadeira enquanto uma mistura de orgulho e medo percorria minhas veias.

Ela fez a coisa errada ao se defender? De jeito nenhum. Será que ela poderia ter feito isso de outra maneira? Não tenho certeza. Não era como se Clara tivesse batido no garoto, como eu atualmente queria fazer.

— Sim. Tem um bilhete na minha mochila. — Ela apontou para onde sua mochila estava no sofá. — Mas eu não menti, papai. O Scott é burro. Ele tira notas ruins o tempo todo. E ele é um idiota. Eu não sou a única pessoa de quem ele tira sarro.

Sim, esse garoto Scott teria que fazer as malas e sair da cidade. Ou pelo menos mudar de escola.

— Não dá para argumentar com uma lógica firme dessas. — Patrick deu de ombros e estendeu a mão pela mesa para dar um *high-five* para a sobrinha, que retribuiu com entusiasmo.

— Não tenho certeza se deveríamos estar promovendo isso…? — tentei dizer, mas saiu mais como uma pergunta.

Era tudo o que eu parecia fazer ultimamente quando se tratava de ser pai. Duvidar de mim mesmo agora era algo natural.

— Promover o quê? Defender a si mesma? Defender suas escolhas? Dar uma lição de verdade naquele garoto perdedor? Acho que não só devemos promover esse comportamento, como também recompensá-lo — Matthew disse e fez o mesmo que Patrick, o som do cumprimento do *high-five* ecoando entre nós.

— Você está bravo comigo, papai? — Clara parecia tristonha enquanto esperava minha resposta.

— Não. Seus tios estão certos. Você não fez nada de errado. Estou orgulhoso de você, querida.

— Obrigada, papai. — Ela pulou da cadeira mais uma vez, mas desta vez, foi para correr e me dar um abraço. — Quero dizer, você preferiria ser esquisito ou burro? É óbvio, né?

— Com certeza é óbvio. Esquisito, todos os dias da semana — concordei, e ela sorriu.

Às vezes, essa minha filha era lógica demais para o próprio bem. Ao contrário daquele tal de Scott. Eu não me importava que ele tinha apenas oito anos. Agora, ele estava no topo da minha lista proibida.

Vale a pena se apaixonar

OS REIS DE SUGAR MOUNTAIN

Thomas

Depois que Clarabel se acalmou e foi para a cama, meus irmãos e eu fomos para a sala de estar e nos sentamos nos sofás, com bebidas geladas nas mãos. Eu não tinha planejado tê-los por aqui, mas agora que estavam, eu poderia conversar com eles sobre ideias de trabalho e problemas.

— Estou feliz que vocês apareceram, cabeças-duras — soltei, antes de tomar um gole de cerveja.

— Ah, estávamos na vizinhança — Patrick disse com um sorriso, antes de Matthew rir.

— E ouvimos dizer que a Sra. Green fez lasanha.

Recostando a cabeça, dei um sorriso.

— Eu sabia que tinha algo por trás disso. Tudo indo bem com sua casa? — perguntei a Patrick, e ele assentiu rapidamente.

Ele estava na reta final da construção da sua casa dos sonhos, cerca de um quilômetro adiante. Ela havia evoluído muito desde a pilha de escombros e terra que era no início. Patrick comprou a velha fazenda Aimsley em um leilão e rapidamente a demoliu. Ele elaborou os esboços arquitetônicos e os planos em uma semana. Conseguiu todas as aprovações e começou a trabalhar imediatamente, como se o rabo estivesse pegando fogo.

Nenhum de nós sabia ao certo qual era o motivo de toda a pressa, mas sempre que perguntávamos, ele mencionava a escassez de suprimentos e a necessidade de conseguir materiais antes que acabassem. Eu não fazia ideia se isso era verdade, mas não tinha energia para discutir com ele sobre isso. Patrick estava lutando contra demônios que só ele podia ver. Quem sou eu para julgá-lo por isso?

— Deverá estar pronta no próximo fim de semana — ele disse.

Minha boca se abriu.

— Sério? Pronta para morar e tudo?

— Sim. As inspeções finais estão marcadas para sexta-feira.

— O que o papai vai fazer sem você? — Matthew caçoou.

— Me irritar muito menos — Patrick respondeu com um sorriso.

— E provavelmente me irritar mais — Matthew reclamou.

— Você sempre pode voltar a morar com ele — sugeri, e Matthew praticamente engasgou.

Atualmente, ele estava alugando um apartamento em um condomínio que era, em sua maioria, de imóveis alugados. Nunca fez sentido ele continuar alugando quando tinha dinheiro suficiente para comprar o prédio inteiro, mas ele parecia feliz... o suficiente. Sempre que eu perguntava sobre comprar uma casa ou quais eram seus planos para o futuro, ele dizia que não era o momento certo – fosse lá o que isso significasse. Ele não estava pronto para falar também, então eu nunca pressionei. Era o estilo O'Grady – ter sentimentos, engolir.

— Nem a pau. Eu me mudaria para cá antes de morar com o papai — ele disse, dando de ombros. — Falando nisso, por que você não veio morar aqui? — Ele alternava o olhar entre mim e Patrick, como se esperasse uma resposta misteriosa.

— Eu não queria perturbar a Clara. Sabia que seria caótico se eu morasse aqui, só para depois me mudar e deixá-la — Patrick respondeu, pensativamente.

— Você nem ofereceu, ofereceu, Rabugento? — Matthew me lançou um olhar desaprovador.

— Eu ofereci, sim, seu idiota — retruquei.

Como se eu não oferecesse tudo que pudesse para os dois, se eles precisassem. Patrick e eu tivemos longas discussões sobre ele se mudar inicialmente. Eu disse a ele que seria mais do que bem-vindo para ficar aqui, mas ele sempre recusava.

— Eu sabia que ia demorar cerca de dezesseis meses para construir, salvo quaisquer atrasos. Era tempo demais. Estaríamos em uma rotina aqui, e depois eu iria embora e destruiria tudo quando me mudasse. Eu não poderia fazer isso com ela.

Vale a pena se apaixonar

— Ela entenderia — tentei tranquilizá-lo, mas ele não queria saber.

— Mas ela ficaria triste.

— Ela definitivamente ficaria triste — concordei.

— Eu entendo — Matthew assentiu. — Nós não fazemos coisas que deixam Clara triste.

— Ela tem sorte de ter vocês dois — eu disse, sentindo-me um pouco emotivo. Eu precisava mudar de assunto. Limpando a garganta, disse: — Mudando de assunto. Recebi algumas notícias hoje.

— Que tipo de notícia? — Matthew perguntou, com a testa franzida.

— A Sierra está pedindo demissão e se mudando.

— Merda. Sério? — Isso foi o Patrick. — Quem vamos colocar no lugar dela?

Tomando um gole, soltei um longo suspiro.

— Ela vai falar com a Brooklyn McKay sobre o trabalho — comecei a dizer.

— Ah, essa é uma boa escolha — Patrick assentiu antes de tomar um gole da própria bebida. — Ela é ótima. Seria uma boa adição. Sempre foi muito legal no ensino médio e já faz muitos eventos. Eu a vi por aí e ouvi muitas coisas boas.

— Sério? Isso é bom de saber. Mas eu queria a opinião de vocês sobre outra coisa antes de falar com o papai sobre isso.

Matthew se recostou no sofá, praticamente sendo engolido pelas almofadas.

— Isso deve ser bom.

— É sobre o resort — comecei, e ele instantaneamente pareceu entediado. — Sobre o que mais eu falaria com o papai?

— Eu não sei? Sobre uma mãe para a Clarabel? Uma namorada pra você? Como usar seu pau direito, já que ele está em pausa há cem anos — Matthew listou, com um sorriso sacana no rosto.

— Por que diabos eu precisaria falar com o papai sobre qualquer uma dessas coisas? E meu pau não está em pausa, vá se ferrar — rosnei.

— Sua mão não conta — ele rebateu, e Patrick soltou uma risada que não conseguiu controlar antes de Matthew se voltar para ele. — Você não pode rir. Está no mesmo barco. Vocês dois, com seus paus em pausa.

— Só porque não saímos por aí com qualquer fã de hóquei que aparece patinando por aí — Patrick disse, esperando calar Matthew, mas nós dois sabíamos que isso não adiantaria. Nosso irmão mais novo sempre precisava ter a última palavra.

— Primeiro, fãs de hóquei geralmente não patinam. Segundo, não há nada de errado em ir um pouco além para agradar uma fã. — O estilo de vida de jogador de Matthew estava estampado em sites de fofocas das mídias sociais desde que ele começou a jogar profissionalmente, e, infelizmente, éramos obrigados a ler ou ouvir sobre isso quase todos os dias. — Meu pau está longe de estar em pausa. Está bombando. No top 10. Tem bilhões de visualizações.

— Bilhões de visualizações parecem um pouco exagerado — eu disse, terminando o último gole da minha cerveja.

— Espero que você tenha se protegido sempre — Patrick o repreendeu antes de me encarar com medo nos olhos.

— Por favor, me diga que você não engravidou ninguém — acrescentei.

Matthew se levantou do sofá, terminou sua bebida e amassou a lata antes de ir para a cozinha.

— Sempre protegido, caras. Sem proteção, sem diversão. Nunca fiquei sem.

— Ainda bem — soltei, e Patrick me lançou um olhar que dizia que ele concordava.

— Vocês querem mais uma? — Matthew perguntou, segurando a porta aberta da geladeira com o ombro.

— Eu aceito uma — eu disse.

— Eu também — Patrick concordou.

Matthew pegou três latinhas geladas e as jogou para nós antes de se sentar novamente.

— Certo, estou pronto para ouvir essas merdas chatas de trabalho.

Para ser honesto, eu achava que Matthew odiava sua vida pós-hóquei. Não que ele não amasse Sugar Mountain ou o resort da nossa família. Era mais que ele não deveria estar trabalhando nele... ainda.

Ele sempre achou que se aposentaria do hóquei em algum momento dos seus trinta e poucos anos, depois voltaria para casa, começaria uma família e essa nova fase. Tudo aconteceu muito rápido. Ele não estava pronto.

Abri a latinha, que chiou e espumou antes de eu levar aos lábios e tomar um gole.

— Você cuida de todas as nossas redes sociais. Você vai se importar com isso. Ou pelo menos finja que se importa.

— Certo, eu me importo — Matthew resmungou.

Quando ele voltou para casa, Matthew não queria fazer nada, muito menos sair do sofá.

Vale a pena se apaixonar

Mas ele sempre foi um fotógrafo incrivelmente talentoso. Pelo menos com seu celular. O cara sabia enquadrar ângulos e editar fotos de maneiras que deveriam ser impossíveis para um celular, mas ele era um mestre nisso.

Pedir a ele que supervisionasse as redes sociais do resort foi algo óbvio e parecia uma forma fácil de reintegrá-lo aos negócios da família. Até ele assumir, estagiários estavam cuidando de tudo.

— Ei, cara, sabemos que é uma droga você não estar jogando hóquei mais — Patrick interrompeu, soando muito mais paciente do que eu estava no momento. — Mas adoramos que você esteja em casa. Sentimos sua falta quando você estava fora. E trabalhar no resort sempre foi parte do nosso futuro. Lembra quando falávamos sobre comandar essa cidade juntos?

— É isso mesmo. Nós comandamos essa cidade — Matthew proclamou, embora eu não sentisse isso havia muito tempo. — Acho que vocês dois se esquecem de que Sugar Mountain é nossa. Somos os três solteiros mais cobiçados da cidade, e vocês dois não fazem nada a respeito.

— Eu não acho que sair com metade da população da cidade seja bom para os negócios — eu intervim.

Matthew parecia querer dizer outra coisa, mas engoliu as palavras. Discutir sobre isso era inútil e cansativo. Já tínhamos feito isso um milhão de vezes antes e nunca chegamos a lugar nenhum.

Essa noite não seria diferente.

— De qualquer forma... — Ele prolongou a palavra antes de soltar um suspiro alto. — Sobre o que você quer falar, Rabugento?

Eu fechei a mandíbula.

— Esse apelido nunca vai deixar de ser irritante.

— É isso que o torna tão divertido. — Matthew mostrou a língua, e eu fingi que meu irmão mais novo não agia de forma menos madura que minha filha de oito anos.

— Certo — eu disse, agora focando em Patrick. — O celeiro de eventos ainda está no cronograma para abrir na primavera?

— Salvo quaisquer atrasos imprevistos no clima ou materiais, eu diria que estaremos prontos no início de março para concluir as inspeções e obter todas as licenças.

Assenti.

— Isso é uma boa notícia.

— Mas eu não reservaria nada antes de meados de abril. E até isso pode ser meio apertado. Eu realmente não terei datas firmes até a temporada de tempestades começar.

O inverno podia ser um pesadelo para construtores. Meteorologistas que prometiam uma temporada amena costumavam errar mais de uma vez. E uma nevasca rápida podia despejar metros de neve que ficavam no chão por semanas. A Mãe Natureza dificultava o planejamento.

— Faz sentido.

— Sierra e eu já começamos a criar uma lista de interessados. Temos os e-mails e informações de contato deles.

Essa era uma novidade para mim.

— Tem muito interesse?

Patrick assentiu enquanto Matthew acrescentava:

— Vamos enviar um boletim assim que estivermos prontos para começar a aceitar reservas. Estava pensando em não mais do que um ano de antecedência. Qualquer coisa além disso pode nos trazer problemas. Devemos reservar algumas datas para questões típicas relacionadas ao clima e fechamento de estradas, assim podemos mover as coisas, se necessário. Já comecei a pesquisar padrões climáticos dos últimos três anos.

— Isso é realmente inteligente — eu elogiei Matthew. Às vezes, ele era mais do que só um rostinho bonito, mas eu achava que ele gostava de se fingir de bobo. — Eu nem tinha pensado nisso. Só achei que iríamos reservar para uma data muito mais além do que imaginado.

Matthew balançou a cabeça.

— É, não. Se estivermos totalmente lotados de uma reserva para outra, não teremos margem de manobra para possíveis problemas.

— Okay, bem, vocês podem conversar com o novo coordenador de eventos sobre tudo isso assim que eu contratar alguém.

— Você quer dizer Brooklyn? — Patrick disse o nome dela com uma familiaridade que eu não tinha em relação à mulher.

— Certo. Mas eu nem sei se ela vai ser uma boa escolha. Sei que você disse que acha que sim, mas você a viu recentemente? Sabe algo sobre a vida dela agora? Ou você só se lembra dela do ensino médio? Além disso, ela pode nem querer trabalhar no resort.

Matthew riu alto.

— Me poupe, Thomas. Todo mundo em Sugar Mountain quer trabalhar no nosso resort.

— Isso não é verdade — Patrick murmurou baixinho, com o tom completamente mudado.

Matthew estendeu a mão para colocar sobre o ombro dele.

Vale a pena se apaixonar

— Você ouviu falar dela recentemente? — ele perguntou.

Eu virei a cabeça na direção deles, com surpresa estampada no meu rosto. Se Patrick falava com Addison regularmente, era uma novidade para mim.

— Vocês dois ainda se falam? — perguntei, mal conseguindo conter meu choque.

Eu tinha a impressão de que, quando Addi se mudou para Nova York, eles pararam de se comunicar por completo. Eu me lembrava de Patrick a deixando de seguir em todas as redes sociais porque doía demais vê-la vivendo uma vida sem ele. Quando ela o deixou de seguir em retorno, achei que ele fosse perder a cabeça. Nunca vi duas pessoas se magoarem tanto apenas por fazerem a coisa certa. Foi quando percebi que nunca tinha amado ninguém com aquela intensidade. Nem mesmo Jenna.

— Só quando um de nós bebe demais — Patrick disse, quase sussurrando, como se estivesse preso em lembranças que só ele podia ver.

— Com que frequência isso acontece? — perguntei.

— Não com tanta frequência — Patrick respondeu —, e, às vezes, com frequência demais.

— Então, você não ouviu falar dela recentemente? — Matthew perguntou de novo.

Patrick lançou-lhe um olhar mortal que era um pouco assustador.

— Não.

Às vezes, o sofrimento de Patrick era difícil de suportar. Ele enchia todo o ambiente e sufocava tudo sem aviso. Eu precisava nos trazer de volta ao foco; caso contrário, antes que eu percebesse, Patrick sairia de casa furioso, ouvindo "Chainsaw", do Nick Jonas – o que era nosso sinal de que ele não estava bem emocionalmente –; Matthew correria para o bar para beber seus próprios problemas, e eu ficaria sem respostas, como antes de eles virem.

— Eu não sei o que dizer sobre isso. — Meu olhar alternou entre meus irmãos. — Mas voltando ao celeiro. Acho que todos nós sabemos que, com a adição desse espaço para eventos, vamos ficar sem quartos mais rápido e por mais tempo.

— Com certeza — Matthew concordou. — Vamos ter problemas de capacidade.

— Eu estava pensando a mesma coisa — Patrick acrescentou, voltando ao modo de trabalho.

— É por isso que precisamos de outro prédio, certo? — sugeri.

Patrick levantou um dedo para me interromper.

— Ou é por isso que precisamos de chalés para acomodar grupos de casamento inteiros ou grupos maiores.

— O que você está pensando? — perguntei, querendo esclarecimento sobre qualquer coisa relacionada ao resort e suas finanças.

Às vezes, eu ficava preso a uma única ideia e não conseguia enxergar outra saída. Por isso gostava de pedir a opinião dos meus irmãos e da equipe. No final das contas, teríamos que escolher a opção mais rentável e que fizesse mais sentido a longo prazo. Quando se tratava do resort, nunca pensávamos no curto prazo. Era sobre acrescentar ao legado.

Patrick se levantou, correu para a cozinha e abriu uma gaveta. Ele voltou com um bloco de anotações e um lápis e começou a fazer esboços.

— Tudo bem, então imagine isso. — Ele virou o bloco em nossa direção para mostrar os desenhos rústicos que, de alguma forma, eram completamente compreensíveis, mesmo para meus olhos destreinados. — Chalés nas montanhas com vários quartos. Tipo três ou quatro quartos, cada um com seu próprio banheiro. Uma cozinha. Uma sala de estar. Lareiras.

— Mais de uma lareira? — perguntei.

— Em alguns, sim. É romântico — Patrick observou enquanto batia o lápis no bloco, sua mente obviamente se atropelando com ideias.

— Por que as pessoas escolheriam um chalé em vez de pegar quartos interligados em um dos prédios principais? Ou ficar em uma suíte? — Matthew se perguntou em voz alta, e era uma pergunta justa. Uma que eu também faria.

— Para que possam ficar mais tempo. Além disso, nossa maior suíte tem apenas dois quartos. Mas ainda parece que você está em um quarto de hotel. Isso seria mais como ficar em uma casa.

Era uma ideia muito inteligente.

— Eu não detestei a ideia. Nem um pouco. Vou precisar dos números para comparar os custos de construção, e então posso fazer algumas projeções.

— Feito — Patrick disse. — Além disso, com algo desse tamanho, o preço poderia ser facilmente o dobro do que geralmente cobramos por uma suíte. Talvez até o triplo? Não sei. Essa é sua área de especialidade.

— Vou precisar da ajuda de vocês para vender isso para o papai. — Lancei-lhes um olhar que dizia que precisávamos fazer isso juntos.

Não era que nosso pai não ouvisse ou achasse que nossas ideias não fossem boas o suficiente para serem implementadas. Era mais que ele gostava de ver nós três trabalhando juntos como uma equipe.

Vale a pena se apaixonar

Um O'Grady era sempre rejeitado.

A resposta do velho era sempre a mesma.

— *O que seus irmãos acham?*

Era todos nós ou nenhum.

Era assim que o resort funcionava. E eu respeitava isso.

NÃO ESPERAVA POR ESSA

Brooklyn

 Saí para o corredor, certificando-me de deixar o aviso de "não perturbe" na porta do meu quarto de hotel enquanto a fechava. Eu estava no Sugar Mountain Resort desde que saí de casa, deixando Eli naquela tarde, e realmente precisava planejar meus próximos passos. Ficar aqui tinha sido impulsivo e deveria ser temporário, mas as coisas com o divórcio progrediram tão rápido que eu não tinha cabeça para pensar em me mudar permanentemente até que essa parte estivesse finalizada. Era como se meu cérebro só pudesse lidar com um evento de mudança de vida por vez.

 Ficar no Sugar Mountain parecia o melhor tipo de sonho febril — desde a cama até a banheira de hidromassagem gigante, que eu usava quase todas as noites, até o restaurante com pratos de chef e o serviço de quarto delicioso.

 Minha carteira era a única que reclamava. O resort não era barato, mas o desconto de amigos e familiares que Sierra conseguiu para mim valia a pena.

 Acordei com uma mensagem de texto dela, pedindo para eu passar em seu escritório quando saísse de manhã, e eu estava um pouco nervosa de ter causado algum problema para ela.

 Peguei o elevador até o andar principal, surpresa quando ele não parou em nenhum dos outros andares para pegar mais pessoas. Ao entrar no amplo saguão, caminhei em direção ao carregador de malas.

— Bom dia, senhorita — ele disse, inclinando a cabeça.

— Bom dia. Você poderia me indicar onde fica o escritório da Sierra?

Ele deu alguns passos, colocando seu corpo na minha frente.

— Está vendo aquele corredor bem ali? — Ele apontou para a esquerda, ao redor de um grande buquê de flores silvestres, e eu assenti. — Siga por ele e continue andando até o fim. Todos os escritórios ficam lá, inclusive o dela.

— Muito obrigada. — Sorri antes de seguir as direções dele, observando as decorações de outono que estavam começando a substituir as de verão.

Eu amava esse resort. E não apenas porque os homens mais atraentes da cidade eram os donos dele.

Não. O Sugar Mountain Resort era uma instituição, uma lenda. O lugar onde você aspirava a celebrar seus momentos marcantes. Casar, ter o baile de formatura, eventos de trabalho, promoções, etc. Todos queriam desfrutar dessas celebrações aqui. Até mesmo pessoas de fora, o que tornava cada vez mais difícil para os moradores locais reservarem o lugar. Tentar conseguir um salão de banquete de última hora? Esqueça. Confie em mim, eu já tentei mais de uma vez no meu ramo de trabalho.

Suspirando enquanto caminhava pelo corredor dos escritórios, admirei a decoração de madeira escura. Parecia clássico... atemporal, até. Ao olhar os nomes nas paredes enquanto passava, notei "Thomas O'Grady, diretor financeiro" e passei os dedos sobre o nome. Parei por um breve momento antes de tentar espiar lá dentro, mas a sala estava escura, e as persianas que cobriam sua grande janela estavam fechadas.

Continuei andando até chegar à porta do escritório de Sierra e bati. Ela levantou o olhar da sua mesa, seu cabelo preto como azeviche caindo sobre o ombro enquanto ela sorria abertamente para mim.

— Oh, Brooklyn! Oiii! — Ela bateu palmas antes de começar a acenar. — Entre. Entre. Feche a porta.

Fiz o que ela pediu, embora eu não tivesse ideia do que estava acontecendo.

— Você está bem? — perguntei, e ela apenas sorriu ainda mais, se é que isso era possível.

— Sim. Sente-se. Eu preciso falar com você.

— Okay. Estou sentada — disse assim que puxei uma cadeira e me sentei, notando a grande janela atrás dela que ocupava quase toda a parede. A vista era deslumbrante. E tranquila.

Sierra e eu nos conhecemos cinco anos atrás por causa dos nossos respectivos trabalhos. Ela era a coordenadora de eventos aqui, e eu trabalhava para uma empresa de planejamento de eventos. Houve momentos em que eu sentia que falava com Sierra quase todos os dias sobre um evento futuro ou outro.

— Vou direto ao ponto — ela disse, com um tom de voz mais sério, e me vi me ajeitando na cadeira enquanto a ansiedade corria pelo meu corpo.

— Tudo bem?

Droga. Será que isso tinha a ver com o outro dia, quando voltei bêbada e literalmente esbarrei no Thomas? Eu não o tinha visto desde então, o que ajudava a manter minha vergonha sob controle.

— Estou saindo do resort — ela soltou, e eu recuei, surpresa.

— Espera. O quê? Por quê? Indo embora? Tipo, para sempre? — As perguntas saíram da minha boca antes que eu pudesse processá-las.

— Jada e eu estamos nos mudando para Cherry Cove. Então, estou pedindo demissão.

— Você está se demitindo. Quem vai assumir o seu lugar? — perguntei.

Eu já tinha lidado com a assistente de coordenação no passado, e embora ela fosse adorável, ainda estava definitivamente aprendendo. Não conseguia imaginar um resort desse tamanho e reputação entregando as rédeas para alguém que não estivesse totalmente qualificado para lidar com isso.

— É por isso que eu te chamei aqui — ela começou a explicar, mas as pistas que ela estava me dando não faziam sentido na minha cabeça. — Você está feliz na Kleinfeld's?

Quão feliz eu estava no meu trabalho? Eu gostava, mas adorava planejar casamentos, e esse era o tipo de evento que eu menos planejava. Kleinfeld's era conhecida por suas festas corporativas.

— Ah, quero dizer, eu realmente gosto do meu trabalho. Por quê?

— Porque eu acho que você deveria ser a pessoa a ocupar o meu lugar.

— Espera. — As peças finalmente se encaixaram de uma vez, e eu balancei a cabeça em descrença. — Você quer que eu assuma o seu lugar aqui? Quer que eu seja a coordenadora de eventos do Sugar Mountain Resort?

— Sim. Acho que você seria perfeita para o cargo.

— Caramba — sussurrei, e ela riu antes que eu formulasse uma resposta que soasse mais profissional. — Você pode me contar um pouco sobre o trabalho? Tipo, como é o seu dia a dia?

Sierra começou a falar sobre lidar com fornecedores e clientes, e como ela raramente precisava dirigir para lugar nenhum porque tudo e todos vinham até ela. Isso era um bom benefício, considerando que no meu trabalho

Vale a pena se apaixonar

atual, eu passava muito tempo dirigindo para reuniões e explorando locais. A ideia de ficar em um só lugar era definitivamente atraente. Quando ela terminou de me encher com tantas informações a ponto de eu achar que minha cabeça fosse explodir, encontrei espaço para mais uma pergunta:

— Que tipo de eventos você organiza mais?

— Casamentos. Sem dúvida. E quando o celeiro de casamentos estiver pronto, esperamos que esse número triplique.

— O que é o 'celeiro de casamentos'? — perguntei, fazendo aspas com os dedos.

— Patrick — ela fez uma pausa antes de acrescentar o sobrenome dele —... O'Grady está construindo um espaço para eventos de última geração. Parece um celeiro rústico por fora, mas vai ser deslumbrante por dentro. Todo feito com madeiras nobres e vigas expostas. É dividido em várias áreas que podem ser abertas ou fechadas com uma porta corrediça, dependendo do tamanho da festa. Também há duas cozinhas completas, então não precisamos mover a comida ou a equipe do prédio principal. Vários espaços para bares. Há vestiários para as festas de casamento, se necessário. Quatro banheiros. Um mezanino. Quero dizer, também é um espaço lindo para reuniões corporativas, atividades de *team building*, reencontros, ou qualquer tipo de festa. Aqui, deixa eu te mostrar. — Ela apontou para a tela do computador enquanto digitava rapidamente.

Eu me levantei da cadeira e fui até ela, olhando por cima do ombro.

— Esses são os esboços finalizados.

Ela rolou por várias variações de como o espaço poderia ser usado e decorado, e eu juro que quase comecei a chorar. Era a coisa mais bonita que eu já tinha visto.

— É deslumbrante.

— Eu sei. Tudo obra do Patrick. Ele projetou tudo.

— Uau. Eu não tinha ideia de que ele era tão talentoso. — Não era para ser um comentário rude ou crítico de forma alguma.

Todo mundo na cidade sabia que Patrick estava construindo uma casa, mas era tão longe da estrada que você não conseguia ver, mesmo se passasse de carro e tentasse espiar. O que eu talvez tenha feito uma ou duas vezes com a Lana.

— Ele é um empreiteiro e designer realmente brilhante. Você deveria ver a casa dele — ela suspirou, seus olhos arregalados, como se até ela estivesse impressionada com o que ele havia feito. — Enfim, o que você acha? Está interessada?

Minha mente ainda estava girando, cheia de detalhes e tentando superar um pouco do choque.

— Estou um pouco abismada, para ser honesta.

— Eu sei. Eu entendo. Você pode achar que seria como o que você já faz, mas tecnicamente, não é. É definitivamente diferente e extremamente trabalhoso, mas você terá uma equipe sob seu comando, o que sei que você não tem no seu emprego atual.

Nesse momento, um pensamento entrou na minha cabeça, e em vez de pensar sobre ele antes, simplesmente o soltei.

— As decorações e eventos do resort. Tipo o 'trunk-or-treat' e a caça aos ovos de Páscoa e essas coisas. Você cuida disso também?

O Sugar Mountain Resort era famoso por suas decorações o ano todo. Cada estação ou feriado tinha as áreas do resort decoradas de acordo. Havia vários eventos que o hotel realizava ao longo do ano para famílias, como piqueniques, caças ao tesouro e festas do Quatro de Julho.

Nunca havia um momento de tédio, e eu não conseguia imaginar ser responsável por tudo isso além de supervisionar todos os eventos pagos.

Sierra me olhou como se eu estivesse meio louca.

— Deus, não. Você está maluca? Isso é um departamento completamente diferente, e eles têm sua própria equipe. Nós nem interagimos, para ser honesta.

— Okay. Eu estava começando a achar que você não era totalmente humana — comentei, com uma risada, antes de repassar mentalmente o que ela disse anteriormente. — Você mencionou a equipe que trabalha sob seu comando. Eles vão ficar muito chateados por não terem sido considerados para essa posição? — perguntei, sem querer pisar nos calos de ninguém ou começar com o pé errado se eu realmente fosse contratada e aceitasse o emprego.

— Eles podem ficar um pouco magoados no início, mas vão entender. Eles não estão prontos para lidar com isso. E a única pessoa que está, a Maribel, não quer o cargo. Ela não quer que sua vida gire em torno do trabalho, por isso recusou o cargo de assistente também, quando eu ofereci.

— Eu respeito isso. — Nem todo mundo era tão focado na carreira quanto eu era no momento. Obviamente, ou eu ainda estaria casada.

— Pode me dar um minuto? — ela perguntou antes de pegar o telefone e discar. — Thomas. Estou com a Brooklyn aqui no meu escritório, e queria enviá-la para uma reunião contigo de última hora... — Ela fez uma pausa e olhou para mim.

Vale a pena se apaixonar

Ela não podia estar querendo que eu fizesse uma entrevista para o cargo agora, né? Eu não estava preparada.

E logo com Thomas O'Grady, de todas as pessoas. Lutei contra o impulso de revirar os olhos e sufoquei a sensação de pavor que começou a se avolumar dentro do meu peito.

— Uhum. Está ótimo. Obrigada por arranjar um tempo para ela.

Sierra desligou o telefone com um sorriso.

— Você pode passar no escritório do Thomas quando estiver saindo e conhecê-lo? Ele acabou de chegar e tem uma brecha na agenda.

Pressionei os lábios juntos enquanto tentava pensar em uma desculpa para sair dessa. Mas, droga, essa oferta era boa demais para ser verdade.

Sierra estalou os dedos.

— Brooklyn? Você tem tempo para uma reunião com ele agora ou precisa ir?

— Agora?

— Não há momento melhor do que o presente.

— Por que eu vou me reunir com o Thomas?

Foi uma pergunta boba. Felizmente, Sierra não me repreendeu por isso.

— Humm, porque ele é o diretor financeiro, e eu trabalho bem de perto com ele. Ele é meu superior direto.

— Então ele seria meu chefe? — sondei, com a voz apenas um pouco trêmula na última palavra.

— Ele seria seu chefe, sim. — Ela inclinou a cabeça para o lado, como se estivesse me estudando ou tentando descobrir qual era o meu problema com ele. — Ei, olha, se você está preocupada com a reputação dele, deixe-me te dizer que o Thomas só late, mas não morde. Muito papo, pouca ação. As pessoas têm medo dele, mas essas pessoas são bobas.

Uma risada desconfortável escapou da minha garganta. Eu não tinha certeza se acreditava na versão do Thomas que Sierra estava apresentando. Claro, eu não o conhecia bem, mas ele parecia bastante assustador no outro dia, quando esbarrei nele.

— Se você diz.

— Qualquer coisa que ele faça ou diga que soe grosseiro é sempre no melhor interesse do resort. Ele ama esse lugar. Todos nós amamos.

Esse foi um dos melhores argumentos de venda que eu já ouvi, e ela nem estava tentando me convencer de comprar algo. Levantei-me da cadeira e estendi a mão para Sierra, e logo depois ela saiu de trás de sua mesa e veio me abraçar.

— Eu realmente acho que você seria a escolha perfeita. Não deixe o exterior rabugento do Thomas te afastar.

— Acho que ele pode me odiar — admiti.

Ela se afastou, me olhando com uma expressão confusa.

— Por que você acha isso?

Dando um passo para trás, cruzei os braços sobre o peito e me contorci, incerta se deveria confessar a Sierra ou não, mas a considerava uma amiga, e éramos ambas adultas.

— Bem, eu posso ter ficado um pouco bêbada um dia desses, quando voltei para cá, e posso ter, tipo, meio que esbarrado no peito duro como pedra dele e quase ter ficado com um torcicolo no processo.

— Oh, Brooklyn — ela murmurou, cobrindo o rosto com as mãos. — Ele não me falou nada sobre isso.

— Por que ele te falaria sobre isso? — perguntei, mortificada.

— Porque eu sugeri seu nome para o cargo. Ele não mencionou nenhum esbarrão bêbado. — Ela deu de ombros. — O que mais aconteceu? — Ela tentava agir com seriedade, mas não conseguia parar de rir.

— Eu honestamente não lembro de tudo, mas acho que o chamei de rocha ou algo assim?

Sierra riu ainda mais.

— De rocha? Tipo, 'The Rock'? — Ela fez aspas com os dedos, referindo-se ao ator. — Ou uma rocha? Que tipo de rocha?

— Eu não sei. Algumas partes estão meio confusas.

— Exceto pela parte de esbarrar no corpo dele, né? — Ela levantou as sobrancelhas, e eu balancei a cabeça, desejando que aquele momento acabasse.

— O que posso dizer? A Brooklyn bêbada é uma idiota.

— Ela parece ser divertida.

— Ugh — gemi.

— Tudo bem. Vai ficar tudo bem. Agora, vá lá. Pegue esse emprego para que eu possa me mudar e começar minha vida sem me preocupar com este lugar 24 horas por dia, 7 dias por semana, porque eu sei que estará em boas mãos.

— Isso foi muito fofo — disparei, enquanto ajeitava minha saia com as mãos e puxava meu blazer para baixo.

— Estou falando sério.

— Bem, obrigada. Okay. — Terminei de ajeitar a roupa. — Me deseje sorte.

Eu tinha a sensação de que ia precisar.

Vale a pena se apaixonar

NEM A PAU

Thomas

A batida na minha porta me alertou de que meu compromisso inesperado e não planejado tinha chegado. Se isso não fosse uma prioridade, eu teria adiado a entrevista para outro dia. Mas como essa tal de Brooklyn já estava no prédio, eu poderia muito bem me encontrar com ela. Esperava que ela fosse tão boa quanto Sierra e Patrick haviam dito.

— Entre — murmurei enquanto minha assistente abria a porta e guiava Brooklyn para dentro.

Meu olhar se focou primeiro nas pernas dela, expostas, antes de subir pelo comprimento da saia justa. O blazer era curto, mas de alguma forma realçava seus quadris e curvas, e eu seria um idiota se não achasse atraente. Continuando ainda mais para cima, notei o cabelo vermelho-fogo caindo pelos ombros, e foi quando o ar ficou preso na garganta.

Não era o fato de ela ser atraente que me fez balançar a cabeça. Não. Era o fato de que essa mulher era a hóspede bêbada do hotel do outro dia. Essa entrevista já tinha acabado antes mesmo de começar.

Eu gemi internamente e murmurei para mim mesmo:

— Você só pode estar brincando.

Brooklyn entrou e se sentou na cadeira à minha frente, seus olhos fixos nos meus.

— Olha, sobre o outro dia — ela começou a explicar antes mesmo de eu dizer uma palavra.

— Não. Tudo bem. Você pode ir — ordenei, dispensando-a.

— Eu posso — ela pausou —... ir? — Ela prolongou a última palavra, como se meu pedido fosse uma espécie de negociação em vez de uma ordem.

— Sim. Você pode sair — eu disse. — Obviamente, isso não vai dar certo.

— Você está brincando, né? — Ela cruzou uma perna sobre a outra e se recostou na cadeira em vez de fazer menção de sair.

— Não. — Olhei para a tela do meu computador. — Não sei por que Sierra e Patrick acharam que você seria uma boa escolha — disse mais para mim mesmo do que para ela. — Tenho certeza de que você sabe o caminho de saída.

— Eu não vou embora. Você não me fez uma única pergunta — ela argumentou, jogando os cabelos vermelhos por cima do ombro.

Eu teria que ser mais direto com ela.

— Você claramente tem um problema com bebida, e eu não posso ter alguém trabalhando em eventos que não sabe lidar com álcool. Isso é antiprofissional e antiético.

Isso a fez levantar rápido como um foguete, a cadeira quase tombando atrás dela. Suas bochechas estavam quase tão vermelhas quanto o cabelo, e eu sabia que tinha tocado numa ferida. As pessoas não gostam de ser confrontadas sobre seus problemas.

— Eu tenho um problema com bebida? — Ela soltou uma risada irônica. — Que piada. Eu nem sabia que nos conhecíamos tão bem. Por favor, Thomas, me conte mais sobre mim, já que você é um especialista — ela cuspiu as palavras antes de se sentar novamente, claramente deixando seu temperamento tomar conta.

Brooklyn era um barril de pólvora com uma boca suja. Isso teria me irritado profundamente se, na verdade, não me fizesse sentir algo completamente diferente. Eu me sentia vivo e, para ser honesto, um pouco excitado. Duas coisas que nenhuma mulher me fazia sentir há anos, por mais que tentassem.

Eu a encarei, meus olhos se estreitando conforme recuperava minha postura profissional e autocontrole.

— Você estava bêbada no meio da tarde durante a semana de trabalho. Você disse que queria escalar montanhas — eu a lembrei, e ela me interrompeu antes que eu pudesse terminar a frase.

— Isso é ridículo. Eu não escalo montanhas — ela discordou, com os lábios formando um esgar.

— Escalar meu peito, Brooklyn. Você queria escalar meu peito.

Ela soltou um longo suspiro antes de dar de ombros.

— Eu meio que lembro disso agora que você mencionou.

— Então, você entende por que isso não vai funcionar, certo? — Eu fingi estar entediado.

— Por quê? Porque você tem um peito duro como uma rocha? Isso só significa que você deveria pegar mais leve nos treinos na academia. Não tem nada a ver com o trabalho que eu sou completamente capaz de fazer.

Essa mulher era irritante. E engraçada. Eu nem tinha uma matrícula na academia, mas não valia a pena contar isso a ela. Ir à academia era um luxo no qual eu não tinha interesse. Qualquer coisa que tirasse mais tempo da minha filha, eu não fazia. Todas as manhãs, eu completava uma rotina de flexões, barras e abdominais. Às vezes, eu corria na esteira da minha garagem. Geralmente quando eu estava irritado, frustrado ou precisava me aliviar. Como hoje. Depois de lidar com Brooklyn e esse desastre de entrevista, eu provavelmente precisaria correr até minhas pernas quase cederem.

— Você me ouviu? Eu disse que sou completamente capaz de fazer esse trabalho — ela repetiu, e eu balancei a cabeça.

— Já te disse: eu não vou contratar alguém que não sabe lidar com álcool.

Ela fez um som que não consegui descrever, mas eu sabia que significava que ela estava com raiva. Ou pelo menos mais raiva do que antes.

— Não acredito que a Sierra disse que você era legal.

— Eu sou legal.

— Você não é. Nem um pouco — ela retrucou.

— Só porque eu falo a verdade, isso não me faz ser mau. — Eu me recostei na cadeira, que rangeu, o barulho enchendo o espaço entre nós enquanto uma risada inesperada escapava dos lábios dela.

— Falar a verdade? E o que é isso, exatamente? — Ela não me deu um segundo para responder antes de começar um discurso e se levantar. — Ah, é verdade. Eu sou alcoólatra. Ou tenho um problema com bebida. Você é assim tão crítico com todo mundo ou só comigo? Porque você me viu uma única vez, Thomas. Uma única vez. E, sim, eu estava bêbada. Você já parou para pensar no porquê?

— Porque você bebeu muito álcool? — retruquei, e juro que se olhares pudessem matar, eu teria morrido ali sentado.

Aqui jaz Thomas O'Grady, morto por irritar uma mulher.

Ninguém teria ficado surpreso.

— Claro que eu bebi demais, seu idiota arrogante. Eu estava comemorando. Eu posso fazer isso, sabia? Eu estava de folga. E não dirigi. Estava tudo ótimo, até eu esbarrar no seu peito idiota e quase quebrar o pescoço. Você realmente deveria pegar mais leve nos treinos. Os homens deveriam ser um pouco mais macios.

Eu não consegui evitar o pequeno sorriso que se espalhou pelo meu rosto.

— Você disse isso naquele dia também.

— Bem, pelo menos sou consistente. — Ela pegou sua bolsa e se virou. — E você ainda é um idiota. Não sei como alguém consegue trabalhar com você.

Ela saiu furiosa, abrindo a porta com tanta força que pensei que os quadros poderiam cair da parede. Eu não esperava por isso. Por ela ir embora. E, antes que eu percebesse, me vi desesperado para impedi-la.

Abri a porta e gritei:

— Brooklyn, espere!

Sua cintura balançava sob a saia enquanto ela continuava andando pelo corredor. Ela ia me fazer correr atrás dela. E eu não costumo correr atrás de ninguém.

Correndo pelo corredor, eu a alcancei e segurei seu braço. Ela afastou o braço da minha mão e me olhou como se meu toque a repugnasse.

— Estou indo embora. Tenho um trabalho onde realmente me querem.

— Por favor — comecei a dizer. — Você poderia voltar para o meu escritório?

— Por quê?

Ela empinou o quadril, e juro que essa mulher testava minha paciência a cada maldita palavra.

— Porque eu sinto muito. Eu estava te julgando.

Pedir desculpas não era algo difícil para mim, não importava o que os outros pensassem. Eu tinha uma filha de oito anos. Passava metade do meu dia pedindo desculpas por alguma besteira.

— E estava sendo um idiota — ela acrescentou.

— E eu estava sendo um idiota — repeti.

Ela soltou um suspiro irritado.

— Ugh. Tudo bem. Eu volto — Brooklyn disse antes de voltar para o meu próprio escritório. — Mas você tem dez minutos, O'Grady. O relógio já está correndo.

Balancei a cabeça enquanto a observava andar, jogando exigências

Vale a pena se apaixonar

51

em mim. Eu queria jogá-la sobre a minha mesa, dar uma palmada em sua bunda por ser tão atrevida e, em seguida, fazê-la parar de falar. Quem ela pensava que era, falando assim comigo? E por que diabos eu não estava irritado com isso?

Porque você gosta, idiota.

Quando ela chegou à porta do meu escritório, segurou o umbral e me lançou um olhar.

— Nove minutos.

As coisas que quero fazer com essa boca.

Lancei um olhar rápido para minha assistente antes de fechar a porta e voltar para minha mesa, segurando-a com ambas as mãos.

— Então, me diga — eu disse e me sentei, inclinando-me em sua direção, à medida que ela também se sentava.

— Dizer o quê, exatamente? — Ela parecia irritada comigo.

— O que você estava comemorando naquele dia. Você disse que estava comemorando. — Essa não era uma pergunta típica de uma entrevista, mas eu tinha esse desejo incontrolável de saber o que a fez beber tanto.

Ela respirou audivelmente, e por um segundo me perguntei se ela me contaria uma mentira em vez da verdade.

— Meu divórcio. Nós assinamos os papéis naquela manhã.

— E isso te deixou... feliz? — Eu enfatizei a palavra porque não tinha certeza de como a maioria das pessoas se sentia ao terminar seus casamentos, mas as que eu conhecia estavam geralmente amargas e irritadas. A felicidade sempre parecia vir depois.

— Sim. Porque eu estava infeliz havia muito tempo.

Seu tom era defensivo, e me perguntei quantas pessoas a fizeram se sentir mal por colocar seus sentimentos acima dos do marido.

— Acho que muitas pessoas ficam casadas pelos motivos errados — comentei, como se, de repente, eu fosse um especialista no assunto.

— Eu concordo.

— Então, foi ideia sua terminar?

Era uma pergunta completamente inadequada, mas eu não conseguia parar de querer entrar na cabeça dessa mulher e ler cada um de seus pensamentos.

Ela assentiu.

— Foi.

— Algum arrependimento?

O que diabos havia de errado comigo? Eu meio que esperava que

Brooklyn se levantasse e cancelasse tudo por causa da minha linha de questionamentos. Ela teria todo o direito de me mandar calar a boca, então imagine minha surpresa quando ela não fez isso.

— Não. Nenhum. — Sua voz era firme. Determinada até. — Se eu ainda estivesse casada, estaria miserável. Eu sentia como se estivesse morrendo por dentro. E sei que é horrível dizer isso, mas é a verdade. Ir embora foi a coisa certa a fazer. Para mim. E eu sei que você provavelmente acha que isso soa egoísta, mas eu não me importo. Porque eu me sinto melhor hoje do que me senti no último ano e meio inteiro.

Não esperava que ela confessasse tudo isso. E, embora eu não pudesse necessariamente me relacionar com isso em um nível pessoal, ainda sentia que entendia o que ela estava dizendo.

— Eu não acho que isso seja egoísta.

— Você não acha? — Seu tom finalmente suavizou enquanto ela focava aqueles olhos verdes emotivos em mim.

— Não. Eu acho que seu marido —pausei —... ex-marido parece ser o egoísta. Ele sequer percebeu que você não estava feliz? Ele sequer se importou?

Outra. Pergunta. Inapropriada.

— Se ele tivesse percebido, nós não estaríamos divorciados.

Eu não conseguia imaginar Brooklyn casada com alguém tão descaradamente desatento. Isso não combinava com a impressão que eu tinha dela. Ela parecia forte e independente. Eu imaginava que qualquer homem que a conquistasse teria essas mesmas qualidades, se não mais.

— Bom, ele saiu perdendo — comentei, e era verdade. O cara parecia um idiota que nunca a mereceu em primeiro lugar.

— Eu concordo. — Ela sorriu.

— Então, você não tem um problema com bebidas alcóolicas? — perguntei, mudando de assunto.

Ela riu. O som parecia tão livre e alegre. E eu fiquei instantaneamente feliz por não tê-la conhecido quando ela não era nenhuma dessas duas coisas. Eu tinha a sensação de que me deixaria muito irritado ver seu brilho apagado.

— Não. Eu não tenho um problema com álcool. A culpa foi toda da Bella, de qualquer forma. Ela estava testando suas novas receitas de drinques comigo e com minha melhor amiga, Lana.

Eu conhecia Bella desde que ela era criança. O irmão mais velho dela era um dos amigos mais próximos de Matthew.

Era louco pensar que Bella não só já tinha idade para beber legalmente, mas também para servir bebidas.

Vale a pena se apaixonar 53

— Ela é uma boa garota — eu disse.

— Não é mais tão garota assim. — Brooklyn sorriu.

— Bem, escute, eu sinto muito por ter te acusado, te julgado e sido irracional antes. Se você puder me dar mais do que dez minutos, eu gostaria de conduzir uma entrevista de verdade agora.

— É melhor começar então.

Aquela boca atrevida.

POSIÇÃO ACEITA

Brooklyn

Eu estava louca. Com certeza, não estava pensando direito. Era a única explicação para eu ter aceitado o emprego na hora do jeito que tinha acabado de fazer. Thomas e eu apertamos as mãos, e então eu já estava no meu carro, indo para meu trabalho na Kleinfeld's, onde estava prestes a entregar meu aviso-prévio de duas semanas.

Thomas O'Grady era tão irritante quanto atraente. O que dizia muito, porque aquele homem podia derreter um iglu. E, por mais que eu quisesse odiá-lo por toda a troca de palavras que tivemos, isso meio que me empolgava. Foi a maior emoção que tive na minha vida em meses. E esse fato já era embaraçoso por si só.

Eu me recusei a analisar demais as perguntas pessoais que ele me fez e a maneira como tomou meu lado quando respondi. Era tudo muito esmagador para sequer pensar, então empurrei isso para um lugar bem fundo dentro de mim, onde eu poderia ficar meio obcecada mais tarde.

Colocando o carro em ponto morto, desliguei o motor e inspirei profundamente para me acalmar e passar pelas portas de vidro do escritório da Kleinfeld's. Eu não tinha um horário fixo de entrada, mas ainda me sentia atrasada e sabia que seria julgada por isso. Raramente chegava depois das dez, a menos que tivesse um compromisso externo em algum lugar. Minha chefe, Felicia, saberia que não havia nada na minha agenda para esta manhã, já que ela tinha acesso a ela.

— Brooklyn — ela disse assim que entrei, olhando para o relógio em seu pulso.

— Eu sei. Desculpa. Você tem um minutinho para conversar? — soltei, esperando que minha voz não estivesse saindo tão trêmula quanto minhas pernas estavam no momento.

Por que pedir demissão era tão apavorante?

Ela me lançou um olhar questionador antes de acenar com a mão em direção ao seu escritório. Entrei primeiro, sentando-me à frente de sua mesa impecável, toda branca. Um contraste gritante com a mesa à qual eu estava sentada poucos minutos atrás. Quando Felicia se sentou de frente para mim, nenhuma de nós disse nada.

— Bem, desembucha — ela insistiu.

Inspirei rapidamente mais uma vez e cruzei uma perna sobre a outra.

— Recebi uma oferta de trabalho que não pude recusar, e gostaria de entregar meu aviso de duas semanas. Sei que tenho alguns eventos agendados, mas prometo que vou acertar todos os detalhes e repassá-los sem problemas. Não vou te deixar na mão. — Eu comecei a me explicar demais e a me oferecer mais do que sabia que era obrigada, mas parecia o certo a fazer.

Felicia nunca me tratou mal, e antes desta manhã, eu realmente gostava de trabalhar aqui, mesmo que não estivesse completamente satisfeita.

Agora, tudo em que eu conseguia pensar era em começar meu novo cargo. E ver Thomas todos os dias.

Mesmo com sua atitude rabugenta, só de olhar para ele já seria um bônus.

— Onde é o trabalho?

— Sugar Mountain Resort — praticamente sussurrei. Não era como se eu pudesse manter em segredo para onde eu estava indo. Especialmente porque eu sabia que nossos caminhos eventualmente se cruzariam.

Suas sobrancelhas se ergueram, surpresa.

— Eu não sabia que eles estavam contratando. Você vai trabalhar com a Sierra?

— Na verdade, ela está saindo. Eu vou assumir o cargo dela.

— Uau — Felicia disse, e eu não sabia se ela estava chateada ou não. — Não posso dizer que não sinto muito por te ver ir embora, Brooklyn. Você é uma grande profissional aqui, mas eu entendo completamente.

— Você entende? — O alívio percorreu meu corpo, finalmente acalmando meus nervos enquanto eu me recostava na cadeira acolchoada.

— Se eu estivesse no seu lugar, não teria como recusar esse emprego também. E estou um pouco animada em saber que você será o contato para eventos lá. Especialmente quando o celeiro estiver pronto.

— Todo mundo sabe sobre o celeiro? — comentei em voz alta, embora eu tivesse a intenção de apenas pensar nisso.

— É algo importante — ela disse. — E, escute, os eventos de outono que você tem aqui são bem fáceis de assumir. Não se preocupe com as duas semanas.

Eu me remexi na cadeira, um pouco desconfortável.

— O que você quer dizer?

— Vou te pagar o último salário, e você pode empacotar suas coisas. Comece no resort amanhã, se eles aceitarem — ela disse com um sorriso genuinamente sincero.

— Sério?

— Sim, sério. Eu sabia que não conseguiria te manter aqui para sempre. Percebi que você estava ficando entediada, mesmo que não admitisse. A temporada de verão acabou oficialmente. O resto parece uma moleza em comparação.

Dizer que fiquei surpresa com a forma como Felicia recebeu a notícia seria um eufemismo.

Não é que eu esperasse que ela ficasse com raiva de mim, mas eu não imaginei que ela fosse ser tão compreensiva e tranquila. Definitivamente, não esperava que ela me deixasse sair logo. Achei que teria que continuar trabalhando pelas próximas duas semanas, fazendo coisas nas quais eu, de repente, não tinha mais interesse, enquanto sonhava com o que estava por vir.

— Obrigada, Felicia. Por tudo. Você foi uma grande mentora e chefe. Eu realmente respeito tudo o que você construiu e conquistou aqui. — Levantei-me e estendi a mão para apertar a dela, que retribuiu o gesto com entusiasmo.

— Bem, você foi uma planejadora de eventos brilhante. Eu te desejo nada além do melhor na sua nova empreitada. E, olha, você vai passar o dia todo com os homens O'Grady. Não é um bônus dos piores para qualquer trabalho. — Ela fez um biquinho, e eu não consegui evitar que um sorriso aparecesse.

— Você também não — brinquei, balançando a cabeça.

Todo mundo nesta cidade parecia ter uma queda por pelo menos um desses homens.

— Querida, eu tenho olhos.

— Às vezes, eu gostaria de não ter — disparei, mas foi quase um sussurro, e nós duas sabíamos que eu estava mentindo.

— Tente não engravidar — ela alertou, e eu comecei a tossir.

Vale a pena se apaixonar

— Tenho quase certeza de que isso não está na descrição do trabalho.

Nós duas rimos. Era tudo o que podíamos fazer enquanto saíamos juntas do escritório dela antes de eu ir para o meu cubículo para empacotar minhas coisas. Em menos de uma hora, eu já estava com todas as minhas coisas em uma única caixa e meu último pagamento na mão.

Eu tinha a sensação de que algo do tipo merecia outra comemoração, mas Thomas provavelmente me demitiria na hora se eu deixasse a adorável bartender, Bella, ser a responsável por isso de novo.

Fui dirigindo direto até o Sugared, o estabelecimento de Spa & salão de beleza na Main Street, onde minha melhor amiga trabalhava, cruzando os dedos para encontrar uma vaga no estacionamento naquele horário. Quando encontrei uma diante do restaurante inativo vizinho ao Spa, cheguei à conclusão de que era meu dia de sorte. Fechei a porta do carro com força e espiei pela janela da sala fora de funcionamento, esperando avistar nada além do espaço vazio e uma placa de 'Aluga-se' com o número do contato.

No entanto, não havia placa nenhuma, e todos os equipamentos da cozinha, bem como as mesas, ainda estavam no mesmo lugar. Era como se eles estivessem esperando que alguém abrisse as portas e deixasse o povo entrar. Que esquisito.

Claro que eu já tinha visto inúmeros estabelecimentos fechados antes, mas nenhum deles havia deixado todas as coisas para trás.

Normalmente, eles vendiam todos os itens, peça por peça, numa tentativa de amenizar pelo menos um pouco da perda antes de encerrar totalmente as atividades.

Talvez o dono não precisasse do dinheiro extra? Aparentemente, ele era um ricaço de fora que tinha aparecido em Sugar Mountain e instalado um restaurante cinco estrelas – literalmente –, achando que nossa cidade poderia sustentar isso fora da temporada de turismo.

Notícia para você, amigo: não podia.

Não éramos o tipo de lugar que precisava desse nível de extravagância. E ele saberia disso se tivesse feito ao menos um pouquinho de pesquisa. Nenhum forasteiro faria sucesso em Sugar Mountain se não entendesse como vivemos.

Dei de ombros e fui até o Sugared, abrindo a porta.

O lugar sempre exalava um cheiro delicioso, e eu respirei fundo, absorvendo tudo enquanto procurava minha melhor amiga.

Lana deu uma segunda olhada na porta enquanto lavava o cabelo de alguém na parte dos fundos da primeira sala.

— É a minha melhor amiga solteira parada na porta? — ela gritou, e todos se viraram para olhar na minha direção.

— Por que você sempre tem que me fazer passar vergonha? — perguntei, seguindo até e quase esbarrando na garota que varria.

— Faz parte do meu charme. — Ela sorriu, seus dedos criando uma espuma tão imensa quanto o cabelo que ela estava lavando. — Você vai me contar o que aconteceu ou vou ter que adivinhar?

Olhei ao redor do salão, reparando no movimento. Todos estavam ocupados, correndo de um lado para o outro sem realmente prestar atenção em nós. As únicas duas pessoas que se encontravam sossegadas ainda continuavam na recepção, mas estavam atendendo telefones que nunca paravam de tocar.

— Eu pedi demissão — sussurrei, mas foi inútil, porque Lana repetiu minha declaração em voz alta, e eu cobri a cabeça com as mãos.

— O quê? Por quê? Por que você pediu demissão? Oh, meu Deus, você vai se mudar de Sugar Mountain e me deixar, não vai? Eu sempre soube que esse dia chegaria. Você provavelmente já fez as malas e está indo para a casa dos seus pais na Flórida. A Flórida é muito longe, Brooky. Você pensou bem nisso? É do outro lado do país. Eu nunca vou te ver. Embora eu ache que parece um lugar até bacana. Muito quente, no entanto. E cheio de idosos.

Ela deu um tapinha na cabeça da mulher que estava esfregando.

— Sem ofensas, Rose.

— Sem problemas — disse Rose com uma voz alegre. — A Flórida realmente tem muitos idosos. Pelo menos é o que dizem os noticiários. E eles estão sempre transmitindo doenças uns aos outros. Você ouviu isso também?

— Eu ouvi isso, Rose. — Eu comecei a rir. — E não estou me mudando para a Flórida, sua maluca. Só porque meus pais se aposentaram e mudaram pra lá não significa que eu queira fazer o mesmo — disse à minha melhor amiga antes que ela pudesse continuar sua completamente injustificada explosão de palavras.

Lana era nada menos que uma absoluta lunática.

— Então, por que raios você pediu demissão do seu trabalho? Está tendo um colapso? Preciso chamar alguém? Rose, quem você chama quando sua melhor amiga começa a surtar?

Antes que Rose pudesse responder, eu disse:

— Eu não estou tendo um colapso. — Olhei ao redor da sala mais

Vale a pena se apaixonar

uma vez, sem querer ser ouvida, embora não soubesse por quê. Todo mundo saberia logo. — Eu consegui outro emprego.

O rosto de Lana se contorceu de confusão.

— Primeiro, você se livra do seu marido. Agora, você se livra do seu trabalho. O que vem depois? Eu? Eu sou insubstituível, só para você saber. Não acha, Rose?

— Oh, absolutamente, querida. Não há ninguém como você — disse a mulher idosa com um sorriso.

— Você ouviu isso, Brooky? Não há ninguém como eu — reiterou Lana.

— Confie em mim, eu sei. — Balancei a cabeça e tentei conter o sorriso que se espalhou pelo meu rosto enquanto olhava para as duas, me perguntando como a conversa tinha mudado para o tema se minha melhor amiga era substituível ou não, quando eu só queria contar a ela essa notícia inacreditável.

— Então, onde é esse novo emprego que eu nem sabia que você estava procurando, mas aceitou mesmo assim sem sequer me consultar?

— Sugar. Mountain. Resort — enfatizei cada palavra batendo o pé no chão, só para garantir que ela captasse minha empolgação, e ela largou as mãos do cabelo de Rose ao mesmo tempo que sua boca se abriu.

— O quê? O resort onde os sonhos são feitos e a esperança vive? O lugar onde os irmãos mais gostosos do mundo trabalham? Você conseguiu um emprego lá? Caramba, Brooky. Como?

— Oh, esse é um lugar legal. E aquele Grant O'Grady sempre foi um colírio para os olhos — Rose acrescentou enquanto seus olhos assumiam um tipo de brilho nostálgico.

— Papai O'Grady é definitivamente um gatão — concordou Lana.

— Por favor, nunca diga isso de novo. — Eu tentei soar incomodada, mas saiu meio fraco. Por mais que eu quisesse discordar das duas, o velho O'Grady definitivamente era um charme.

— Não é culpa minha que ele é bonito e ajudou a criar três dos homens mais bonitos que eu já vi. Pena que todos eles têm problemas — acrescentou Lana de maneira despreocupada, e meus pelos se arrepiaram instantaneamente.

Por algum motivo, eu não gostava de ouvi-la dizer isso sobre eles. Mesmo que houvesse um grão de verdade em sua afirmação, isso me incomodava.

— Não diga isso. Você nem os conhece.

Ela empinou o quadril para o lado e me encarou com um olhar penetrante.

— E você conhece?

— Bem, não.

— Ainda não, de qualquer maneira. — Ela fez uma expressão como se estivesse beijando alguém. — Ah, Thomas, você é um pai tão bom. Vamos dar um irmãozinho para sua filha.

Eu bati em seu ombro.

— Você poderia ficar quieta? O que há de errado com você? — eu a repreendi, me perguntando por que ela tinha escolhido Thomas quando poderia ter dito o nome de qualquer um dos outros dois irmãos.

Ela apenas deu de ombros e riu.

— Foi você quem molestou o cara quando estava bêbada outro dia, não eu.

Ah. Foi por isso que ela disse Thomas e não Patrick ou Matthew.

— Não olhe para mim desse jeito. — Lana apontou um dedo para mim. — Eu teria feito exatamente a mesma coisa. Provavelmente pior.

— Definitivamente pior — concordei com um sorriso.

— Eu também teria molestado ele e depois fingido que não sabia. Opa, era sua sacola de brindes? Peguei de novo? Desculpinha. Ela simplesmente continua aparecendo no caminho — disse Rose, e todas nós começamos a rir.

— É por isso que Rose é minha favorita — disse Lana antes de enxaguar todas as bolhas que ela tinha criado. — Rose, quero ser você quando crescer.

— Acho que você já é — acrescentei, e Lana levantou a mão para me dar um *high five*.

— E se vocês começarem a namorar e se apaixonarem? Consegue imaginar? Minha melhor amiga seria da realeza de Sugar Mountain. — Lana continuou a espalhar qualquer conto de fadas que estava ganhando raízes em sua cabeça.

— Eu não estou namorando Thomas — eu praticamente sibilei.

— Eu sei; eu sei. Você não está pronta para namorar ninguém. Você acabou de se divorciar. Blá, blá. — Lana me dispensou com um gesto como se eu estivesse sendo ridícula.

Namorar, honestamente, nem tinha passado pela minha cabeça. Eu estava tão focada na minha carreira, determinada a amar a única coisa que eu podia fingir que me amava de volta. Quanto mais eu trabalhava, mais meu emprego me dava em troca. Ao contrário do meu casamento, que parecia fazer exatamente o oposto.

Eu conhecia algumas pessoas que tinham baixado todos os aplicativos de namoro nos seus celulares antes mesmo de seus divórcios serem finalizados.

E, embora eu não os julgasse por isso, não me parecia algo em que eu estivesse pronta para me jogar. A última coisa que eu queria era outro homem que não entendesse meu desejo de ser bem-sucedida. Por que era tão difícil encontrar um parceiro que me apoiasse? E como eu tinha escolhido o homem errado para mim tão facilmente, sem nem perceber?

— Talvez vocês dois possam apenas furunfar até o cérebro explodir — disse Rose de forma enfática, tirando-me dos meus pensamentos. — O quê? Às vezes, tudo que você precisa é de uma boa furunfada.

— Furunfar — Lana repetiu a palavra enquanto caía na gargalhada, o que me fez rir também. — E então, o que vem agora? Quando você começa? E você vai ter que sair do resort se for trabalhar lá? Eu já te disse que você pode ficar conosco. Essa oferta ainda está de pé.

Quando eu tinha deixado Eli, Lana quase insistiu que eu me mudasse para a casa dela e do marido, mas o lugar deles era pequeno, e a ideia de não ter privacidade, ao mesmo tempo em que invadia a deles, não era nada atraente. Além disso, eles ainda estavam completamente apaixonados e mostravam isso sempre que podiam. Embora eu invejasse o relacionamento deles de várias maneiras, eu não tinha forças para estar por perto naquela época.

— Eu não sei se vou ter que sair ou não. Provavelmente deveria, você não acha? Obrigada pela oferta. Você é a melhor, sabia disso?

— Eu sei. E fico feliz que você também saiba. — Ela fez uma reverência.

— Bom, então — passei as mãos pelos lados dos meus quadris —, eu vou passar no resort, preencher alguns papéis de contratação e avisar que posso começar amanhã. Felicia me liberou para sair imediatamente.

— Isso foi muito atencioso da parte dela. — Lana parecia surpresa. — Estou chocada.

— Eu sei. Eu também fiquei. Ela foi realmente graciosa com toda a situação.

— Você acha que vai se mudar para a nossa casa? Sven adoraria. Esposas irmãs! Ela levantou as sobrancelhas, e eu revirei os olhos.

Sven tinha vindo para Sugar Mountain um verão, e o que Lana e eu achávamos que seria apenas um caso breve acabou se estendendo até ele basicamente nunca mais ir embora. Essa era a versão resumida, claro. Houve muita distância e drama no meio, mas Sven se apaixonou por Lana à primeira vista e se recusou a abrir mão dela.

Eles lutaram um pelo outro, não contra ou entre si. Sven e Lana eram uma equipe. E eu queria isso desesperadamente para mim. Mas parecia impossível. Será que caras como Sven existiam em Sugar Mountain? Eu já não tinha tanta certeza.

— Acho que vou tentar encontrar um lugar para alugar primeiro. Mas diga ao nosso marido que eu agradeço.

Rose pigarreou antes de dizer:

— Meu filho e minha nora têm um apartamento no The Falls que eles alugam por temporada. Posso perguntar se eles alugariam para você em vez disso?

— Sério? — perguntei, surpresa.

The Falls era uma das comunidades de apartamentos mais cobiçadas da cidade. Era cercada, a uma distância a pé das pistas de esqui, e nunca tinha disponibilidade. Pelo menos não a longo prazo. Como Rose mencionou, a maioria das unidades eram propriedades de investimento que eram alugadas.

— Claro, querida. Você é a melhor amiga da Lana, e enquanto você não planejar substituí-la tão cedo, não vejo por que não.

Sorri, ainda surpresa. Eu tinha conhecido Rose apenas uns dez minutos antes de ela me fazer essa oferta. Veja, Sugar Mountain podia parecer uma cidade pequena de várias maneiras, mas, na verdade, não era. Eu não conhecia todo mundo que morava aqui, embora às vezes parecesse assim. A população era muito maior do que se poderia imaginar, com pessoas e negócios espalhados por toda a cidade. As notícias circulavam rápido, mas isso não significava que você sempre sabia exatamente de quem elas falavam. Às vezes, nem sabia. Mas isso não impedia que circulassem.

— Não planejo substituí-la tão cedo. A menos que seja por você, Rose.

Rose fez um gesto de desdém com a mão.

— Ah, por favor. Sou muito velha para ser sua nova melhor amiga. Não é isso que vocês jovens dizem? Além disso, se eu tiver que ouvir eles reclamarem mais uma vez sobre o desgaste no apartamento após cada reserva, eu é que vou ter um colapso. Uma família veio e arruinou os carpetes com neve e lama. Deixaram o aquecedor ligado no máximo quando o lugar não estava sendo alugado, e a conta foi astronômica. Outra família quebrou um conjunto inteiro de pratos e não disse nada até a próxima família chegar e descobrir que não havia nada que pudessem usar para comer.

A voz de Rose assumiu um tom diferente, me mostrando que ela estava imitando o filho.

— Sempre é uma coisa ou outra. Isso seria a solução perfeita.

— É mobiliado? — perguntei, esquecendo completamente que eu não tinha nada, exceto meu carro e roupas.

Vale a pena se apaixonar

63

— Totalmente mobiliado. O lugar tem tudo. E eu quero dizer, tudo.

— Isso é realmente muito, muito útil.

— Ela deu todas as coisas dela para aquele idiota do ex-marido — resmungou Lana, e Rose assentiu como se entendesse completamente.

— Foi mais fácil assim — murmurei, como se isso explicasse tudo.

Eu tinha me agarrado ao meu casamento com tanta força quando percebi que ele estava desmoronando, segurando-o com as duas mãos por nenhum motivo além do que as pessoas poderiam pensar ou dizer. A obrigação e a culpa eram sufocantes. No final, percebi que abrir mão era a única forma de realmente me salvar.

Porque a verdade é que eu estava me perdendo enquanto tentava segurar.

— Vou pegar seu número com a Lana e ligar para o meu filho assim que terminar aqui. Tudo bem para você?

Tudo bem para mim?

— Isso seria absolutamente incrível, Rose. Sinceramente. Obrigada. Sei que eles podem não dizer sim, mas o simples fato de você perguntar já significa muito para mim. Eu realmente agradeço.

— Muito legal da sua parte, Rose — acrescentou Lana antes de me olhar. — Você teve um dia e tanto, Brooky.

— Nem me fale — suspirei.

— Não acredito que você vai trabalhar no Sugar Mountain Resort e poder assediar Thomas O'Grady todos os dias! — ela praticamente gritou, e eu a mandei ficar quieta.

— Eu não vou assediá-lo.

— Tá bom. Só vai babar por ele, então.

— Definitivamente vou fazer isso. — Decidi não discordar, porque com certeza eu babaria por aquele homem sempre que tivesse a chance.

— Eu talvez não estivesse pronta para seguir em frente com alguém novo, mas olhar nunca fez mal a ninguém. E Thomas O'Grady era um belo homem para se olhar, mesmo quando estava de mau humor.

— Vai ser um bom ano, Brook — Lana me puxou para um abraço apertado.

— Vai ser um bom ano — repeti antes de me afastar.

Minha intuição estava definitivamente desajustada, porque eu não tinha sentido nem uma dessas mudanças se aproximando. Cada uma delas me pegou completamente de surpresa. Em vinte e quatro horas, eu consegui um novo emprego e, potencialmente, um novo lugar para morar.

Acho que a vida tem um jeito de se encaixar depois que você para de segurar tão firme.

VÁ SE FERRAR, SRTA. SHOOSTER

Thomas

Caminhei rapidamente até meu carro e comecei a curta viagem de dez minutos até a escola de ensino fundamental de Clarabel. Eu tinha entrado em contato com sua professora e marcado uma reunião com ela sobre o caso Clara-e-Scott, como ela havia me pedido. Não entendi por que não podíamos ter essa conversa por telefone ou videochamada, assim eu não precisaria sair do meu escritório, mas a Srta. Shooster insistiu para que eu fosse pessoalmente.

— Reuniões presenciais são mais eficazes, você não acha? — ela tinha perguntado.

Ela basicamente não me deu escolha. E isso me deixou de mau humor. Eu não gostava de ser mandado sobre o que fazer ou como gastar meu tempo.

— Thomas O'Grady. Não acredito — disse a Sra. Alastair, a secretária da escola, assim que entrei pelas portas do escritório. Ela trabalhava na escola desde que eu estudei lá quando criança.

— Sra. Alastair. Como a senhora ainda está aqui? — perguntei, com gentileza. Pelo menos, o mais fofo que consegui.

Provavelmente saiu rude.

— Aposentadoria parece entediante. Além disso, as crianças me mantêm jovem. — Ela piscou, e eu forcei um sorriso.

— Ouvi dizer que você tem uma reunião com a Srta. Shooster, é isso?

Eu assenti, e ela me deu instruções para chegar à sala de aula da Clarabel, embora eu já tivesse estado lá alguns meses antes, na noite de volta às aulas.

— Ela é uma ótima garota, Thomas — disse a Sra. Alastair, e eu parei no meio do caminho antes de me virar para encará-la. — Clarabel. Ela é esperta demais, essa menina. E gentil.

Um calor se espalhou por todo o meu corpo, até os ossos.

— Obrigado por dizer isso.

— Bem, é verdade. Boa sorte lá dentro — ela gritou enquanto eu seguia pelo longo corredor iluminado por lâmpadas fluorescentes em direção à porta com o número 5 no vidro.

Bati na porta sem muito entusiasmo antes de girar a maçaneta e entrar. As paredes eram coloridas, com o alfabeto e os números pendurados em ordem em um lado. O restante da sala parecia decorado com algum tipo de tema subaquático, com imagens de animais marinhos e desenhos de sereias e piratas. Era um caos, mas funcionava.

— Sr. O'Grady. Muito obrigada por ter vindo. — A Srta. Shooster se levantou detrás de sua mesa e veio em minha direção.

A professora da minha filha parecia mais preparada para uma noite de balada na cidade do que para ensinar um grupo de crianças de segunda série. Ela não estava vestida assim na noite de volta às aulas. Não que eu me importasse, mas eu teria me lembrado.

Ela estendeu a mão, e eu apertei firmemente. Obviamente com um pouco de força demais, pois ela balançou levemente o pulso depois que eu soltei.

— Você pode se sentar. — Ela apontou para uma das menores cadeiras que eu já tinha visto, e um som áspero escapou do fundo do meu peito.

— Acho que vou ficar em pé.

Suas bochechas coraram quando ela jogou o longo cabelo loiro por cima do ombro.

— Claro. Você nem caberia de qualquer maneira. O que eu estava pensando?

A mulher estava gaguejando nas palavras. Se fosse assim que a reunião ia seguir, eu já podia ir embora.

Decidindo ir direto ao ponto para poder voltar logo ao trabalho, perguntei:

— Por que estou aqui?

— Ah. — Ela parecia chocada com a minha franqueza. — Bem, tenho certeza de que você ouviu sobre o incidente entre Clarabel e Scott.

Ela se aproximou para tocar meu ombro em um gesto de conforto, mas eu rapidamente me afastei para longe do seu alcance.

— Ouvi.

— Também estou presumindo que você saiba que seguimos um plano disciplinar aqui, que trata das consequências para ações comportamentais específicas — ela explicou enquanto caminhava de volta para a mesa e se apoiava nela.

Eu balancei a cabeça porque a Srta. Shooster estava falando uma língua que eu definitivamente não entendia.

— Vocês seguem o quê?

— Você assinou o documento no início do ano — ela mencionou antes de se sentar na mesa e cruzar as pernas. O movimento fez com que a saia, que já era muito curta, subisse ainda mais em suas coxas.

Presumi que ela estivesse tentando parecer sexy – ou, pelo menos, atraente. Era perturbador. Esse não era um comportamento profissional de forma alguma, e eu já estava pensando em transferir Clarabel para outra turma assim que saísse dessa reunião.

— O que eu assinei? — perguntei, porque Clara tinha chegado em casa com uma pilha de papéis no primeiro dia de aula, e eu havia rabiscado meu nome em todos eles sem ler uma única palavra.

— Dizia que você concordava com o nosso plano disciplinar. Explicava todos os passos que tomamos para questões comportamentais específicas. Basicamente, tentamos ensinar os alunos o mais cedo possível que suas ações têm consequências.

— Ótimo. Estamos na mesma página, então. O Scott é um péssimo garoto — eu disse, porque era verdade, e ela deu uma risadinha.

— O comportamento de Scott continua a ser um problema, e estou lidando com isso junto à mãe dele.

Fiquei feliz em ouvir isso, mas não me importava muito, a menos que ele ainda estivesse incomodando a Clara.

— Você poderia ter me dito tudo isso por telefone.

— Sim, claro. — Ela mordeu o lábio inferior. — Mas eu não te chamei aqui para discutir sobre o outro aluno.

— Você me chamou para falar sobre minha filha, correto? Então, poderia ir direto ao ponto?

Essa mulher e sua sutileza eram extremamente irritantes. Eu tinha coisas para fazer, e isso era uma perda de tempo se tudo o que ela faria seria ficar me lançando olhares sedutores durante toda a reunião.

— Thomas... — Ela praticamente ronronou meu nome enquanto se afastava da mesa e vinha em minha direção. — Posso te chamar de Thomas?

Vale a pena se apaixonar

— Eu, honestamente, não dou a mínima.

Eu estava sendo grosseiro, mas ela não parecia perceber. Eu não dava a mínima para como essa mulher me chamava, contanto que chegasse ao ponto em algum momento deste século.

Ela deu mais um passo em minha direção, e achei que ela iria tentar me tocar novamente. Era desconcertante, mas, felizmente, ela manteve as mãos para si.

— Clarabel se recusa a pedir desculpas pelas coisas que disse a Scott.

Isso me fez rir. Não consegui evitar. Imaginei essa professora tentando forçar Clara a pedir desculpas para um garoto que não merecia.

— Por que ela pediria desculpas se não está arrependida?

— É isso que estou tentando dizer. Ela precisa assumir a responsabilidade por suas palavras. Palavras podem ser armas, como qualquer outra coisa. Elas machucam as pessoas. Clarabel precisa aprender que pedir desculpa pode aliviar problemas e acalmar os ânimos. Dá às partes ofendidas uma chance de recomeçar.

Balancei a cabeça, tentando absorver toda a baboseira que essa mulher estava dizendo.

— Não.

— Você disse não? — Ela parecia mais uma vez chocada com a minha brusquidão, seus olhos quase saltando da cabeça.

— Pode apostar que disse não. — Comecei a andar pela sala, olhando para todas as obras de arte fixadas nas paredes. — Escute, não estou criando minha filha para ser fraca ou para se curvar a valentões. Clarabel não mente. — Virei-me para encarar essa professora do outro lado da sala e deixar meu argumento bem claro. — Ela nunca diria que está arrependida se não estiver. E pedir isso a ela não pareceria certo.

Meu coração doía pela minha filha meiga, que veria tudo isso como algum tipo de traição. Ela não saberia exatamente como colocar isso em palavras, mas para ela, pedir desculpas por algo que não acreditava seria o mesmo que mentir. Ela não faria isso, não importava quantas vezes você pedisse.

A Srta. Shooster pigarreou de leve.

— Estou apenas dizendo que, às vezes na vida, você tem que fazer coisas que não quer fazer.

— Tipo dizer que está arrependido quando não está? — perguntei, só para deixar absolutamente claro.

Porque, quem queria uma desculpa falsa? Qual era o sentido se não fosse genuína?

— Às vezes, sim.

— Então, você faz a outra pessoa se sentir melhor enquanto, ao mesmo tempo, se obriga a se sentir pior?

— Nem sempre pode ser sobre como você se sente. Especialmente com crianças. Elas são inerentemente egoístas.

Fiz um som de discordância, e ela tentou rapidamente se recuperar.

— Ah, eu não estou tentando ser desrespeitosa, Thomas. É apenas ciência. Fatos. As crianças ainda não aprenderam a pensar para além de suas próprias emoções. Elas não veem o cenário como um todo. Só veem a si mesmas. Estou tentando ensinar-lhes como respeitar os outros — ela explicou demais, e eu a interrompi.

— Enquanto desrespeitam a si mesmas no processo.

— Sinto muito que você veja dessa forma.

— Você está pedindo para minha filha, que pode ter dito algumas coisas rudes, mas verdadeiras, sentir-se mal consigo mesma. Como se ela fosse a que fez algo errado. — Fiz uma pausa para que minhas palavras pudessem ser assimiladas antes de continuar: — Scott a insultou primeiro. Ele a chamou de nomes primeiro. Ele a provocou primeiro. Ela está totalmente dentro de seus direitos como ser humano de se defender ou de se posicionar. E se isso feriu os pobres sentimentos de Scott no processo, talvez ele deva aprender que a vida não vai se curvar ao seu capricho. E quando ele disser coisas horríveis para alguém, muito provavelmente, elas vão responder com coisas horríveis também. Ele precisa aprender a lidar com isso, crescer de uma vez ou calar a boca de vez.

Minha explosão saiu da minha boca sem o menor cuidado. Só quando percebi a expressão no rosto da Srta. Shooster me perguntei se havia dito algo além dos limites. Repassando tudo na minha cabeça, decidi que não só concordava com o que tinha dito, como também diria tudo de novo, se necessário.

— Ouça, Thomas, Clarabel é uma ótima garota. Mas ela é cabeça-dura e tem uma vontade ainda mais forte. Ela não recua. Isso pode não ser bom para ela no futuro. Você entende o que estou dizendo? Eu só estou tentando ajudar.

Essa mulher era uma completa idiota e estava me tirando do sério.

— Você dizer que ela é cabeça-dura e de vontade forte como se fosse algo ruim é uma opinião bem estranha, para ser honesto. Tenho certeza de que essas qualidades seriam celebradas se ela fosse um menino. Mas, como ela é uma menina, isso é um problema. É isso que estou entendendo?

Vale a pena se apaixonar

69

A Srta. Shooster ficou quieta por tempo suficiente para que a situação se tornasse ainda mais desconfortável, se isso fosse possível.

— Não. Quero dizer, eu entendo o que você está dizendo — ela finalmente disse, mas era claro que ela não entendia.

Essa mulher estava apenas tentando me agradar. Provavelmente leu algum panfleto idiota sobre como lidar com pais difíceis, e esta era a regra número um – dizer que entende o ponto de vista deles, que compreende a perspectiva deles e outras bobagens que ela não queria dizer de verdade.

— Você tem filhos? — perguntei, embora não fosse da minha conta, mas eu tinha um ponto a fazer e precisava de uma resposta.

— Não tenho.

— Bem, um dia, quando você tiver, verá a importância de instilar autoconfiança em seu filho. Você vai querer que eles se defendam e defendam os outros. Vai esperar que eles façam o que é certo, não apenas o que é esperado deles porque é o esperado. E, com certeza, não vai querer que eles peçam desculpas para alguém se não estiverem arrependidos. Você não vai querer que eles digam nada que não seja sincero.

— Eu consigo entender essa perspectiva — ela disse, e eu quase ri. Ela definitivamente estava seguindo algum tipo de roteiro.

— Ótimo — suspirei. Esta reunião foi uma enorme perda de tempo. — Isso vai continuar sendo um problema? Eu preciso tirar Clara da sua sala de aula? Acabamos aqui?

Ela correu rapidamente até sua mesa e pegou um papel que estava em cima de uma pilha de outros.

— Não, não. Isso não será necessário. Estamos bem. Só preciso que você assine isto. — Ela empurrou o papel para o outro lado da mesa enquanto eu, hesitantemente, me aproximei.

— O que diz? — Peguei uma caneta, segurando-a sobre a linha de assinatura.

— É uma confirmação de que tivemos uma reunião presencial sobre esse problema e que nenhuma ação disciplinar é sugerida ou necessária.

Isso parecia um pouco exagerado para o segundo ano, mas eu assinei de qualquer maneira. Empurrei o papel de volta para ela, e ela bateu palmas como se tivesse acabado de ganhar algum tipo de batalha.

— Okay. Agora que essa parte desagradável acabou, talvez pudéssemos tomar uma bebida?

Essa mulher estava falando sério?

— Por que faríamos isso?

Ela pareceu momentaneamente desconcertada, mas rapidamente se recuperou.

— Porque eu sou solteira. Você é solteiro. Poderíamos nos divertir um pouco.

— Isso não é apropriado. Você é a professora da minha filha. — *Por enquanto*, pensei comigo mesmo. — Não seria certo cruzar essa linha — eu disse, embora houvesse cerca de mil outras razões pelas quais eu nunca namoraria essa mulher ou a teria envolvida na criação da minha filha fora da sala de aula.

— Não se pode culpar uma garota por tentar — ela disse, mas eu queria culpar.

A única coisa que me impediu de dar outra bronca nela foi o fato de que Clara gostava de tê-la como professora. Embora, depois da reunião de hoje, eu não soubesse por quê. Eu planejava perguntar isso a ela quando chegasse em casa mais tarde. Não gostava da ideia de Clara estar perto de alguém por horas todos os dias que a encorajava a mentir sob o disfarce de ser uma boa pessoa.

Saí da sala de aula excessivamente alegre sem dizer uma palavra a mais. Não havia mais nada a dizer. Fechei a porta com mais força do que o necessário, e quando me virei para pedir desculpas, engoli o pedido. Eu não estava nem um pouco arrependido.

Quando voltei ao resort, eu estava agitado, irritado e bravo. Ao atravessar o lobby, quase trombei com Brooklyn, que não estava prestando atenção aonde estava indo.

— Brooklyn — resmunguei, e ela olhou para cima dos papéis que segurava nas mãos para encontrar meu olhar. — O que você está fazendo aqui?

— Oi pra você também — ela respondeu com tanta irritação quanto eu acabara de demonstrar. — Eu trabalho aqui, lembra?

Olhei para o relógio por hábito, mais do que por qualquer outra coisa.

— Achei que não fosse começar por mais duas semanas.

— Felicia não precisou do aviso-prévio. Me deixou sair imediatamente — ela informou.

Isso era algo bom, na verdade. Então, por que diabos eu não conseguia agir como se fosse?

— Deve ser uma funcionária exemplar se nem quiseram que você ficasse — zombei.

Vale a pena se apaixonar

71

Ela parecia quase magoada com minhas palavras, mas rapidamente se recuperou.

— Só porque alguém estragou seu dia não significa que você pode ser um idiota comigo.

Ela começou a se afastar sem esperar uma resposta, os saltos clicando no piso de madeira, e mais uma vez me vi correndo atrás da ruiva pelo corredor. Estava se tornando um hábito.

— Brooklyn — rosnei. — Pare.

— Não.

Eu apressei o passo para alcançá-la e estendi a mão para seu braço, como fiz mais cedo, com a ponta dos dedos roçando sua pele nua. O contato foi bom. Há quanto tempo eu não tocava uma mulher de propósito?

— Desculpe. Acabei de sair da escola de Clarabel, e a professora dela é um pesadelo. — Não sabia por que senti a necessidade de lhe contar algo tão pessoal.

— Clarabel é sua filha? — ela perguntou enquanto seus olhos verdes me estudavam.

Eu quase tinha esquecido que nem todo mundo na cidade sabia cada pequeno detalhe sobre mim, embora muitas vezes parecesse assim.

— Sim.

— Em que série ela está?

— Segunda — respondi, e Brooklyn apenas assentiu com a cabeça.

— Sinto muito que a professora dela seja um pesadelo. Mas eu não sou ela. Tente diferenciar entre nós da próxima vez.

Ela deu um tapinha no meu peito antes de se virar e ir em direção ao escritório de Sierra, que em breve seria dela. E eu fiquei ali, como um bobo, observando seus quadris balançarem de um lado para o outro até que desapareceram de vista.

Odeio ver você ir embora, Brooklyn, mas adoro te ver partir.

Eu estava exausto. Não conseguia tirar da cabeça todas as coisas que a Srta. Shooster havia dito, e elas estavam se repetindo em algum tipo de ciclo doentio desde que voltei ao resort. Nem mesmo pensamentos impróprios sobre Brooklyn e sua boca atrevida conseguiam me distrair. E acredite, eu tentei. Mas toda vez que eu imaginava Brooklyn respondendo para mim, a voz dela se transformava na da professora, e ela dizia algo depreciativo sobre minha filha. Um verdadeiro "broxante".

Eu sabia que provavelmente estava sendo mais do que um pouco superprotetor e irracional, mas se eu não mantivesse minha filha segura, quem o faria? Era meu trabalho protegê-la. Ela não era velha o suficiente para perceber coisas que nem sabia que estavam acontecendo. Permitir que ela continuasse nesse tipo de ambiente seria o melhor para ela e para seu desenvolvimento? Como eu deveria saber qual era a coisa certa a fazer?

Provavelmente eu estava sendo irracional. Ser pai era realmente muito difícil às vezes. Todo dia parecia um novo desafio, e justo quando eu achava que estava lidando com um problema, outro surgia em seu lugar.

Enfiando a cabeça no escritório do meu pai, fiquei aliviado ao vê-lo ainda sentado atrás da mesa, com o telefone ao ouvido. Ele olhou para cima, sorrindo enquanto fazia sinal para eu entrar. Fechei a porta atrás de mim e me sentei, esperando que ele terminasse a ligação.

— Boa noite, filho — meu pai me cumprimentou assim que a conversa encerrou.

— Oi, pai.

— Está tudo bem? Você parece... — Ele parecia estar lutando para escolher a palavra certa, então decidi lhe dar algumas opções.

— Irritado? Cansado? Bravo? Exausto?

Ele riu, e as linhas ao redor de seus olhos azuis se enrugaram.

— Eu ia dizer perplexo. Ou profundamente pensativo. O que está se passando na sua cabeça? — ele perguntou e se recostou em sua poltrona imensa.

— Tive uma reunião com a professora da Clara hoje, e isso me deixou um pouco inquieto.

Isso chamou a atenção dele. Nós, O'Gradys, éramos obcecados por nossa pequena menina.

— Inquieto como? De que maneira? — Ele se inclinou para frente, com os braços agora sobre a mesa, como se estivesse prestes a pular da cadeira a qualquer momento.

— Esse é o problema. Eu não sei. — Balancei a cabeça. Não estava preparado para colocar todos os meus pensamentos em palavras que fizessem sentido. — Ela disse algumas coisas que me fizeram pensar que talvez não seja a melhor influência para a Clara estar perto cinco dias por semana.

Meu pai olhou para mim e assentiu, mas permaneceu em silêncio. Eu sabia que ele estava refletindo sobre o que eu tinha acabado de dizer, mesmo que eu mal tivesse dito alguma coisa.

Nem sempre podemos escolher com quem nossos filhos vão conviver. E há boas e más influências em todos os cantos.

Vale a pena se apaixonar

— Mas os professores estão em uma posição de poder. As crianças confiam neles automaticamente por causa do papel que desempenham em suas vidas. Elas acham que tudo o que o professor diz está certo.

Eu nunca tinha realmente pensado sobre outras pessoas ganharem a confiança de Clarabel só por quem eram. Eu não tinha lidado com isso até agora.

— Concordo com isso. As crianças acreditam que os professores sabem do que estão falando. E seguem suas regras e diretrizes de bom comportamento.

Estalei os dedos e apontei para ele.

— Exatamente! Isso mesmo. E, normalmente, eu não teria um problema com isso, mas quem pode dizer que a ideia deles do que constitui bom comportamento é a mesma que a minha?

Meu pai inclinou a cabeça para trás e soltou um longo suspiro.

— Todo mundo terá opiniões e ideias diferentes sobre o que isso significa. Pense desta forma. — Ele fez uma pausa. — Bom comportamento na escola pode ser diferente de bom comportamento em casa. Ou bom comportamento no trabalho. Isso faz parte da vida, filho. Nós agimos de maneiras diferentes dependendo de onde estamos. Está tudo bem que a sala de aula dela tenha regras que ela precise seguir. A menos que essas regras estejam prejudicando ela. Estão prejudicando?

— Eu não sei. Ela fez um comentário de que Clara era teimosa demais para o próprio bem. Que, de alguma forma, ser determinada seria um problema para ela quando ficasse mais velha. Isso me deixou furioso.

— Isso também me irrita. Sua mãe teria acabado com ela — ele disse com um sorriso, e eu amoleci instantaneamente, só de pensar nela.

— Ela teria feito isso, né?

— Sua mãe adorava proteger vocês, garotos.

— Sinto falta dela — eu disse, e meu pai respirou fundo rapidamente.

— Eu também, filho. Não passa um dia — ele admitiu, e eu soltei o ar para me impedir de desabar ali mesmo no escritório dele.

— Então, e se essa professora disser esse tipo de coisa para a Clarabel? E se ela tentar fazer com que ela se sinta mal por ser quem ela é? Eu não sei o que fazer. — Passei os dedos pelo meu cabelo preto e puxei os fios.

— Eu sei que você veio até mim em busca de uma resposta, mas não tenho certeza se existe uma resposta clara aqui. Ser pai é difícil. Nós tentamos fazer a coisa certa, mas metade do tempo nem sabemos qual é essa coisa certa. Tudo o que podemos fazer é o nosso melhor. Mas confie em mim, você vai errar às vezes. E está tudo bem. Nenhum pai é perfeito cem por cento do tempo.

Ele estava certo. Eu tinha vindo até ele esperando que ele me dissesse exatamente o que fazer, e então eu faria, e tudo ficaria bem no mundo.

— Exceto mamãe. Ela sempre acertava, não é?

Ele riu.

— Sua mãe era teimosa como uma mula. Você não conseguia dizer nada para ela se ela não quisesse ouvir. E ninguém podia dizer nada de ruim sobre os filhos dela. Ela sempre acertava? De jeito nenhum. Mas nunca deixava isso transparecer.

Isso me fez sorrir. Sempre me lembrava da minha mãe como uma mulher carinhosa e forte, mas nunca soube se minha percepção estava de alguma forma distorcida com o tempo. Ou se eu tinha reorganizado tudo na minha cabeça do jeito que queria, independentemente de ser ou não a verdade.

— Thomas, não vou minimizar o fato de que os professores são influentes na vida das crianças, mas o lar é ainda mais. As crianças podem amar e confiar em seus professores, mas elas amam e confiam mais em seus pais. O que acontece naquela sala de aula é uma coisa. Mas o que acontece em casa supera tudo.

Droga. Era exatamente o que eu precisava ouvir. Eu continuaria garantindo que Clara soubesse o que era importante e o que realmente importava. Eu era a maior influência na vida dela; só precisava desse lembrete.

— Obrigado, pai. Isso foi realmente muito útil — eu disse, sentindo-me muito melhor do que quando entrei.

— Que bom. Agora vá buscar minha netinha e diga a ela que eu a amo. Lembre-a de que ela é inteligente, honesta e boa demais para qualquer pessoa neste mundo.

Sorri quando empurrei a cadeira para trás e me levantei.

— Vou fazer isso. Te vejo amanhã.

— Thomas — ele disse, e eu parei, me virando para olhá-lo.

— Sim?

— Te amo, filho. Você é um bom homem.

— Obrigado. Também te amo — eu disse, ainda sorrindo enquanto corria para o carro para ir para casa, ver a única garota que realmente importava.

Vale a pena se apaixonar

MINHA GAROTA FAVORITA

Thomas

No caminho para casa, decidi não falar com Clara sobre sua professora, a menos que ela trouxesse o assunto à tona. Eu não queria colocar pensamentos negativos na cabeça dela ou causar qualquer preocupação desnecessária.

A última coisa que eu queria era que minha filha pensasse que havia algo errado com a Srta. Shooster ou que eu não gostava da mulher. Isso só a confundiria, e então ela não saberia como agir perto dela na escola.

Além disso, Clara estava tão feliz quando cheguei em casa que foi fácil esquecer de tudo.

Sempre que eu via aquele sorriso no rosto dela, todas as minhas preocupações e ansiedades desapareciam.

— Ela tem desenhado a torto e a direito — disse a Sra. Green, enquanto eu largava o casaco no balcão e olhava para os lápis de cor espalhados pela pequena mesa de centro. Parecia haver centenas deles, em todas as cores imagináveis.

— Estou numa fase de sereias, papai — Clara disse antes de olhar para a Sra. Green. — Foi isso que Glo-Glo, a Rainha do Oceano, me disse.

A Sra. Green começou a rir, e eu balancei a cabeça para o novo apelido maluco.

— Eu gosto de sereias — respondi, lembrando-me do cenário na sala de aula dela.

— Você gosta? Vou fazer um menino-sereia pra você! Um sereio —

ela disse antes de se levantar e pegar sua última criação. — Este é pra você. — Ela entregou o desenho para a Sra. Green com um sorriso.

— Oh, obrigada — disse a Sra. Green, pegando o desenho e analisando-o. — Eu adorei.

— Você tá vendo a coroa na cabeça dela? — Clara perguntou, e a Sra. Green assentiu entusiasticamente.

— Estou vendo.

— Porque você é a Glo-Glo, a Rainha do Oceano.

As duas começaram a rir novamente, e eu as observei, agradecido pela relação que elas tinham.

— Bem, esta Rainha do Oceano precisa nadar para o outro lado da rua. Tem uma caçarola na geladeira. As instruções estão em cima. Ela vai durar alguns dias se você não comer hoje à noite.

— Obrigado. — Eu a acompanhei até a porta da frente e a ajudei a descer as escadas.

Eu a observei atravessar a longa rua e esperei até que ela acendesse a luz de sua casa e acenasse da janela antes de entrar de novo.

> Você e a clara querem vir aqui? Tenho algo para mostrar a vocês.

A mensagem era de Patrick. Presumi que sua casa estivesse oficialmente pronta e ele quisesse mostrar como estava. Ele deveria estar muito orgulhoso do que construiu com suas próprias mãos. Eu nunca conseguiria fazer isso. Pelo menos, não sem ajuda.

— Quer ir até a casa do Tio Patrick?

— Sim! Sim! Vou pegar meus sapatos.

— Guarde todos os lápis de cor e papéis primeiro, por favor.

Clara resmungou e fez um som irritado, mas ainda assim começou a arrumar todas as suas coisas sem reclamar verbalmente.

Enviei uma mensagem de volta para Patrick.

> Chegaremos aí em breve. Quer que eu leve a caçarola que a Sra. Green fez?

> Se ela fez, eu quero. Matthew vai vir também.

Vale a pena se apaixonar

> Vejo vocês dois cabeçudos em breve.

— Coloque suas botas só para o caso de a casa do Patrick ainda ser só terra.

A última vez que estive na casa dele para ver o progresso, o aspecto paisagístico parecia ser a última coisa na mente do Patrick. Não havia nada além de terra solta, pedras e terreno irregular por toda parte, embora eu tivesse certeza de que ele tinha algum tipo de plano para tudo isso.

— Tá bom, papai.

Corri escada acima e fui para o meu quarto, onde rapidamente troquei minha roupa de trabalho por um par de jeans e uma camiseta. Peguei um par de botas de trabalho sujas e as amarrei antes de parar no quarto da Clara para ver se ela estava pronta.

— Você pegou suas botas? — perguntei, e ela olhou para mim de sua posição no chão.

— Peguei — ela resmungou enquanto puxava a última bota. — Você pegou as suas botas?

Estiquei o pé para que ela pudesse ver que eu também estava usando as minhas.

— Peguei.

Ela levantou a pequena mão no ar, sinalizando que queria que eu a ajudasse a levantar. Fiz o que ela pediu silenciosamente antes de dar um beijo no topo da cabeça dela.

— Amo você, minha querida.

— Também te amo, papai.

— Precisamos pegar a caçarola na geladeira e levar pra lá — disse enquanto descíamos as escadas, com sua pequena mão na minha.

— Eu vou pegar.

Ela largou minha mão e correu em direção à cozinha antes que eu pudesse impedi-la. Fiquei observando enquanto ela tentava puxar o prato de vidro. Vi ele se equilibrando precariamente entre a prateleira e seus bracinhos, e corri para pegá-lo antes que caísse e se espatifasse no chão.

— Eu pego, querida. Pode soltar.

Seus olhinhos estavam arregalados de medo e já brilhavam.

— Desculpa, papai. Isso era pesado demais para mim.

— Eu sei. Está tudo bem. Eu já peguei.

Ela fungou e limpou o nariz.

J. STERLING

— Você está bravo comigo?

— Não, querida. Não estou bravo. Mas o Tio Matthew poderia ter chorado se derrubássemos o jantar dele no chão.

— O Tio Matthew também vai? — O rosto dela brilhou de alegria.

— Vai, sim. Vamos lá.

Descemos o lance de escadas que levava à garagem, e eu coloquei a caçarola no piso do lado do passageiro antes de afivelar Clara no banco de trás.

Quando estacionei na propriedade do Patrick, fiquei boquiaberto ao ver a cena. Não apenas a paisagem estava finalizada, mas o concreto também havia sido despejado e fixado. Uma cerca de três troncos alinhados se estendia por todo o terreno, criando não apenas um limite, mas também uma estética tranquila. Ela fluía com o terreno.

Havia luzes solares alinhadas ao longo da entrada de cada lado, e eu segui o caminho até que a casa dele apareceu à vista.

— Cacete — murmurei baixo.

— Palavra feia, papai — Clara disse do banco de trás.

— Você está certa, mas olha o que o Tio Patrick construiu — eu disse, apontando enquanto manobrava o carro na entrada circular e o estacionava.

— Ele fez isso tudo sozinho? — ela perguntou, com os olhos arregalados como se fosse novidade para ela.

— Acho que ele teve um pouco de ajuda, mas seu tio é extremamente talentoso.

De repente, um cachorro que eu nunca tinha visto antes saltou em nossa direção, as patas raspando na lateral do meu SUV enquanto ele pulava para tentar ver pelas janelas.

— Jasper! — Ouvi Patrick gritar de algum lugar que eu não conseguia ver.

O cachorro ignorou meu irmão e continuou pulando no meu carro.

— Espere aqui — eu disse a Clara antes de abrir a porta e sair, esperando que as unhas do cachorro não tivessem arranhado toda a pintura.

— O que é isso? — perguntei, olhando do cachorro para meu irmão, que agora segurava o cão pela coleira.

Patrick estreitou os olhos.

— Veja, irmão, isso é o que nós, humanos, chamamos de cachorro. Um cachorro é um animal de estimação. Um animal de estimação é... — ele começou a explicar, como um idiota sarcástico, mas Clarabel abriu a porta e pulou para fora do carro, embora eu tivesse pedido para ela esperar.

Ela juntou as mãos enquanto sorria para o cachorro sarnento.

Vale a pena se apaixonar

— Esse é seu cachorro, Tio Patrick? Qual é o nome dele? Ele é um menino? Posso fazer carinho? Ele vai me morder? De onde ele veio? Ai, meu Deus, ele é tão fofo. — Ela disparou um milhão de perguntas do jeito que só crianças e mulheres conseguem fazer, e Patrick riu.

— Ele não vai te machucar, mas vem cá... — Ele pegou a mão dela e a ajudou a acariciar a cabeça do cachorro. — Este é o Jasper. Jasper, esta é nossa garotinha, a Clara. Não machucamos a Clara. Só a amamos.

O cachorro olhou para ele, com o rabo abanando, antes de Patrick finalmente soltá-lo, dando-lhe liberdade para fazer o que quisesse. Jasper saiu correndo para o campo, e eu olhei para meu irmão enquanto Clara observava o cachorro com olhos brilhantes.

— Era isso que você queria nos mostrar? Um vira-lata que você encontrou sabe-se lá onde?

Ele deu de ombros.

— Bem, sim. Acabei de trazê-lo do veterinário e achei que ele deveria conhecer a família.

Olhei para o relógio no meu pulso e me perguntei o que estava demorando tanto para Matthew chegar. Ele não deveria estar muito atrás de mim e Clara.

— Então você nos chamou aqui para conhecermos esse cachorro? Mas não quis nos mostrar essa casa incrível que você construiu? — perguntei, olhando ao redor, observando o resultado e ignorando o olhar que Patrick me lançava.

A casa de madeira havia sido envernizada e tratada desde a última vez que eu a vi. O plástico ao redor das janelas havia sumido, e os acabamentos estavam pintados de um amarelo suave que, surpreendentemente, combinava. Portas corrediças estilo de celeiro emolduravam algumas das janelas, mas não todas. E eu podia ver móveis no enorme deque superior de onde estávamos no térreo. Em resumo, meu irmão realmente havia construído algo espetacular.

— Estou meio mais animado com o cachorro — Patrick disse de maneira casual, e decidi não tentar entender o que isso significava.

Talvez um cachorro fosse exatamente o que meu irmão precisava para não ficar sozinho aqui com todos os seus pensamentos e coração partido.

O barulho de uma caminhonete subindo a entrada nos fez virar para ver Matthew chegando.

— Por que você demorou tanto? — Patrick perguntou ao mesmo tempo que comentei:

— Até que enfim.

Matthew acenava como um louco da sua caminhonete, e estacionou ao lado do meu SUV antes de desligar o motor.

Onde estava Jasper agora? Por que o pestinha só pulou no *meu* carro?

— Oi, pessoal — Matthew disse com um sorriso enorme enquanto Clara corria direto para seus braços abertos. — Desculpem o atraso. Eu estava, uh, ajudando um vizinho. — Ele parecia estar escondendo algo.

— Tio Patrick arranjou um cachorro! — Clara gritou, e Matthew inclinou a cabeça para trás em descrença.

— É mesmo? — Matthew olhou para cada um de nós.

— Olha, esse cachorro estava por aí no resort. Eu o vi algumas vezes, mas sempre que tentava me aproximar, ele fugia. Deixei um pouco de comida para ele uma noite, e quando cheguei ao trabalho no dia seguinte, ele estava sentado em frente ao celeiro de casamento. Como se estivesse me esperando chegar.

Era uma história meio adorável.

— E o que aconteceu depois? — Clarabel perguntou, completamente envolvida no encontro fofo entre meu irmão e seu novo melhor amigo.

Ele foi até ela e tocou o nariz dela com o dedo, fazendo-a rir e se sacudir nos braços de Matthew.

— Ele não foi embora. E me seguiu o dia todo. Então, achei que deveria levá-lo à veterinária para ver se ele tinha dono.

— Ele já tinha dono? — Clara perguntou, com a boca aberta, esperando a resposta.

— Não. E a veterinária acha que ele não tem um dono há muito tempo, se é que já teve.

— Por quê? — Clara perguntou, sempre curiosa.

— Porque ela disse que ele estava desnutrido. — Antes que Clara pudesse perguntar o que isso significava, ele explicou: — Isso significa que ele não estava comendo comida suficiente. E ela disse que ele tinha pulgas e coisas nas orelhas, então tive que deixá-lo lá por alguns dias para que eles o limpassem e se certificassem de que ele estava bem para eu trazê-lo para casa.

Ela se remexeu, e Matthew a colocou no chão.

Clara começou a bater palmas em aprovação evidente.

— Então ele não tinha dono? É por isso que você pode ficar com o Jasper? Ele é seu cachorro agora?

O entusiasmo dela era adorável, mas Patrick poderia pelo menos ter me avisado antes, dizendo o que ia mostrar para ela. Se ela começasse a me pedir um cachorro, eu não sabia por quanto tempo conseguiria dizer não até ceder. Eu era um verdadeiro bobão quando se tratava da minha filha, e não tinha medo de admitir isso.

— Sim. Ele é meu cachorro agora. — Patrick parecia mais feliz do que eu o ouvi em muito tempo.

— Bem, onde está esse tal cachorro? Não vejo nenhum por aqui. — Matthew colocou a mão na testa para proteger os olhos do sol poente e olhou ao redor da propriedade de forma dramática.

Patrick assobiou alto antes de gritar:

— Jasper! Vem cá, garoto!

Todos nós esperamos.

— Jaspeeeer! — Clara gritou o mais alto que sua voz infantil permitiu. O cachorro nem deu as caras.

— Ele ainda está aprendendo o nome dele — Patrick disse, e nós rimos.

— E se ele não voltar? — Clara perguntou, com o lábio inferior formando um beicinho.

— Ah, ele vai voltar. Acho que ele tem que se acostumar a ser um cachorro de dentro de casa. Ele passou a vida toda do lado de fora — Patrick informou, bem na hora em que o cachorro veio correndo em nossa direção a toda velocidade.

O cão derrapou e parou, suas patas obedecendo ao comando enquanto olhava para Patrick com o que eu só podia chamar de adoração. Meu irmão se abaixou para acariciar a cabeça dele e afagar suas orelhas.

— Bom garoto, Jasper. Quer entrar? — ele perguntou como se o cachorro entendesse, mas talvez entendesse mesmo, porque correu para o primeiro lance de escadas e subiu para o deque principal antes que qualquer um de nós sequer se movesse.

— Já vou subir — eu disse, abrindo a porta do passageiro para pegar a caçarola do chão.

Clara segurou a mão de Matthew, e caminhou com ele em vez de comigo. Tudo bem.

Eu estou bem.

— Quero uma visita guiada — anunciei assim que chegamos ao piso principal e eu contemplei a vista. Era tão tranquilo aqui. — Mas primeiro, precisamos colocar isso no forno, ou nunca vai ficar pronto — eu disse antes de entrar e procurar pela cozinha.

Avistei Clara sentada no chão, acariciando Jasper, que estava enrolado em uma enorme cama de cachorro que parecia confortável até para uma pessoa. Era uma das coisas mais fofas que eu já tinha visto, e Jasper estava completamente desmaiado.

Havia um fogo aceso na lareira de pedra, com detalhes em madeira e cobre por toda parte. Era como entrar na era dourada do estilo caubói rústico. Tudo parecia autêntico, mas ainda assim moderno. Quando meus olhos pousaram na cozinha, tive que parar para recuperar o fôlego.

Droga.

A cozinha era de primeira classe. Madeiras deslumbrantes emolduravam perfeitamente os eletrodomésticos de alta qualidade. Não estavam fora de lugar nem destoavam.

— Isso é aprovado por chefs com estrelas Michelin? — perguntei, colocando a caçarola em cima da bancada central enorme.

— Eles disseram que era a melhor — Patrick respondeu, mas só havia uma razão para ele ter uma cozinha assim em sua casa. E não era para ele mesmo.

— Para quê? Uma batalha culinária? O Bobby Flay está gravando seus programas aqui? — Matthew perguntou. — Isso seria legal. Gosto dele. Talvez você possa convidá-lo para cozinhar para nós. Aposto que ele adoraria essa cozinha.

Patrick deu um tapa no ombro dele.

— Eu não conheço o Bobby Flay, idiota.

— Eu conheço — Matthew disse, e todos olhamos para ele. — O quê? Ele era um grande fã de hóquei.

— Então, você o convida — Patrick retrucou.

Ouvimos os passinhos de Clara, que chegou, de repente, onde estávamos.

— Por que vocês sempre brigam? — Clara perguntou, e nós três nos ajoelhamos para olhá-la nos olhos.

— Não estamos brigando — Matthew disse.

— Estamos só brincando — Patrick acrescentou.

— O Matthew é irritante — eu disse ao mesmo tempo, e Clara me lançou um olhar que deixava claro que eu não estava sendo muito legal.

— Quero mostrar uma coisa pra você — Patrick disse, levantando-se e segurando a mão de Clara.

— É outro cachorro? — ela perguntou.

— Pode ser melhor — ele respondeu.

— Melhor que um cachorro? — O tom dela era tão surpreso que não pude deixar de sorrir. Às vezes, ela era tão exagerada, e eu adorava isso.

Os dois desapareceram enquanto eu tentava descobrir como o forno chique de Patrick funcionava antes de Matthew intervir para ajudar. Ele parecia saber muito sobre eletrodomésticos caros.

O que fazia sentido, considerando que ele era a pessoa mais rica da nossa família. Provavelmente estava cercado de luxo assim sempre que viajava com seu time.

— Você sabe que ele construiu essa cozinha para ela, certo? — Matthew olhou diretamente para mim, como se esperasse que eu discordasse.

— Eu sei.

— O que acontece se ela não voltar? — ele perguntou.

Eu vinha pensando muito nisso ultimamente. Addison estava longe há anos, e quanto mais tempo ela ficava fora, menos provável era que ela voltasse para casa.

— Então, ele provavelmente vai incendiá-la com aquela maldita música do Nick Jonas tocando de fundo — eu disse em tom de brincadeira, mas estava cem por cento falando sério.

— Juro por Deus, nunca mais quero ouvir essa maldita música de novo. —Matthew passou a mão no rosto. — Enfim, mudando de assunto. Aquela nova vizinha de que eu estava falando...

O tom dele se tornou malicioso, e um calafrio percorreu minha coluna.

— Por que você está dizendo isso desse jeito? E por que sua cara está com essa expressão esquisita? — perguntei, cutucando o sorriso que ele não conseguia esconder, e ele afastou minha mão com um tapa.

— Porque minha nova vizinha é a Brooklyn.

Do jeito que ele disse, meu coração parou e o ar ao meu redor desapareceu. Ele parecia estar interessado nela – ou, pelo menos, em dormir com ela. Com Matthew, eu nunca sabia. E eu não gostei disso.

Não gostei nem um pouco.

— Ela está muito mais bonita do que eu lembrava — ele acrescentou, e um som que eu não consegui reprimir saiu da minha garganta.

— Fique longe dela — exigi.

— Por quê? — Ele praticamente riu na minha cara enquanto perguntava.

— Ela é uma funcionária.

— Ela não é minha funcionária — ele retrucou.

— Ela é funcionária do resort que nossa família possui. Isso não é apropriado — eu disse, usando a mesma lógica que aplicaria a mim mesmo, se necessário, no futuro. Eu mal conhecia a mulher, mas já tinha fantasiado sobre o que poderia fazer com ela.

Clara e Patrick desceram correndo as escadas, e eu ainda estava fervendo de raiva quando minha filha se agarrou a mim.

— Você tem que ver! Vamos, papai.

Patrick percebeu a tensão no ar.

— Eu fiquei fora por dois segundos. O que poderia ter acontecido nesse tempo?

— Pergunte ao seu irmão — rosnei antes de seguir Clara escada acima até um loft enorme que claramente foi feito só para ela.

— O Tio Patrick disse que é um quarto para eu fazer festas do pijama. — Ela começou a rodar no espaço, com os braços estendidos.

— Ele fez um quarto para você?

— Não é legal? E olha. — Ela me puxou para perto de um espelho com luzes e todo tipo de coisas femininas organizadas em pequenos recipientes. "Isso é para trançar meu cabelo.

Meus dois irmãos estavam tentando roubar *minhas* garotas.

Sim, eu analisaria esse pensamento mais tarde. Ou ignoraria completamente.

Depois do jantar, Clara foi brincar no seu quarto de princesa chique no andar de cima, e Jasper a seguiu obedientemente.

— Cerveja? — Patrick perguntou, e todos nós concordamos enquanto íamos em direção ao bar embutido que parecia pertencer a um restaurante.

Matthew e eu nos sentamos em banquetas, Patrick pegou três canecas de uma geladeira refrigerada e puxou uma alavanca que eu ainda não tinha notado.

— Você tem um barril? — perguntei, e ele assentiu.

— Não há nada melhor que uma cerveja gelada — Patrick explicou, inclinando os copos para servir com perfeição.

Peguei um de sua mão e vi as lascas de gelo flutuando dentro.

— Droga, isso está perfeito — eu disse, tomando um gole.

Matthew fez um som ao terminar toda sua caneca em um único gole antes de bater a caneca no balcão.

— Vou querer mais uma — ele disse com um sorriso, limpando a boca com a mão.

— Você deveria desfrutar aos poucos — Patrick reclamou.

— Ah, eu desfrutei. Tanto que quero mais uma, barman. — Ele sorriu, mas Patrick pegou sua caneca e a encheu de novo.

— Não tome essa de uma vez. Não estamos numa competição de quem bebe mais cerveja.

— Eu consigo lidar com minha bebida — Matthew disse, e Patrick riu.

— É por isso que estou te buscando no bar quase todas as noites, né? Porque você lida super bem com isso.

Matthew o dispensou com um gesto.

— Provavelmente vou ligar para a Brooklyn me buscar agora, já que ela mora pertinho de mim — ele disse, e meu ciúme imediatamente disparou.

— O quê? Por que você ligaria para a Brooklyn? — Patrick perguntou, completamente confuso.

— Ah, sim. Você estava lá em cima e não ouviu. — Matthew começou a explicar: — A Brooklyn se mudou para a casa ao lado da minha.

Eu lançava olhares fulminantes para meu irmão mais novo enquanto ele gargalhava, e Patrick olhava de um para o outro.

— Eu, hmm... — Patrick tropeçou nas palavras. — Talvez você não devesse ir por esse caminho, irmão.

— Não vejo por que não — Matthew respondeu.

— Você sabe muito bem por quê — Patrick retrucou.

Tomei outro gole da cerveja antes de engolir, meu foco agora totalmente nas lascas de gelo ainda flutuando no topo.

Matthew, de repente, me deu um tapinha nas costas.

— Admita que você gosta dela, e eu paro.

Virei-me para lançar-lhe um olhar furioso.

— Eu nem a conheço.

— Você não precisa conhecer alguém para gostar dela — ele retrucou.

— Isso não é verdade — Patrick acrescentou, terminando de beber sua própria cerveja.

Jesus.

Os dois bebiam como se estivessem numa república de estudantes.

— Okay. Você não precisa conhecer alguém para se sentir atraído por essa pessoa — Matthew esclareceu com um sorriso cínico.

— Não estou atraído por ela — eu menti.

Claro que eu estava atraído pela mulher. Ela era sexy, respondona, e eu tinha um coração batendo no peito. A atitude dela me instigava, mas contar isso aos meus irmãos só levaria a mais perguntas. O que, eventualmente, se transformaria em um sermão sobre como eu podia ser feliz, seguir em frente e namorar alguém.

Eu já sabia de todas essas coisas.

Ser um pai solteiro não me deixava muito tempo livre para mim mesmo, fora o trabalho, e eu estava bem com isso. Nunca entrei em um aplicativo de namoro, por mais que Matthew insistisse. Sempre senti que, se eu fosse conhecer alguém especial, isso aconteceria naturalmente. Até agora, não tinha acontecido, e eu estava bem com isso.

— Você acha ela gostosa? — Patrick perguntou, servindo outra cerveja.

Eu não respondi, e os dois começaram a rir como se eu tivesse dito a coisa mais engraçada do mundo, mesmo sem eu ter dito uma única palavra.

— Acho que eu estava errado. — Matthew terminou sua segunda bebida. — Então, você não vai se importar se eu a chamar para sair.

— Eu me importaria — eu retruquei.

— Porque você a quer só para você? — Matthew provocou.

— Já te disse. — Respirei fundo. — Ela é funcionária do resort. Nós não saímos com funcionárias.

— Nunca ouvi falar dessa regra — Patrick disse com um leve sorriso, tamborilando o dedo no lábio inferior. — Será que o Sr. e a Sra. Gonzales sabem dessa regra?

O Sr. Gonzales trabalhava como concierge, enquanto a Sra. Gonzales trabalhava na recepção. Eles se conheceram e se apaixonaram no Sugar Mountain Resort há mais de vinte anos. Eles até se casaram na propriedade. Claro que não havia nenhuma regra sobre namorar colegas de trabalho. E, se um dos dois tivesse um cargo superior, bastava assinar um formulário que reconhecia que o relacionamento era consensual.

Nossos advogados insistiam que isso nos protegia.

— Vai ser um choque para eles quando dissermos que têm que se divorciar — Patrick acrescentou, enquanto Matthew ria.

— Escutem aqui, idiotas, eu acabei de instaurar essa regra, tudo bem? É uma nova regra. Nada de tocar na Brooklyn.

— E se não obedecermos?

Esse era o Matthew de novo.

Provocando.

Sempre provocando.

— Clara! — gritei frustrado. — Hora de ir!

Vale a pena se apaixonar

Saí para esperar minha filha enquanto meus dois irmãos riam como duas colegiais atrás de mim. Eu não tinha energia para colocar em palavras o que diabos eu estava sentindo e servir tudo isso para eles numa bandeja fácil de digerir.

Eu definitivamente estava atraído pela Brooklyn, mas e daí? Não sabia o que isso significava, se é que significava alguma coisa. Sabia que não era totalmente apropriado nutrir sentimentos por uma funcionária. Sendo um dos donos do resort, eu precisava seguir um conjunto de regras mais rígido. Ser melhor do que os outros. Então, ficar sonhando acordado em como eu faria Brooklyn gritar meu nome não era ser melhor que ninguém.

Mas ainda assim, me fazia me sentir muito bem. E eu não me sentia tão bem assim há anos.

NOVA MELHOR AMIGA

Brooklyn

Trabalhar no Sugar Mountain Resort nas últimas semanas tinha sido uma experiência avassaladora e empolgante. Treinei com Sierra o tempo todo, aprendendo os meandros do trabalho, e essa era a primeira semana inteira que eu estava sozinha.

Sierra tinha oficialmente ido embora para morar em Cherry Cove. Prometi não ligar... tanto. Mas ela me disse que seu telefone estaria sempre ligado enquanto eu estivesse aprendendo o trabalho.

As funções eram bem diferentes do que eu fazia na Kleinfeld's, mas eu estava adorando. Era desafiador, mas de uma forma que eu admirava e mal podia esperar para encarar e fazer do meu jeito. Este seria um lugar incrível para trabalhar, e eu me dei conta quase que de imediato que nunca iria querer sair.

A equipe, que tecnicamente trabalhava para mim, tinha sido um pouco hesitante no começo, mas parecia que todos tinham mudado de opinião recentemente. Sentia que devia isso à Maribel e sua rápida mudança de atitude.

Alguns dos funcionários mais jovens e temporários pareciam irritados pelo fato de o cargo não ter sido ao menos oferecido a eles, mas atribuí isso à geração deles e não levei para o lado pessoal. Eles queriam oportunidades entregues de bandeja, mesmo quando não estavam nem remotamente qualificados.

Uma menina pequena de cabelo castanho entrou no meu escritório enquanto eu revisava e-mails e me surpreendeu. Sobressaltada, soltei um guincho embaraçoso em resposta. Quem se assusta com uma criança?

— Você não é a Srta. Sierra — disse a pequena humana.

— Não, sou a Brooklyn.

— Onde está a Srta. Sierra? Ela está no banheiro? Posso esperar. — Ela se jogou na cadeira em frente à minha mesa, cruzou os braços pequenos no colo e ficou me encarando.

Sierra não havia me avisado sobre visitantes pequeninas.

— A Srta. Sierra não trabalha mais aqui. — Dei a notícia da forma mais delicada possível, mas sua boquinha se abriu em choque, e seus olhos se arregalaram.

— Ela vai voltar?

— Se eu disser que não, você vai ficar triste?

— Com certeza. — Sua resposta foi rápida e honesta.

— Bem, não quero te deixar triste — eu disse, porque se ela começasse a chorar, eu não saberia o que fazer.

— Mas você tem que me dizer a verdade de qualquer jeito. Papai diz que não contamos mentiras. — Ela me olhou com aqueles grandes olhos castanhos e respirou fundo dramaticamente. — Tudo bem, Srta. Brooklyn. Eu consigo lidar com isso.

Papai.

Todas as peças se encaixaram instantaneamente. Ela devia ser filha de Thomas.

— Thomas é seu pai?

Ela assentiu com a cabeça e abriu um sorriso enorme.

— Sim. Ele é o melhor pai do mundo. Você não acha?

Um pequeno riso escapou dos meus lábios enquanto eu a observava. Ela se parecia com o pai, mas devia lembrar mais a mãe.

— Eu não sei. Não o conheço muito bem.

— Ah. — Ela parecia tão confusa com minha resposta. — Por quê?

— Porque acabei de começar a trabalhar aqui.

— Então, você e papai ainda não são amigos?

Definitivamente não.

— Não exatamente. Ainda não — respondi.

Thomas e eu tivemos algumas reuniões com Sierra antes de ela ir embora, mas ele focou toda sua atenção nela, raramente me olhando nos olhos. Ele era irritante. E rude.

— Você pode ser minha amiga. — Ela pulou da cadeira e veio até onde eu estava sentada. — A garotinha estendeu a mão e esperou que eu a pegasse. — Eu sou Clarabel, mas meus amigos me chamam de Clara.

— Sou a Brooklyn. Prazer em te conhecer — eu disse, e ela apertou minha mão com bastante força para uma criança tão pequena.

— Clara? Clarabel! — A voz de Thomas ressoou no corredor, e ouvi o som de seus passos se aproximando.

De repente, Clara se enfiou por entre as minhas pernas e se escondeu debaixo da minha mesa no segundo em que o pai parou no batente da porta.

— Brooklyn. — Ele parecia meio sem fôlego, e o cabelo sempre perfeitamente arrumado estava meio bagunçado.

Sexy pra cacete.

— Você viu a minha filha?

Lancei um olhar para os meus pés, onde Clara cobria a boquinha com a mão minúscula, tentando não rir.

— Nãoooo — arrastei a palavra e apontei para baixo discretamente de forma que a criança não visse.

— Não viu, né? — Ele sorriu, e por mais que eu tivesse adorado aquele sorriso, eu sabia que não foi por minha causa.

— Desculpa. Como ela é? Daí se eu a vir por aí, vou reconhecer — perguntei, e a risadinha de Clara borbulhou por entre os dedos.

Thomas entrou na minha sala e veio na nossa direção. E depois deu mais dois passos.

— Ela é uma maria-encrenca. Cabelo castanho comprido. Provavelmente está usando dois sapatos diferentes de cada lado.

Rapidamente olhei para baixo e reprimi o riso. Clara estava mesmo usando dois pés diferentes de sapatos.

— Tem um sorriso de caçadora de dragões. E a voz de um anjinho, mas na verdade ela é uma diabinha — ele continuou a descrever a filha, e eu senti como se estivesse em um universo alternativo.

Nunca tinha visto Thomas agir desse jeito. Sempre o vi cumprir seu papel no resort, o que já era sexy pra cacete, mas isto... isto era um outro nível de gostosura. Ele estava mais relaxado. Em sua melhor forma.

Thomas, o pai, era a coisa mais deliciosa que eu já tinha visto na vida.

Clara gargalhou alto e disparou por baixo da minha mesa.

— Não sou uma diabinha, papai! — gritou antes de se pular nos braços dele.

Por um segundo, pensei que tinha engravidado naquele momento só se assistir a cena.

— Já vi que você conheceu a Brooklyn. — Ele a abraçou com força e virou o corpinho miúdo na minha direção.

Vale a pena se apaixonar

91

Clara assentiu.

— Mmm-hmm. Mas, papai — ela pressionou as palmas das mãos contra as bochechas dele e apertou —, ela disse que você não é amigo dela.

— Ela disse isso, é? — Ele tentou dizer com a boca ainda meio comprimida pelas mãozinhas, mas saiu meio embolado.

— Como assim você não gosta da Brooklyn Caçadora de Ursos? — perguntou Clara, e eu inclinei a cabeça para trás de tanto rir.

— Desculpa. Ela tem mania de dar apelidos a todo mundo sem permissão. — Ele parecia desapontando, mas começou a fazer cócegas na filha, que se contorcia em seus braços.

Thomas me encarou com aqueles olhos azuis, e uma mulher podia se perder nas profundezas se não tivesse cuidado.

— Eu não me importo com o apelido — afirmei, e Clara parecia satisfeita consigo mesma.

— Senhorita Brooklyn — ela disse, e eu foquei minha atenção nela —, acho seu cabelo muito bonito. Não acha, papai? Parece o de uma das minhas bonecas em casa.

Oh, sim, papai. Você acha meu cabelo bonito?

Thomas olhou diretamente para mim, e havia algo intenso por trás de seu olhar.

— Muito bonito.

Ele enfatizou as duas palavras, e meu coração, no qual eu já não confiava mais, começou a fazer algo estranho no meu peito.

Mas então ele murmurou "Desculpa" inaudível, quando Clara não estava olhando, e meu ego instantaneamente murchou com aquela única palavra silenciosa.

Como esse homem sabia inflar meu ego e estourá-lo no mesmo instante? Será que custava tanto dar um elogio de verdade?

— Sabe, querida, você deveria perguntar à senhorita Brooklyn sobre escalada. Ouvi dizer que ela é uma grande fã — ele disse com um sorriso torto, e fiquei totalmente boquiaberta antes de conseguir fechar a boca.

Ele não disse isso.

— Escalada? O que é isso? Parece chato. — Clara franziu a testa. — Desculpa, senhorita Brooklyn a Caçadora de Ursos, mas eu não quero escalar pedras.

Thomas continuava sorrindo.

— Nunca vai me deixar esquecer essa, vai? — perguntei.

— Nunca — ele disse antes de pegar a mãozinha da filha e segurá-la na sua mão enorme. — Desculpe por ela ter te incomodado.

Clara imediatamente olhou para o pai, com os olhos marejados.

— Eu não a incomodei, incomodei?

Thomas se ajoelhou para olhar Clara nos olhos.

— Eu te disse que todos aqui têm um trabalho, certo?

— Mmm-hmm — ela respondeu.

— E um trabalho significa que eles estão trabalhando. Você gosta do nosso resort, não gosta?

A cabecinha dela balançou para cima e para baixo.

— Eu amo. É o lugar mais bonito de todo a Sugar Mountain.

Eu não poderia concordar mais, garota.

— Bem, precisamos deixar a Brooklyn fazer o trabalho dela. Ela tem muito trabalho a fazer, e ela é muito importante.

Ooh, aí está um elogio.

Continue assim, grandão.

A boquinha dela formou um "O" antes de acrescentar:

— Mas a senhorita Sierra disse que sempre que eu viesse, eu tinha que dizer oi para ela. Eu tentei vê-la, mas a Caçadora de Ursos disse que ela não está mais aqui.

Thomas inclinou a cabeça ligeiramente em compreensão antes de se levantar.

— Entendi. Sim, sinto muito, querida. A senhorita Sierra se mudou para Cherry Cove.

— Tudo bem. Fiquei triste no começo, mas gosto da senhorita Brooklyn, então vou ficar bem.

Eu não conseguia parar de sorrir. Essa menina era tão meiga e esperta, e eu sabia que a maioria das crianças não eram tão legais quanto ela.

— Vamos sair do seu caminho, Brooklyn. Tenho certeza de que você tem muito a fazer. — A voz de Thomas estava um pouco mais suave, e eu apreciei o tom.

— Preciso ir até a sala de conferências principal. Mas adoraria a ajuda da Clara, se isso estiver bem para você? — perguntei.

Clara largou a mão do pai e correu para o meu lado, olhando para mim com aqueles grandes olhos amendoados.

— Que tipo de ajuda?

— Tenho uma grande festa para preparar, e preciso colocar muitas decorações nas mesas.

Vale a pena se apaixonar

— Você não tem uma equipe para esse tipo de coisa? — Thomas perguntou.

— Tenho — assenti. — Mas ainda quero fazer parte da equipe. Colocar a mão na massa, sabe? Não quero que pensem que estou sentada no meu escritório, sem fazer nada, enquanto eles fazem todo o trabalho pesado — expliquei.

Além disso, eu tinha tempo de sobra, mas não estava prestes a dizer isso a ele. Ele poderia achar que eu estava enrolando ou algo assim.

— Entendi. Respeito isso. E eles também vão.

— Posso ir, papai? Por favor? — Clara juntou as mãos na frente do rosto, implorando ao pai por permissão.

— Sim, você pode ir. Mas se comporte, certo? E escute a Brooklyn. Você não é a chefe.

— Eu vou obedecer. Juro de dedinho — ela disse antes de levantar o dedinho no ar e esperar que Thomas o apertasse.

— Por favor, cuide dela. — Thomas direcionou a frase para mim. — Ela se distrai facilmente e se afasta se você não estiver prestando atenção.

— Eu não faço isso — Clara retrucou, mas Thomas a ignorou.

— Ela faz, sim. E depois, traga-a para o meu escritório quando terminar.

— Claro. Vou cuidar dela. Nos vemos daqui a pouco — eu disse antes de pegar meu bloco de notas e respirar fundo.

Sendo filha única e sem irmãos para me fazer uma tia, eu não costumava estar perto de crianças com frequência, e embora isso devesse ser desconfortável, Clara tornava tudo mais fácil. Quando ela pegou minha mão inesperadamente e apertou firme, eu não soube o que fazer, e me recusei a me virar para ver a expressão de Thomas, que eu imaginava não estar muito contente com o gesto doce dela.

Então, simplesmente segurei a mãozinha dela na minha e caminhei em direção aos elevadores, mentalmente me dizendo para não surtar. Deixei que ela apertasse o botão, e quando as portas se abriram, entramos, e eu soltei um suspiro de alívio.

Clara soltou minha mão e olhou para mim.

— Acho que meu papai gosta de você. E você e eu, nós vamos ser melhores amigas. Não acha, Princesinha Caçadora de Ursos?

Fiquei emocionada com a simples pergunta, e não fazia ideia do porquê. Crianças nunca me deixaram sensível ou emotiva no passado, então como era possível que essa menininha já estivesse se infiltrando na minha vida e pedindo para ficar?

ESTOU TÃO FERRADO

Thomas

Assistir Brooklyn interagir com minha filha mexeu comigo de todas as maneiras possíveis. Já tinha visto outras mulheres com Clarabel antes, mas nenhuma delas me fez sentir algo além de irritação.

Brooklyn não estava tentando me impressionar ou me conquistar. Seu comportamento com minha filha não era falso de forma alguma. E ela não estava se tornando amiga da minha menina só para chamar minha atenção. Pelo contrário, Brooklyn provavelmente tinha pedido a ajuda de Clara apesar de mim. Eu juro, se eu dissesse a essa mulher para ficar longe da minha filha, ela provavelmente começaria a marcar encontros de brincadeira com ela.

Eu queria odiar isso. Queria odiar tudo sobre isso, mas não conseguia. Clara parecia tão incrivelmente feliz quando segurou a mão de Brooklyn e a apertou na sua. Sua empolgação irradiava do seu corpinho enquanto eu as observava se afastando, como se tivessem feito isso mil vezes antes.

Meu coração apertou. Clara não tinha muitas mulheres em sua vida, além da Sra. Green e daquela professora dela. Eu sabia que ela sentia falta de companhia feminina, mesmo que ainda não estivesse totalmente consciente disso. Ela nunca me disse que desejava ter uma mãe ou dois pais ou algo assim.

De vez em quando, ela perguntava sobre Jenna, mas essas ocasiões eram raras e, quando aconteciam, ela quase nunca ficava triste. Suas perguntas sempre tinham um tom mais inquisitivo do que qualquer outra coisa.

Isso fazia sentido para mim, já que Clara só conhecia essa vida. Oito anos preenchidos com um pai, um avô, e dois tios atrapalhados que fariam qualquer coisa por ela.

Mas eu temia que, em algum momento, nós não fôssemos o suficiente para ela. Que ela eventualmente fosse desejar o toque de uma mulher, uma perspectiva feminina, ou ajuda com coisas sobre as quais eu não sabia absolutamente nada. Isso me assustava, porque, ao pensar que minha filha precisaria de algo que eu não poderia dar, eu não fazia ideia de a quem recorrer para pedir ajuda. Essas eram as coisas que me mantinham acordado à noite.

E agora, eu a tinha deixado ir com Brooklyn, uma mulher que eu mal conhecia. Soltando um longo suspiro, balancei a cabeça e me forcei a lembrar da ligação que fiz para o antigo empregador dela.

Eu perguntei sobre a ética de trabalho de Brooklyn e se havia algo negativo que eu devesse saber. Cheguei ao ponto de perguntar sobre seus hábitos de bebida e se eles eram um problema no trabalho.

Felicia Kleinfeld riu disso. E ela só teve elogios a fazer antes de me lembrar da sorte que eu tinha por ter Brooklyn trabalhando no resort. Sierra também estava convencida de que Brooklyn não tinha hábitos de bebida incomuns, mas, honestamente, quem sabia o que acontecia a portas fechadas? A menos que aquela porta fosse a sua própria.

Movido por algum tipo de besteira de pai superprotetor, fui até meu escritório, coloquei o celular no bolso e me dirigi à sala de conferências para dar uma espiada. Eu não me achava acima disso.

Não quando se tratava da minha filha.

Caminhando pelo longo corredor, ouvi as risadas ecoando antes mesmo de chegar ao local.

Eu reconheceria a risada de Clara em qualquer lugar. Quando cheguei à porta, me apoiei no batente e tentei não fazer barulho. Não queria alertar ninguém da minha presença, então fiquei o mais quieto possível enquanto observava a cena à minha frente.

— Assim, Brooky Ursinha? — Clara perguntou enquanto colocava uma caixa decorativa em cima do que presumi ser um prato.

Brooklyn caminhou até onde Clara estava e inspecionou o trabalho.

— Exatamente assim. Está perfeito. Ótimo trabalho — ela elogiou.

— Sabe de uma coisa? — Clara inclinou a cabeça para o lado, como se estivesse estudando a mesa à sua frente.

— O quê? — Brooklyn perguntou.

— Acho que ficaria melhor assim — Clara disse com um pequeno ar de autoritarismo que me fez segurar o riso.

Observei enquanto ela rearranjava algumas coisas na mesa, que eu não conseguia ver, antes de se afastar para deixar Brooklyn avaliar a situação.

Brooklyn começou a rir antes de bater palmas como se minha filha fosse uma mágica.

— Você realmente melhorou. Isso ficou muito, muito bonito.

Brooklyn anunciou para a sala:

— Ei, pessoal — e o restante da equipe parou o que estavam fazendo para prestar atenção nela —, precisamos fazer alguns ajustes nas configurações. Clara tentou dessa forma aqui, e eu realmente acho que ficou mais bonito. Vocês concordam?

O pequeno grupo caminhou até onde Brooklyn e Clara estavam, e todos balançaram a cabeça freneticamente depois de olhar para o que eu desejava poder ver com mais clareza. Clara pulou de alegria com todos os elogios, e em vez de ficarem emburrados ou com inveja, todos pareciam genuinamente felizes em fazer as mudanças dela. Foi uma coisa boa de ver. A última coisa que eu queria no resort era uma equipe que não se dava bem.

Brooklyn trocou um *high five* com Clara antes de dar algumas instruções. Eu gostava de vê-la sendo a chefe. Ela era autoritária, mas ainda aceitava as opiniões de sua equipe, fazendo com que se sentissem importantes, como parte de um time. Era incrivelmente sexy. E exatamente como eu queria que meus departamentos fossem administrados.

— Onde ela está? — Uma voz masculina que eu não reconheci ecoou em meus ouvidos, e eu me virei para procurar a origem. — Onde está minha esposa?

Meus olhos avistaram um homem caminhando rapidamente em minha direção, e eu fiquei em posição, meu peito inflado, músculos tensionados.

— Ah, claro que você está aqui — o estranho homem cuspiu para mim.

— Como licença, tem algo com o que eu possa te ajudar? — Foi uma pergunta amigável, mas minha voz estava longe de ser amistosa. Minha filha estava por perto e esse homem claramente estava agitado.

— Você arruinou meu casamento! — ele gritou, e eu inclinei a cabeça para trás, surpreso.

— Acho que você está enganado. Eu não faço ideia de quem você é — eu disse, demonstrando pouco interesse na acusação.

Vale a pena se apaixonar

— Você é um destruidor de lares. Se sente bem com isso, O'Grady? Se sente um verdadeiro homem?

Já me chamaram de muitas coisas na vida, mas destruidor de lares era novidade.

Brooklyn chegou correndo ao meu lado ao mesmo tempo que minha filha se agarrou à minha perna.

— Sinto muito — Brooklyn disse entre respirações ofegantes.

— Oi, papai — Clara murmurou, e eu acariciei sua cabeça sem olhar para baixo.

— Vá ficar ali com a Maribel — ordenei, e Maribel a puxou pelos ombros, tirando-a da linha de visão daquele homem.

Eu examinei o corpo dele, procurando por qualquer sinal de uma arma, mas não vi nada suspeito. Talvez eu estivesse exagerando, mas nunca se sabia do que as pessoas eram capazes.

— Eli. O que você está fazendo aqui? — Brooklyn perguntou, com a voz trêmula.

Eli. Esse deve ser o ex-marido dela.

Eu o observei de cima a baixo mais uma vez, agora julgando sua aparência. Não era nada do que eu esperava. O cara estava de jeans e uma camiseta antiga do Pac-Man. Não ficava legal nele como ficaria em outros caras. Esse sujeito só parecia desleixado.

— Eu sabia que havia outra pessoa. — Ele parecia irritado. — Vim ver por mim mesmo.

— Ver o quê? — Brooklyn perguntou, claramente tão confusa quanto eu.

— Se o que todos na cidade estão dizendo é verdade.

Brooklyn balançou a cabeça, seu rabo-de-cavalo ruivo balançando com o movimento.

— Não sei do que você está falando, Eli. Podemos ir até meu escritório e resolver o assunto?

Ela fez menção de se afastar, e eu imediatamente segurei seu ombro, impedindo-a. Quando seus olhos verdes encontraram os meus, dei um leve movimento negativo com a cabeça, indicando que não achava uma boa ideia ela ficar sozinha com ele naquele momento.

O ex dela fez um som de desgosto.

— Por que eu iria? Para que você pudesse continuar mentindo ainda mais para mim?

— Eu nunca menti para você — ela retrucou.

— Certo — ele bufou. — Você simplesmente conseguiu um emprego no resort mais chique da cidade logo depois de assinarmos os documentos do divórcio. E trabalhando com esse cara, que eu nem sabia que você conhecia. Que conveniente.

— Ela conseguiu mesmo — eu intervim, embora não fosse da minha conta me intrometer.

— Não estou falando com você, cara.

O desgraçado realmente tentou vir para cima de mim.

— Eu não faria isso se fosse você — alertei, e ele recuou.

— Sabe, eu não queria acreditar, mas faz sentido. Eu sabia que tinha que haver um motivo para você me deixar. Não essa besteira de — ele fez aspas no ar com os dedos — "não estar feliz". Ninguém deixa um casamento porque não está feliz. As pessoas deixam porque existe outra pessoa.

Brooklyn parecia completamente mortificada.

— Isso não é verdade.

O ex dela resmungou:

— Estava tudo bem em um dia, e no outro, você me diz que quer o divórcio e vai embora. Todo mundo em Sugar Mountain sabe que é por causa desse cara. — Ele apontou o polegar na minha direção.

— Você está brincando, né? — Brooklyn perguntou, com a voz vacilante. — Isso é uma piada? — Ela olhou por trás dele, como se estivesse procurando câmeras escondidas em algum lugar.

— Você nem sequer me disse que não estava feliz — ele reclamou, e Brooklyn soltou um suspiro que me disse o contrário.

— Aposto que ela disse, e você foi burro demais para ouvir — murmurei antes que pudesse me conter.

O fato de estarmos em um ambiente de trabalho parecia ter escapado completamente da minha mente naquele momento. Eu tinha esquecido que havia uma plateia observando e que eu estava agindo de maneira completamente antiética. Tudo o que eu queria era garantir que Brooklyn estava bem, e se eu o demolisse verbalmente no processo, consideraria isso uma vitória dupla para mim.

— Sabe, eu tive que parar de jogar Wars com os caras. Não pude mais comprar todos os pacotes de atualização, e fiquei para trás. Eles já avançaram quatro níveis desde que você me deixou. Você sabe como isso é embaraçoso? — ele disse, e eu me perguntei do que diabos ele estava falando antes de entender.

Vale a pena se apaixonar

— Você está falando de um videogame? — sondei, fazendo o máximo para ridicularizar o cara.

— Não é da sua conta. Brooklyn sabe o quanto esse tempo com meus amigos é importante para mim. E ela tirou isso de mim.

Ele soava como um bebê chorão.

— Você gastava o dinheiro dela em atualizações de videogame? — perguntei, porque genuinamente não conseguia acreditar no que estava ouvindo.

Antes que ele pudesse responder, Brooklyn interveio, soando realmente magoada com a acusação:

— Eli, sinto muito que você não possa mais jogar seus jogos, mas eu juro que nunca te traí. Nem com o Thomas. Nem com ninguém.

O ex-marido dela fez um som de escárnio.

— Certo. Porque é isso que todas as vadias traidoras dizem.

Dei um passo em sua direção, minha raiva crescendo rapidamente.

— Preciso que você vá embora antes que eu faça algo que não quero que minha filha veja. — Minha mão direita se fechou instintivamente, como se implorasse para que ele me provocasse só mais um pouco.

— O quê, papai? O que eu não posso ver? — A voz suave de Clara ecoou de algum lugar atrás de mim.

Virei-me para dar uma piscadela para ela antes de encarar o inimigo novamente. Eu queria mais do que tudo defender essa mulher com uma ferocidade que quase não reconhecia em mim mesmo. Meu instinto protetor era uma coisa viva e pulsante, e, aparentemente, não existia apenas por minha filha.

Brooklyn colocou a mão no meu ombro brevemente e apertou.

— Está tudo bem, Thomas. Eu cuido disso — ela disse antes de endireitar os ombros e ficar ereta para encarar o ex. — Maribel, por favor, cubra os ouvidos da Clarabel.

Olhei para trás e vi Maribel tentando colocar as mãos sobre os ouvidos da minha filha, mas Clara recusou o gesto. Ela se desvencilhou das mãos de Maribel e correu para o outro lado da sala de conferências antes de se abaixar debaixo de uma mesa e espiar por debaixo da toalha.

— Eli — Brooklyn disse o nome dele com veneno na voz. Era um som completamente diferente de quando ela estava irritada e discutindo verbalmente comigo. Não havia ódio real nesses momentos. Isso era algo completamente diferente. — Eu não te traí. Não está acontecendo nada entre mim e Thomas.

Suas palavras eram verdadeiras, mas algo dentro de mim não gostou de ouvi-la dizer isso em voz alta, especialmente para esse idiota. Se ela quisesse fingir que éramos uma grande família feliz, transando como coelhos toda vez que ficássemos sozinhos, eu teria aceitado.

— Eu te deixei porque eu não estava feliz, sem aspas no ar necessárias. Eu sei que você não consegue entender esse fato com esse seu cérebro minúsculo, mas se você nunca ouvir mais nada, ouça isso. Eu. Não. Estava. Feliz. Você me ignorava todas as noites para jogar com seus amigos. Sabe quantas vezes eu tentei fazer você passar tempo comigo? Mas você sempre me dispensava. Só mais um jogo, você dizia. Era sempre mais um jogo.

Ele tentou falar, mas ela levantou a mão para impedi-lo.

— Não. Eu não terminei. Você reclamou de todas as horas extras que eu fiz, mas adorava gastar o meu salário. Eu não entendia por que você reclamava, afinal, não era como se quisesse fazer algo comigo. Acho que você só queria que eu estivesse por perto para fazer sua comida ou lavar sua roupa. Comecei a te odiar por isso. O ressentimento me consumia por dentro até eu sentir que estava morrendo, e você nem percebeu. O pior foi que, quando eu te falei, você nem se importou. Então, você pode ficar aqui e mentir para si mesmo, fingir que eu nunca disse que não estava feliz, mas a verdade é que eu te disse por mais de um ano. Você teve a chance de mudar… ou pelo menos tentar. Mas você ignorou, como estava me ignorando. E eu não aguentei mais.

— Você foi embora como se fôssemos nada — ele cuspiu defensivamente, como se fosse a vítima de uma grande injustiça.

— Eu não fui embora como se fôssemos nada. Quando eu fui embora, eu já estava farta.

Ela soava tão exasperada, e meus instintos de protegê-la voltaram à tona. Coloquei-me à frente do corpo dela, bloqueando a visão de Eli completamente. A conversa deles tinha acabado, e se ele tentasse continuar, teria que passar por mim primeiro.

O que não ia acontecer.

O cara já tinha falado o suficiente. E Brooklyn já tinha dito tudo o que precisava, com uma plateia assistindo. Se por algum motivo eles sentissem vontade de continuar essa discussão, poderiam fazer isso em outro momento e lugar. O espetáculo de hoje tinha acabado.

— É hora de você ir embora — eu disse com firmeza, não deixando espaço para discussão, embora eu secretamente desejasse que ele tentasse me desafiar.

Vale a pena se apaixonar

Eu já tinha mandado uma mensagem para o chefe de segurança, e vi que ele estava se aproximando para escoltar Eli para fora da propriedade.

— O Tali aqui vai te acompanhar — eu disse bem quando meu segurança de um metro e noventa se aproximou, com uma expressão que parecia francamente assustadora. Se eu não soubesse o quanto ele era um ursinho por dentro, talvez eu tivesse me encolhido. — Por favor, certifique-se de que Eli... — Eu pausei, olhando para Brooklyn, e ela leu minha mente como se fosse fácil para ela.

— Allister — ela respondeu, me dando exatamente o que eu não tinha pedido, mas queria.

— Por favor, certifique-se de que Eli Allister está na lista de proibição de entrada daqui por diante. Ele não é mais bem-vindo na propriedade do resort. Nem mesmo como convidado.

— Ei, isso não é justo! — Eli reclamou.

— A vida não é justa — eu disse, feliz por poder usar aquela velha frase boba do meu pai com alguém que não fosse meus irmãos.

Eu me virei para verificar Brooklyn, mas a expressão em seu rosto me dizia tudo o que eu precisava saber. Ela estava envergonhada. E magoada. Eu queria consolá-la, dizer que tudo ficaria bem e, em seguida, apagar a memória daquele ex da mente e do corpo dela. Tocar cada centímetro de pele até ela esquecer que ele já esteve lá.

Esse era um sentimento novo para mim. Se já existiu antes, esteve adormecido pelos últimos oito anos, dormindo tranquilamente.

Então, o que eu ia fazer a respeito?

TODO MUNDO MERECE UM WAFFLE

Brooklyn

Fiquei lá parada, vendo meu ex-marido tentar se livrar do agarre firme de Tali. Não adiantava nada, e eu nem sabia por que ele estava tentando. Eu não conseguia acreditar que ele tinha aparecido aqui, de todos os lugares, e dito as coisas que disse. Acusar-me de traição era uma coisa. Fazer isso na frente dos meus colegas de trabalho e chefe era outra.

— Sinto muito. Meu Deus, que vergonha — sussurrei para Thomas antes de me virar para o restante da equipe. — Gente, sinto muito por isso. Eu não estou dormindo com o Thomas, e não houve traição.

— Isso não é da nossa conta, mas sabemos que você não estava — Maribel anunciou, e uma sensação de alívio percorreu meu corpo.

— Obrigada. Eu só não queria que vocês pensassem isso de mim — eu disse antes de encontrar o olhar de Thomas. — Ou dele. Nós. Quero dizer, não há um "nós". — Balancei a cabeça, claramente abalada por tudo o que tinha acabado de acontecer.

Encarar os olhos azuis de Thomas não estava ajudando. Ele tinha defendido minha honra. Chegou a fechar o punho em um momento, e, embora eu não devesse querer que ele esmurrasse a cara do meu ex, eu não teria me importado nem um pouco se ele tivesse feito isso.

Na verdade, eu provavelmente teria pulado nele ali mesmo e dado a todos algo para falar a respeito.

Escalada de rocha, aí vou eu.

Meu Deus, que bagunça.

— Ei, não importa o que as pessoas dizem — Thomas disse, gentilmente. — Nós sabemos a verdade.

Como ele consegue ser tão calmo?

— Eu não quero que as pessoas falem isso de você, Thomas. Sinto muito. Nem sei como você foi arrastado para isso. — Cobri a boca com a mão e fechei os olhos, querendo que tudo isso fosse um pesadelo do qual eu pudesse acordar. — Se você quiser me demitir, eu vou entender.

— Te demitir?

Abri os olhos para vê-lo fazendo uma expressão ridícula antes de me encarar com aqueles olhos penetrantes.

— Isso não vai acontecer. Provavelmente nunca.

Ainda estamos falando sobre o trabalho? Eu me perguntei.

Era cansativo tentar ler nas entrelinhas, mas eu não conseguia evitar.

— Senhorita Brooklyn, você está bem? Quem era aquele? — A voz de Clara chegou aos meus ouvidos, e olhei para baixo para vê-la me observando com preocupação, agarrada ao pai.

Inspirei profundamente antes de lançar um olhar a Thomas, que dizia nitidamente que eu não sabia como explicar aquilo para uma criança de oito anos. Eu devia dizer a verdade ou suavizar as coisas para torná-las mais fáceis de digerir?

— Aquele era alguém que Brooklyn costumava amar — Thomas respondeu por mim, e eu me encolhi com a escolha de palavras.

— Mas ele não é legal, papai — ela anunciou, antes de se concentrar em mim novamente. — Por que você o amava? — Clara perguntou, completamente confusa.

Boa pergunta, garota.

— Bem, ele nem sempre era daquele jeito — respondi honestamente, mas odiava a impressão que isso podia dar a ela. Eu não queria que Clara pensasse que era normal amar um homem que era cruel. E Eli, definitivamente, tinha vindo aqui agindo dessa forma.

— Eu não entendo — ela disse, olhando para o pai em busca de uma resposta que ele não poderia dar, já que não era o relacionamento dele.

— Ele não costumava ser tão malvado — tentei explicar um pouco mais, mas não tinha certeza se estava melhorando a situação.

— Então, ele era legal antes, mas agora não é?

Eu assenti, impressionada com a inteligência dessa menina.

— Sim. Quando morávamos juntos, ele era muito mais legal. Mas, quando eu o deixei, acho que ele ficou um pouco malvado.

Ela sorriu como se tivesse entendido completamente.

— Porque você machucou os sentimentos dele. Os meninos não gostam quando você machuca os sentimentos deles. Eles sempre ficam malvados. Como o Scott — ela disse, e eu a observei com interesse, me perguntando quem era Scott. — Ele estuda na minha escola. Ele não é legal. Mas, quando eu machuco os sentimentos dele, ele fica muito malvado. Mas eu não me importo porque ele merece.

Essa garota não precisava da minha ajuda. Era bem capaz que eu precisaria da ajuda dela.

— Ele ainda está te incomodando? — Thomas interveio, se abaixando para ficar na altura da filha, com uma vibração de pai protetor em plena exibição.

— Nem tanto, papai.

Ele fez um som de rosnado que instantaneamente fez minha mente ir para o quarto. Fiquei imaginando se ele fazia aquele som quando estava com uma mulher.

O que diabos há de errado comigo?

— Eu acho que meu papai ia socar seu malvado. Não ia, papai?

— Eu considerei isso — ele respondeu honestamente, e isso aqueceu meu coração, sabendo que ele não mentia para ela. As crianças sempre eram mais espertas do que os pais acreditavam, e Clara não era exceção. — O que acha de sairmos daqui?

Eu presumi que Thomas estava falando com sua filha, mas aparentemente ele estava falando comigo também.

— Podemos dispensar a equipe. Eles podem terminar de arrumar a sala amanhã, antes do evento começar à tarde.

— Já está praticamente tudo pronto de qualquer maneira — concordei.

Estávamos finalizando as últimas mesas quando Eli entrou com sua explosão de ciúmes constrangedora.

Thomas se virou para o pequeno grupo e anunciou:

— Todos podem ir para casa. Vamos encerrar por hoje e voltar amanhã para finalizar.

— Você tem certeza? — Maribel perguntou de algum lugar no canto.

— Vejo vocês amanhã — ele disse antes de pegar a mão de Clara e sair da sala.

Eu o segui como um filhote, abanando o rabo o tempo todo. Em vez

Vale a pena se apaixonar

105

de pegarmos o elevador, caminhamos pelos corredores internos e voltamos ao nível principal do saguão, onde o espaço inteiro havia sido transformado em uma incrível festa de outono para os olhos. Eu quase esqueci o que tinha acabado de acontecer com Eli – as decorações eram muito impressionantes.

O caminho estava ladeado por enormes cestas transbordando de abóboras de todos os tamanhos e flores em cores de outono até onde os olhos podiam ver. Dois espantalhos gigantes recebiam os hóspedes que iam fazer o check-in, e havia até uma carroça cheia de fardos de feno e abóboras que transbordavam perfeitamente para o chão.

— Olhe todas essas abóboras! — Clara gritou, soltando a mão do pai e correndo para ver as decorações de perto.

— Uau — suspirei, assimilando tudo. O Sugar Mountain Resort nunca fazia nada pela metade. — Eles fizeram tudo isso tão rápido.

— Eles são muito bons no que fazem — Thomas disse.

Uma semana atrás, eu teria interpretado isso como uma indireta. Mas hoje, eu sabia que ele simplesmente queria dizer o que disse. Não havia nenhum outro significado por trás.

— Eles são. Está deslumbrante.

— Não é lindo? — Uma voz grave e rouca chegou aos meus ouvidos, e eu me virei para ver o Sr. O'Grady se aproximando de nós.

— Vovô! — Clara gritou antes de correr para os braços dele.

Ele a pegou como se não fosse nada e a segurou no quadril, dando-lhe um beijo rápido na bochecha.

— Por que ninguém me disse que você estava aqui? Você aparece no resort e não vem dar um abraço no vovô? Estou magoado. — Ele fez uma cara de triste, e ela virou a cabeça para mim, me dando um olhar que eu não consegui decifrar.

— Mas não magoado tipo, você vai ser malvado comigo, né, vovô? — Clara perguntou, e eu imediatamente olhei para Thomas.

A última coisa que eu queria era contar ao gerente-geral do resort o que tinha acabado de acontecer com meu ex.

— Não sei o que você quer dizer, querida. Eu nunca seria mau com você. Só estou feliz em te ver — ele disse enquanto a colocava de volta no chão.

— Pai, essa é Brooklyn. Acho que vocês ainda não se conhecem. Ela assumiu o lugar da Sierra. — Thomas me apresentou ao pai, mas como funcionária, claro.

O que mais ele poderia dizer? *"A mulher que quer escalar o meu peito"* provavelmente não seria muito apropriado.

106   J. STERLING

— Brooklyn. — O Sr. O'Grady estendeu a mão, e eu a apertei. — É um prazer te conhecer. Já ouvi falar muito de você.

— É mesmo? — Inclinei a cabeça para o lado, sem saber como interpretar isso. — É um prazer te conhecer também. As decorações estão incríveis. Parece um sonho realizado.

Ele deu um sorriso tão grande e genuíno que não pude deixar de sorrir de volta.

— Eles sempre fazem um trabalho lindo. Espere até ver como fica no inverno. Você nunca vai querer ir embora.

— Eu realmente acredito nisso — falei, ainda sorrindo.

— Estávamos pensando em encerrar o dia e pegar algo para comer no centro. Quer se juntar a nós? — Thomas dirigiu a pergunta ao pai, e eu juro que meu coração parou de bater por completo enquanto eu prendia a respiração e esperava pela resposta dele.

— Não. Vão vocês três e se divirtam. Ainda tenho algumas ligações para fazer. Mas agora que a casa do Patrick está pronta, os jantares em família estão de volta. Sem desculpas — ele exigiu, e eu me senti como se estivesse me intrometendo em algo pessoal demais.

— Eu realmente senti falta deles — Thomas disse, e Clara logo pulou de alegria, batendo palmas.

Era algo que eu tinha notado que ela fazia sempre que estava muito animada.

— Eu adoro jantar na sua casa, vovô. Também senti falta deles. Você conheceu o Jasper? Ele é um fofo — ela perguntou, e eu observei enquanto os olhos escuros do Sr. O'Grady se estreitavam.

— Aquele cachorro desgrenhado? Eu o conheci. Ele está aqui com seu tio agora. — Ele lançou a Thomas um olhar sutil de desaprovação, mas os olhos de Clara se iluminaram.

— Está mesmo? O tio traz ele para o trabalho! Que divertido!

— Aparentemente, seu tio não vai a lugar nenhum sem ele agora — o Sr. O'Grady acrescentou, e Thomas apenas deu de ombros.

— Acho que é bom para ele. Patrick precisa de um amigo — Thomas disse, e eu pigarreei de leve, porque isso realmente era mais do que eu deveria estar ouvindo.

Embora secretamente estivesse adorando.

— Podemos ir ver o Tio Patrick? Quero ver ele e o Jasper. — Clara fez beicinho, e eu sabia que era uma tática para conseguir o que queria.

Vale a pena se apaixonar

Eu me perguntei como Thomas reagiria ao joguinho dela.

— Não hoje. O Tio Patrick está trabalhando muito para terminar algo, e não devemos incomodá-lo.

— Eu não sou um incômodo. — Ela bateu o pezinho em sinal de desafio, mas não discutiu mais sobre o assunto.

— Bom, eu preciso ir. Foi um prazer te conhecer, Brooklyn. Tenho certeza de que nos veremos por aí — ele disse antes de se inclinar para falar com a netinha meiga. — E você. Da próxima vez que estiver por aqui, é melhor vir me ver e me dar um abraço, está bem?

— Tá bom, vovô!

— Promete? — ele insistiu.

— Prometo!

E com isso, o Sr. O'Grady foi embora, nos deixando parados no meio de um cenário de sonho de outono.

— Tecnicamente ainda não é hora do jantar, mas o que acha de irmos ao restaurante no centro? — Thomas parecia estar perguntando tanto para Clara quanto para mim.

— Ah, eu adoro o Main Street Diner. E você, Brooklyn a Caçadora de Abóboras? — Clara pulou mais um pouco. Era como se a menina tivesse comido um punhado de açúcar enquanto eu não estava olhando, mesmo sabendo que não tinha.

Assenti porque todos em Sugar Mountain comiam e amavam o restaurante. Era uma instituição, assim como o resort. O único problema era que não era exatamente o lugar onde você ia se quisesse ficar sozinho ou não ser visto por metade da cidade a qualquer momento. As chances eram bem altas de que, se você fosse ao restaurante ou ao bar, estava basicamente pedindo para ter sua vida privada comentada por quem estivesse disposto a ouvir.

— Eu adoro. Eles têm os melhores waffles. Você já comeu?

Ela balançou a cabeça tão rápido que seu cabelo castanho voou ao redor do rosto.

— Acho que não. Mas não podemos comê-las agora. Não é hora do café da manhã.

Eu arfei.

— Mas café da manhã no jantar é o melhor!

— Sério? — Seus olhos castanhos se arregalaram ainda mais. — Papai, podemos tomar café da manhã no jantar? Eu quero café da manhã no jantar!

— Eu poderia comer umas batatas fritas do restaurante agora — Thomas disse, e eu quase comecei a salivar.

108   J. STERLING

Eu podia jurar que quase tinha começado a babar. O Main Street Diner fazia comida caseira tradicional, e fazia muito bem. O Sr. e a Sra. Baker eram os donos do lugar desde que eu me lembrava. E embora eu literalmente amasse cada item do menu, nada – e eu quero dizer nada – se comparava aos seus enormes e fofos waffles caseiros. Eles até faziam sabores sazonais, como abóbora, limão e pão de gengibre. Por isso, serviam essas delícias desde a abertura até o fechamento. Todo mundo merecia um bom waffle na vida.

— Isso é tão empolgante! — Clara sorria enquanto brincava entre nós, segurando nossas mãos ao mesmo tempo.

— Eu vou, hmm... pegar minha bolsa e chaves e encontro vocês lá? — Saiu como uma pergunta, embora eu não tivesse a intenção de fazê-lo.

Thomas me deu um sorriso suave. Essa foi a maior gentileza que ele já havia demonstrado para mim. Sempre havia uma pequena hostilidade borbulhando logo abaixo da superfície, mas toda a confusão com Eli parecia ter mudado completamente o comportamento dele.

Eu não estava reclamando.

— Vou pegar uma cabine para três.

Uma cabine para três.

No Main Street Diner.

Onde todos nos veriam juntos e estariam comentando até de manhã.

— A menos que você ache que seja uma má ideia? — Thomas mudou de ideia, como se lesse minha mente. — Nós dois sabemos que o que seu ex-marido disse foi uma mentira, mas outras pessoas não saberão. Se você não se sentir confortável com isso, eu entendo completamente.

Clara parecia confusa, mas também decepcionada, enquanto seus olhos iam de um para o outro entre nós.

— Está tudo bem. Eu posso jantar na cidade com meu — parei porque não sabia como chamar Thomas —... chefe e sua filha. Certo?

Ele enrijeceu, mas eu não sabia o que isso significava.

— As pessoas vão falar. — Ele estava mortalmente sério ao pronunciar cada palavra.

— Estou bem com isso — disse, porque agora, neste momento, eu sentia que poderia estar.

Amanhã seria outra história, mas eu me preocuparia com isso depois.

Nada iria me separar do meu waffle. Era tudo sobre o waffle. Repeti essa mentira para mim mesma até realmente acreditar.

Vale a pena se apaixonar

MUITO POUCO PROFISSIONAL

Brooklyn

Dirigi pela Main Street, procurando aquela vaga rara de estacionamento. Achei que já tinha usado toda a sorte de estacionamento no outro dia, quando visitei Lana. Era sempre um desafio. Quase impossível durante os meses de verão e inverno, quando os turistas invadiam a cidade. Mas eu fingia que a falta de vagas decentes acrescentava certo charme a Sugar Mountain, embora eu odiasse ter que estacionar no terreno lote de chão batido. Meus sapatos sempre acabavam cobertos por uma camada de poeira espessa, e meus pneus pareciam absorver milhões de pequenas pedras entre os sulcos, a ponto de eu jurar que furariam a qualquer momento.

Um carro começou a dar ré para sair da vaga bem quando eu estava dando a minha terceira volta, e eu quase coloquei o braço para fora da janela e comemorei em vitória. Manobrei facilmente para a vaga, desliguei o motor, peguei minha bolsa e desci. Embora tivesse conseguido estacionar em uma vaga pavimentada, ela estava no extremo oposto de onde ficava o restaurante, então comecei minha pequena caminhada pela Main Street.

Eu adorava essa parte da cidade. Caminhar por ali era como voltar no tempo. Ainda havia postes de madeira na frente de alguns estabelecimentos, onde as pessoas costumavam amarrar seus cavalos antigamente. Às vezes, parecia que eu estava no set de um filme antigo de faroeste, mas este era o mundo real. Até a cela original da cadeia, localizada bem no centro da cidade, ainda estava de pé. Embora agora fosse uma atração turística, onde as pessoas tiravam fotos para postar nas redes sociais.

Cada um dos estabelecimentos na Main Street era de propriedade local, e muitos ainda tinham os materiais de construção originais, com algumas reformas criativas para garantir que não caíssem. Isso era motivo de orgulho para alguém nativo de Sugar Mountain como eu. Mesmo as lojas mais novas pareciam estar lá havia mais de cem anos, como as demais. Não de uma maneira dilapidada, é claro.

O conselho da cidade garantiu isso. Qualquer estrutura localizada ou comprada na Main seguia um código estético rigoroso, baseado na preservação da nossa história local.

Ao me aproximar do restaurante, vi um grupo de adolescentes sentado do lado de fora, tomando sorvete em um velho banco de madeira. Eu sabia que eles haviam comprado seus sorvetes no The Double Dip, do outro lado da rua. Não era o único lugar em Sugar Mountain para tomar sorvete, mas com certeza era o melhor.

Talvez eu tenha um certo apego por tudo nesta rua?

Ao abrir a porta de vidro, fui recebida pelo sorriso da Sra. Baker, que estava atrás do balcão. Ela tinha envelhecido desde que eu era adolescente, mas sua cordialidade continuava a mesma.

— Oi, querida. — Ela sorriu. — Coloquei vocês lá no fundo. — Ela sinalizou de leve com a cabeça, apontando o local onde Thomas e Clara deviam estar sentados.

— Obrigada. É bom ver você — falei, seguindo em direção à mesa, evitando os olhares curiosos das pessoas enquanto passava, embora pudesse sentir que elas me observavam com grande interesse.

Thomas se levantou e fez menção de mudar de lugar para se sentar ao lado de Clara, que fez um som e levantou a mão para detê-lo.

— Eu quero que a Princesa do Waffle sente ao meu lado — ela disse, e eu sorri com o apelido.

— Está tudo bem para você — Thomas perguntou —, Princesa do Waffle?

— Não tenho problemas em ser chamada de Princesa do Waffle — brinquei enquanto me acomodava ao lado de Clara, que começou a colorir seu menu com alguns lápis de cera que a Sra. Baker provavelmente tinha dado a ela.

Thomas sentou-se do outro lado da mesa e pegou um dos três copos de água que estavam ali, tomando um gole. Encará-lo era um pouco desconcertante. Seus olhos diziam muito mais do que seus lábios costumavam

Vale a pena se apaixonar 111

dizer. Eu queria saber o que ele estava pensando, mas não ousaria perguntar. Especialmente com Clara sentada bem ao meu lado ou com alguém da cidade podendo ouvir.

— Então, você vinha muito aqui quando era mais nova? — Thomas perguntou, rompendo o momento de silêncio que estava pairando entre nós.

— Principalmente no ensino médio. E você?

Tentei buscar na minha mente memórias de Thomas, mas ele já tinha se formado quando eu comecei o primeiro ano. Além disso, o restaurante sempre estava lotado nas noites de sexta e sábado. Você basicamente conseguia dar atenção só a quem estava na sua companhia, enquanto o restante das pessoas parecia existir apenas pela visão periférica.

— Acho que todos nós vínhamos. — Ele sorriu, mas o sorriso não combinava com o restante de sua expressão.

Thomas parecia nostálgico, como se estivesse perdido em suas lembranças, e me peguei pensando na forma em que a perda de Jenna parecia tê-lo afetado. Eu nem conseguia imaginar passar pelo que ele passou.

— Você costumava vir aqui com... — Eu parei, porque não sabia qual era o protocolo ao mencionar a mãe de Clara.

Eu não sabia qual era o assunto certo que poderia ser abordado e qual não era. Se Thomas e eu estivéssemos sozinhos, essa dúvida não existiria. Eu perguntaria o que quisesse saber, e provavelmente ele faria o mesmo. Mas navegar por uma conversa de adultos era um pouco mais complicado quando uma criança estava envolvida.

— Jenna? — ele disse o nome dela em voz alta, e a cabecinha de Clara se levantou.

— Você costumava vir aqui com a minha mãe? — ela perguntou, inclinando a cabeça e estudando o pai.

— Sim — ele respondeu, antes de se inclinar para mais perto dela. — Ela adorava o chocolate quente deles. Mesmo quando estava fazendo quarenta graus lá fora, ela ainda pedia.

— Mamãe era gaiata — Clara disse com uma risada, mas foi uma risada distante. Como se ela estivesse falando sobre alguém de um programa de TV que tinha visto uma vez. — Você conhecia minha mãe?

— Não, não realmente. — Balancei a cabeça, porque só tinha encontrado Jenna algumas vezes quando ela trabalhava na boutique da cidade. "Quero dizer, eu sabia quem ela era, mas não éramos amigas, se é que faz sentido.

— Por que vocês não eram amigas?

— Porque ela era mais velha do que eu. Como seu pai. Eu cursei o ensino médio com o seu tio Patrick. Eu conhecia muito mais a namorada dele.

— Ah, a Srta. Addison — ela disse, parecendo muito mais triste com a ausência de Addison do que com a da própria mãe.

Isso fazia sentido quando eu pensava sobre o assunto, porque Clara nunca tinha conhecido Jenna.

O que era um fato de partir o coração por si só.

— Mas eu me lembro de que sua mãe era muito gentil com todos — eu disse, e o joelho de Thomas roçou levemente no meu por baixo da mesa. — Ela era supersimpática sempre que a via.

Quando meus olhos encontraram os dele, ele silenciosamente murmurou, Um "Obrigado" e eu retribuí com um sorriso suave.

Não era mentira. Jenna era gentil.

As coisas entre mim e Thomas estavam mudando tão rapidamente. Estar no restaurante juntos não deveria ser tão confortável ou descomplicado, mas era. E eu jurava que qualquer pessoa de fora pensaria que já tínhamos feito isso mil vezes antes.

— Sabe, seu tio Patrick e a Addi adoravam este lugar. Mal conseguíamos tirá-los daqui — Thomas disse, e eu peguei a dica.

Mudança de assunto aceita.

— Sério? — Clara perguntou ao mesmo tempo em que eu respondi:

— Eu me lembro disso. Addison queria fazer algo com comida, não é?

Uma série de memórias sobre Patrick e Addison encheu minha mente, todas boas. E mesmo Addison sendo mais nova do que Patrick e eu, os dois eram invejados por todos na escola. Eles foram apelidados de casal perfeito. Era como se nada pudesse separá-los. Lembro de ter ficado genuinamente chocada quando ela se mudou e deixou Patrick para trás.

Thomas assentiu.

— Sim. Ela é uma chef incrível. Sempre foi.

— A senhorita Addi sempre fazia o melhor macarrão com queijo em forma de estrela do mar. Faz tempo que não como isso.

Lancei a Thomas um olhar confuso.

— Macarrão com queijo em forma de estrela do mar?

— Ela fazia do zero. Cortava tudo no formato, sozinha, e toda essa porcaria — ele disse, como se ainda não pudesse acreditar que ela fazia aquilo.

— Palavrão — Clara disse, e Thomas se desculpou.

— E tudo mais. Ela fazia tudo mais — ele corrigiu, enfatizando a substituição da palavra.

Vale a pena se apaixonar

Era adorável como essa garotinha tinha controle sobre esse homem.

— Meu tio Patrick sente muita falta da senhorita Addi — Clara anunciou.

— Você também sente falta dela? — perguntei, tentando não ser muito invasiva, mas ainda assim querendo saber.

— Sinto. Mas ela se foi há muito tempo.

Thomas soltou um suspiro.

— Ela não está fora há tanto tempo assim, mas tenho certeza de que parece para você, pequena.

— O tio Patrick acha que ela não vai voltar — Clara comentou, com a voz quase em um sussurro, e eu vi a surpresa no rosto de Thomas.

— Isso te deixa triste? — sondei, mas ela apenas acenou com a cabeça.

Ver essa garotinha tão angustiada quase partiu meu coração. Eu queria consertar isso. Dizer a ela que tudo ficaria bem e fazer uma infinidade de promessas que eu não tinha o direito de fazer e que, certamente, não poderia cumprir.

— Posso te fazer outra pergunta? — Dei um leve empurrão em seu ombro com meu braço.

Ela largou o giz de cera e colocou as mãos no colo.

— Claro, Princesa do Waffle.

— Você tem um tio favorito?

Ela imediatamente colocou as mãos sobre a boca, dando uma risadinha.

— Acho que isso significa que você tem. — Lancei um olhar para Thomas, mas ele apenas deu de ombros, como se nunca tivesse ocorrido a ele fazer essa pergunta.

— Eu não posso responder a isso — ela disse com a boca ainda coberta.

— É o Matthew? — pressionei. — Ele parece ser muito divertido e bobo — comentei, antes de notar Thomas se mexer na cadeira ao mencionar o nome do irmão. — Sabe, eu acabei de me mudar para a casa ao lado da dele, então eu o vejo o tempo todo.

Thomas não gostou nem um pouco disso, o que achei mais do que interessante. Seus ombros ficaram tensos, e sua mandíbula travou enquanto ele evitava meu olhar. Quanto mais eu olhava em sua direção, mais ele olhava para a filha.

Clara baixou as mãozinhas.

— Você mora ao lado do tio Matthew?

— Uh-huh. Então, ele é seu favorito? — perguntei novamente.

Ela balançou a cabeça de um lado para o outro.

— Não. Mas você não pode contar pra ele. Promete?

— Prometo — eu disse, e antes que percebesse, ela estava estendendo o mindinho na minha direção. Eu peguei com o meu e dei um pequeno aperto.

— Promessa de mindinho — ela proferiu antes de se inclinar para mim e sussurrar: — Eu gosto mais do tio Patrick. Ele é meu favorito. Ele tem um cachorro, e ele construiu um quarto só para mim na casa nova dele.

Fiquei boquiaberta na hora, mas me recuperei rapidamente.

— Ele construiu um quarto pra você na casa dele?

— Tem um lugar para ele fazer tranças francesas no meu cabelo e tudo. E minha própria cama. Eu amo *ele* mais — declarou, com um sorriso suave, e Thomas finalmente encontrou meu olhar, com uma expressão indecifrável no rosto.

— O Patrick sabe fazer tranças francesas?

Ela assentiu.

— Acho que a senhorita Addi ensinou pra ele. Meu papai só sabe fazer trança normal.

Guardei aquela informação para um dia chuvoso, e me estendi para segurar o longo cabelo dela e arrastar meus dedos pelos fios.

— Você já fez tranças escama de peixe no cabelo? — perguntei, e o rostinho dela se contorceu como se tivesse mordido algo azedo.

— Eca, peixe? Por que eu colocaria escamas de peixe no meu cabelo?

— É só o nome. — Eu ri. — Não são peixes de verdade. É outro tipo de trança. Eu posso fazer para você algum dia, se quiser — ofereci.

Antes que ela pudesse responder, a senhora Baker apareceu, carregando seu bloco de anotações e um lápis.

— Desculpem a demora. Posso trazer mais alguma coisa pra vocês beberem? Já sabem o que vão comer ou ainda precisam de mais tempo? — Ela batucou o lápis em cima do bloco antes de me olhar. — Você quer um waffle, não é?

Comecei a rir.

— Sou tão transparente assim?

— Você sempre pede o waffle especial, querida.

Ela estava certa.

Eu sempre pedia.

A cabeça de Clara se levantou rapidamente.

— Eu quero waffle também.

— Ah, você quer? Quer de creme de leite ou de abóbora? — ela perguntou.

Vale a pena se apaixonar

Clara me lançou um olhar em vez de olhar para o pai, o que eu adorei. Ela cobriu a boca com a mão e tentou perguntar baixinho:

— Qual você pede?

Eu me inclinei e fiz o mesmo de volta para ela.

— Eu peço a de abóbora, mas talvez você deva experimentar a de creme de leite, e a gente pode dividir.

Clara assentiu.

— Eu gostaria da de creme de leite, por favor, senhora Baker, a grande — respondeu Clara, e eu sorri.

— Entendido. Não acredito como você já está tão crescida. Quantos anos você tem agora? — a senhora Baker perguntou com um sorriso.

— Tenho oito — Clara anunciou.

— Uau. — A senhora Baker olhou para Thomas. — Oito anos já? O tempo realmente voa. — Ela soava um pouco nostálgica, e me perguntei o quanto ela conhecia Thomas e Jenna quando estavam juntos. — Você já sabe o que vai querer, Thomas?

— Vou querer o Diner Double com batatas fritas — ele disse antes de fechar o cardápio com um estalo.

— Malpassado? — ela perguntou, e ele assentiu com firmeza. — Vou passar o pedido para o cozinheiro. Me avisem se quiserem mais alguma bebida.

— Estou bem com água — falei, e Thomas concordou antes de pedir um copo de leite para Clara.

— Princesa do Waffle — Clara disse depois que a senhora Baker se afastou.

— Sim?

— Você está bem?

— Eu não pareço estar bem? — Fiquei um pouco confusa.

— Eu só quis dizer… porque aquele homem que você costumava amar foi mau com você mais cedo. Isso machucou seus sentimentos? — Ela fez um biquinho enquanto seus olhos castanhos me encaravam, e para ser honesta, o surto de Eli era a última coisa na minha mente.

— Ele não machucou meus sentimentos, na verdade. As coisas que ele disse não eram verdadeiras, então não me afetaram. Mas eu ainda não gostei do que ele disse.

— Então, ele mentiu? Papai diz que nós não mentimos. Mas foi por isso que eu me meti em problemas na escola. Porque a senhorita Shooster queria que eu dissesse para Scott que eu sentia muito, mas eu não sentia.

Você acha que eu devo pedir desculpas se eu não estiver realmente arrependida? — Ela parecia tão interessada na minha resposta, e quando olhei para Thomas, ele estava inclinado para frente, com os cotovelos sobre a mesa, como se também estivesse curioso para ouvir minha resposta.

— Eu acho que você não deve dizer coisas que você não sente de verdade. E se você diz para alguém que está arrependida quando na verdade não está, então qual é o sentido?

— É por isso que eu não queria fazer isso. Porque então eu estaria mentindo. E nós não mentimos, certo, papai?

— A senhorita Shooster queria que ela pedisse desculpas ao Scott para que ele se sentisse melhor — explicou Thomas um pouco mais.

— Mas isso faria a Clara se sentir pior.

Eu me senti na defensiva em relação àquela menininha que eu mal conhecia. Como isso era possível? Eu sentia como se a conhecesse há muito tempo.

— Foi exatamente o que eu disse. — Ele apontou o dedo para mim. — Exatamente o que eu disse.

Eu me lembrei do dia em que ele voltou para o resort depois de se encontrar com a professora de Clara. Ele estava irritado e mal-humorado, disse que a professora era um pesadelo, se bem me lembro. Agora eu entendia. Eu também teria ficado com raiva.

— Acho que você fez a coisa certa. — Passei meu braço pelos ombros de Clara e dei um pequeno abraço.

— Obrigada. — Ela parecia satisfeita e voltou aos seus lápis de cor. — Senhorita Brooklyn, você tem filhos?

A pergunta me pegou de surpresa, mesmo sendo simples o suficiente.

— Ainda não.

— Você quer ter?

— Só se eles forem como você — eu disse, dando um tapinha na cabeça dela, e ela riu.

— Bem, provavelmente não serão — ela murmurou de forma prática, e Thomas soltou uma risada rouca.

— Você está certa. Provavelmente não. Mas talvez sejam. Você nunca sabe. — Eu soava mais esperançosa do que me sentia há muito tempo.

Eu tinha estado tão infeliz por tanto tempo que não havia espaço para mais nada. O ressentimento havia roubado minha alegria. Ele tomou o próprio conceito dela e a queimou até não sobrar nada. Eu me tornei uma casca de mim mesma, me contentando com migalhas e encontrando

Vale a pena se apaixonar

conforto no que era familiar. Em momentos simples como este, eu me lembrava de quem eu costumava ser. De quem eu ainda era.

E eu era, sim, com certeza, uma mulher que queria ter filhos no futuro. Mas em algum lugar profundo, eu sempre soube que não queria tê-los com Eli, e talvez fosse por isso que nunca deixei de tomar anticoncepcional enquanto estávamos juntos. Não valia o risco. Eu me lembrei de pensar que, se engravidasse, seria dominada por preocupação e ansiedade, em vez de felicidade e alegria. Havia tantas coisas erradas quando olhava para trás em meu casamento, que eu me sentia uma idiota por ter ficado tanto tempo.

— Acho que você será uma excelente mãe um dia — Thomas lançou o elogio como se a frase não tivesse sacudido meus ovários.

— Obrigada. Você já é um pai sensacional.

Nunca me relacionei muito com pais solo ou um pai em geral, além do meu próprio, mas Thomas elevou o padrão sem nem saber. E agora o padrão era muito e muito alto. Se meu futuro marido não fosse igual a este homem, então eu não o queria.

— Eu te disse que ele era o melhor, não disse, senhorita Brooklyn? — Clara comentou, com um sorrisinho.

— Você disse mesmo — respondi e meu celular começou a tremer dentro da bolsa. Tentei ignorar, mas vibrou novamente. E mais uma vez. E parecia que não pararia nunca.

Quando o peguei, percebi inúmeras mensagens enviadas pela Lana.

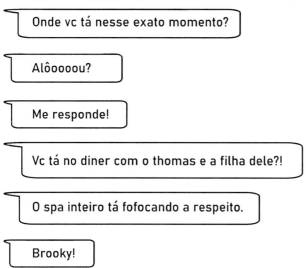

118   J. STERLING

Meu rosto deve ter empalidecido, ou sei lá o quê, porque Thomas estendeu o braço por sobre a mesa e tocou a minha mão por um segundo antes de se afastar.

— Está tudo bem?

Virei o celular para que ele lesse as mensagens em vez de repetir tudo em voz alta. Dessa forma, Clara não ouviria.

Ele simplesmente assentiu como se não desse a mínima e como se não tivesse se importado com o que Lana comentou.

— É melhor você responder logo pra ela, ou não vai ter sossego.

Na verdade, ele sorriu.

Ele estava se divertindo com isso?

Eu achava que sim.

— Tem razão — falei, antes de digitar uma mensagem no mesmo tom que o dela.

> Sim, estou com eles. Vou te contar tudo depois. Uma tonelada de drama hoje.

> Vc vai pirar quando souber de tudo.

> Mal posso esperar para ouvir os babados.

> E eu tô falando que quero saber de tudinho, brooklyn mckay.

— Brooklyn — Thomas disse meu nome em um tom profundo e rouco, exigindo minha atenção. — Nós sabíamos que eles falariam, lembra? Está tudo bem. A coisa boa de morar em uma cidade pequena é que a fofoca some depois de um tempo. As pessoas têm a capacidade de focar nas coisas como um borrachudo.

— O que é um borrachudo? — Clara sondou sem desviar o olhar do desenho que ela já havia colorido quase todo.

— Um mosquito bem irritante — respondi antes de Thomas, e Clara soltou um murmúrio de asco.

Antes que eu pudesse pensar na implicação das mensagens outra vez, nossa comida chegou, e eu podia jurar que nunca tinha visto uma garotinha mais feliz do que Clarabel O'Grady. Seus olhos estavam arregalados quando ela encarou o waffle gigante em seu prato. Eu a ajudei a colocar a manteiga e o xarope. Não muito, claro. Só o bastante.

E quando ela começou a cortar a monstruosidade macia, ela gemeu a cada mordida dada. Essa garotinha era das minhas.

— Essa é a coisa mais gostosa que já comi na vida — ela disse com a boca cheia, e Thomas a repreendeu. — Desculpa — murmurou, antes de engolir e tomar um gole gigante do leite, e todas as outras pessoas no restaurante parecerem como se tivessem desaparecido.

Eu sempre pensaria em Clara quando voltasse aqui. Era engraçado como lembranças rapidamente eram feitas e substituíam outras. Nunca associei meus jantares regados a waffles com qualquer outra pessoa, mas agora, eles sempre estariam vinculados à lembrança da primeira vez que essa garotinha comeu o dela. Passei a gostar dessa ideia ainda mais por conta disso.

A conversa alegre teve uma pausa súbita enquanto comíamos, e quando pedimos a conta, Thomas insistiu em pagar por tudo. Parecia quase um encontro, mas eu sabia que não tinha sido.

Eu queria que tivesse sido um encontro?

Sinceramente, eu não fazia ideia.

Por mais que Thomas fosse oito ou oitenta, indo de quente a frio de uma hora para outra, eu achava que era mais ou menos parecida. Eu estava super atraída por ele, mas não tinha certeza se havia algo mais profundo do que isso. E ainda não confiava em mim mesma para tomar boas decisões quando se tratava de homens e relacionamentos. E era óbvio que eu não sabia o que estava fazendo; caso contrário, não estaria divorciada já.

Não que isso importasse, porque isso não foi um encontro.

Embora parecesse muito com um. Ou talvez fosse apenas da minha perspectiva. Thomas provavelmente me via como algum tipo de caso de caridade. Alguém por quem ele sentia pena e só queria oferecer uma boa refeição depois que o ex-marido dela a havia envergonhado na frente da equipe.

Clara e eu saímos lado a lado e esperamos no banco vazio enquanto o pai dela terminava de pagar. Quando ele finalmente saiu, nós duas nos levantamos ao mesmo tempo, e Thomas se posicionou entre nós, como se pertencesse a ambas.

— Então, deveríamos fazer isso de novo algum dia. — Ele se inclinou para perto, e o calor do corpo dele me fez querer pular em seus braços, envolver minhas pernas ao redor da cintura dele e beijá-lo como se minha vida dependesse disso. — Mas talvez sem a companhia extra — ele acrescentou, e eu não tinha certeza se ele se referia à filha ou ao resto da cidade.

— Não seria — eu pausei para um efeito dramático —... pouco profissional? —perguntei em um tom brincalhão do qual me arrependi imediatamente.

O rosto dele se tornou sério quando ele passou o dedo pela minha bochecha, onde qualquer um que estivesse olhando poderia nos ver.

— Extremamente. Mas estou começando a achar que estou pouco me lixando quando se trata de você, Brooklyn.

— Palavrão, papai! — Clara bateu o pé, mas eu estava tão envolvida no que ele tinha acabado de dizer que nem liguei.

Meu telefone vibrou na bolsa, e eu o tirei, notando outra mensagem de Lana. Em vez de ler, decidi dirigir até a casa dela. Eu estava morrendo de vontade de contar a ela o que Eli tinha feito mais cedo no resort. Embora eu apostasse cem dólares que ela já sabia.

— Você estacionou longe? — Thomas perguntou enquanto Clara olhava para mim, girando e dançando, seus pezinhos chutando o ar.

— Estou no fim da rua. — Apontei na direção do meu carro.

— Deveríamos caminhar com ela, né, papai? E abrir a porta do carro para ela também? — Clara indagou, e me perguntei se ela tinha aprendido isso com os homens de sua vida ou com algo que viu na televisão.

— Eu posso ir até lá sozinha. Não é tão longe — eu disse, mas Thomas parecia ligeiramente desconfortável, como se, de repente, estivesse tendo algum tipo de batalha interna. Coloquei minha mão no ombro dele e apertei. — Sério, está tudo bem. Vocês dois podem ir.

Clara balançou a cabeça, discordando.

— O papai não vai gostar disso. Ele diz que os meninos abrem portas para as meninas de quem gostam. E se um menino não abrir a porta do meu carro para mim, então eu não posso sair com ele. É o que os cavalheiros fazem.

Inclinei-me para ficar de frente com ela.

— Seu pai está certo. Mas eu preciso ver minha melhor amiga, e vocês precisam ir para casa. Vocês podem abrir minha porta na próxima vez, tá? — Eu não tinha nenhum direito de mencionar uma próxima vez, mas ela instantaneamente se acalmou enquanto ponderava minha sugestão.

— Acho que isso seria bom. Estou meio cansada de qualquer maneira — ela disse a última parte em meio a um bocejo, e eu estava realmente perplexa. Um minuto antes, ela estava a mil, incapaz de ficar parada, e agora parecia que algum tipo de sedativo tinha feito efeito.

Vale a pena se apaixonar

— Então, até a próxima — Thomas murmurou ao pé do meu ouvido enquanto me dava um abraço desajeitado.

Mas não eram os braços bem esculpidos e o peito duro como uma rocha que me deixaram agitada. Nem o fato de eu saber que todo mundo dentro do restaurante provavelmente estava assistindo nossa interação. Era outra coisa igualmente dura como uma rocha que estava me cutucando na parte superior da coxa. Eu queria me esfregar contra aquilo e ver se um gênio aparecia para me conceder desejos.

Saber que eu tinha deixado Thomas excitado era sexy pra caralho. Eu gostei disso demais. E definitivamente queria fazer algo a respeito. Rose estava certa. Eu precisava de uma boa e velha furunfada.

Talvez nós dois precisássemos. Não. Thomas provavelmente fazia sexo sempre que queria, não que eu tivesse ouvido qualquer boato sobre isso. Mas não conseguia imaginar uma única mulher em Sugar Mountain que recusasse uma oferta sexual de um dos irmãos O'Grady. Eu estava exagerando, claro, mas às vezes parecia que a cidade toda competia pela atenção deles.

Eu entendia.

Se houvesse uma fila para transar com Thomas, eu queria pular para o início e nunca deixar ninguém mais ter sua vez.

O que diabos eu estava pensando?

PERDENDO O CONTROLE

Thomas

Nunca pensei que gostaria de ver uma mulher perto da minha filha. Nunca me dei conta de que fosse algo que eu quisesse ou necessitasse na vida. Mas Brooklyn estava começando a mudar esse conceito. A mulher estava entranhada dentro de mim, e Clara não parava de falar sobre ela.

Minhas noites eram repletas de perguntas como: quando vamos ver a Brooklyn de novo?, e, Por que a Princesa do Waffle não pode vir aqui?

Todas perguntas legítimas às quais eu não fazia ideia de como responder.; por quê? Porque estive evitando Brooklyn como se ela fosse uma praga desde aquela noite no restaurante. Que rolou há mais de uma semana, se eu estivesse contando… e, definitivamente, estava.

Se eu a visse rebolando pelo corredor no trabalho, eu seguia para a direção oposta. Se notasse que ela estava passando pelo meu escritório, em passos lentos, eu dava um jeito de pegar o telefone e fingia estar em uma ligação.

Aparentemente, deixei minha maturidade lá no restaurante com minhas batatas fritas inacabadas. De alguma forma, pensei que se a evitasse, isso me ajudaria a parar de pensar nela ou de querer que ela fizesse parte das nossas vidas, mas eu era um idiota de marca maior por não ter me dado conta antes de que nada impedia a minha mente de acabar devaneando sobre ela.

Ela tinha sido maravilhosa com Clara, os conselhos que deu à minha filha foram intensos e verdadeiros. Eu me lembrava de como me senti quando a ouvi conversar com a ela e como, instintivamente, julguei que ela diria alguma estupidez que me deixaria pau da vida como a professora de Clara fez. Mas tudo o que Brooklyn fez foi reafirma o quão maravilhosa ela era.

E agora, minha casa estava lotada de desenhos de princesas do waffle de cabelos vermelhos porque parecia que minha filha gostava dela tanto quanto eu.

No entanto, eu não tinha ideia do que diabos devia fazer. Há anos eu não namorava ou saía com alguém. Nunca quis. Não tinha sido minha intenção me tornar um monge depois da morte de Jenna, mas meu mundo inteiro virou de ponta-cabeça e foi destruído naquele momento. A única pessoa com quem eu me importava era com Clarabel. Todo resto poderia esperar.

Incluindo meu pau.

A princípio, eu fiquei muito de boa com as minhas novas prioridades. Eu estava cansado demais para pensar em sexo, quanto mais em praticar. Mas, em algum momento, comecei a fantasiar com casos de uma noite só. Transar com alguém e nunca mais ver a pessoa tem até um certo apelo para um viúvo de vinte e poucos anos. E o único jeito de isso acontecer era transando com turistas.

Eu não poderia transar com alguém local de Sugar Mountain e não esperar que ficasse complicado. Mas então comecei a surtar completamente. E se eu engravidasse outra pessoa? Isso já tinha acontecido uma vez de forma inesperada, então por que não poderia acontecer de novo? Convenci a mim mesmo que poderia, e meu pau basicamente encolheu e entrou em modo de repouso.

Mas agora ele estava acordado.

E, honestamente, eu não podia culpá-lo.

Brooklyn me acordou também.

Eu me masturbei pensando nela no chuveiro. Minhas noites estavam cheias de sonhos eróticos sobre todas as coisas que eu queria fazer com ela. Basicamente, me transformei em um adolescente cheio de hormônios da noite para o dia. E isso não estava passando. Para dizer a verdade, estava piorando. Eu andava com uma semi ereção o dia inteiro no resort.

Não conseguia escapar daquela mulher.

E estava cansado de tentar.

Peguei o telefone e a chamei para o meu escritório. Em questão de instantes, ela apareceu, tão deslumbrante como sempre. Não importava o que ela estivesse vestindo ou como arrumava o cabelo; havia algo nela que começou a me despertar no dia em que a entrevistei. Eu estaria mentindo se dissesse que foi no dia em que ela esbarrou bêbada em mim.

— Você pode fechar a porta, por favor?

Ela fez o que eu pedi sem fazer um comentário sarcástico, e eu me surpreendi só por isso.

— Estou encrencada? — ela perguntou, séria.

— Não. Eu só queria me desculpar pelo meu comportamento na semana passada — eu disse, e ela se sentou em frente à minha mesa, cruzou uma perna sobre a outra e olhou diretamente para mim.

— Então, você parou de me evitar? — Ela parecia um pouco irritada, e realmente, eu merecia isso.

— Eu sei. Desculpe. Não tenho uma boa razão para justificar isso — tentei explicar, mas soou fraco. Eu deveria ter planejado essa conversa melhor para não soar como um idiota. Eu geralmente não era tão despreparado assim.

— Você me ignora por uma semana inteira; o que, aliás, é muito pouco profissional — ela disse em um tom levemente zombeteiro —, e agora, o quê? Vai fingir que nunca aconteceu?

— Estou tentando — respondi, com sinceramente, e ela soltou uma risada sarcástica.

— Você é instável como uma torneira, Thomas O'Grady. Só que eu não sou quem controla a temperatura, mas estou tentando desesperadamente acompanhar.

— Não vou fazer isso de novo — prometi, sabendo que faria o possível para cumprir.

— Por favor, não faça. Esta última semana foi uma tortura. Eu odiei cada minuto. Você me fez sentir como se eu tivesse feito algo errado.

— Deus, você não fez nada de errado. Você foi perfeita. Perfeita demais — eu disse, sabendo que precisava ter um pouco mais de autocontrole antes de perdê-lo por completo.

— Eu me diverti tanto no jantar com você e Clara. Você me fez esquecer completamente do meu ex idiota. Me fez sentir importante e valorizada. Como se minha opinião importasse. Mas então você agiu como se nada tivesse acontecido e me fez sentir péssima de novo.

A honestidade dela era tão revigorante, mesmo que fosse doloroso ouvir. Brooklyn nunca tentava me impressionar ou dizer o que achava que eu queria ouvir. Ela dizia o que pensava e falava com sinceridade. E eu a magoei sem nem perceber. Queria me levantar da minha mesa, abraçá-la e pedir desculpas de uma maneira mais significativa do que apenas com palavras.

— Brooklyn — eu disse com um suspiro suave, mas não sabia o que confessar em seguida. Tinha quase certeza de que deixá-la saber que ela estrelava todas as minhas fantasias no chuveiro era um limite que eu não deveria ultrapassar. Ou que eu pensava no gosto dela mais vezes do que poderia contar.

— Só me diga o que você quer, Thomas. Diga logo, para que eu pare de tentar descobrir, porque claramente eu não sei.

Aquela boca maldita.

— Eu gostaria que você viesse jantar comigo — eu disse antes de acrescentar —, esta noite.

— Na sua casa? — Seus olhos verdes se arregalaram com meu pedido.

— Sim. Seis e meia está bom?

— Você tem certeza?

Isso era o que eu tinha causado nela. Fez com que ela questionasse minha oferta sincera, por eu ter sido tão instável, como ela havia dito.

— Eu nunca tive tanta certeza de algo na vida.

— Então, eu adoraria ir. — Um sorriso apareceu no rosto dela, e meu pau deu uma fisgada na calça antes que ela levantasse um dedo. — Mas eu tenho um pedido.

— O que seria? — perguntei, já sabendo que provavelmente faria qualquer coisa que ela pedisse.

— Você não pode fingir depois. Você não pode voltar ao trabalho amanhã e me ignorar de novo. Combinado?

Assenti com a cabeça e repeti:

— Combinado.

Eu estava cansado de fingir e ignorar.

— Certo. — Ela agiu como se aquilo fosse algo perfeitamente natural acontecendo entre nós. — Mal posso esperar para ver Clara. Senti falta dela.

Será que ela tinha alguma ideia de como essas três simples palavras me fizeram sentir?

— Tenho certeza de que o sentimento é mútuo. Acho que ela estava prestes a começar a faltar às aulas para vir aqui se não a visse logo. Mas tenho que te avisar.

— Me avisar do quê?

— Tem muitos desenhos seus lá em casa. — Eu dei de ombros.

— Awww, Thomas. Eu não sabia que você sabia desenhar.

Ela estava me provocando. Eu iria puni-la por isso mais tarde.

— Posso levar alguma coisa? — ela perguntou.

Eu lambi os lábios e me obriguei a parar de imaginá-la nua e gemendo debaixo de mim.

Isso vinha acontecendo o tempo todo ultimamente.

— Só você. E essa sua boca afiada.

— Bem, minha boca está presa ao resto de mim, então acho que nós duas estaremos lá.

Ela me deu uma piscadela antes de se levantar e sair do meu escritório, me deixando sozinho com pensamentos sobre transar com ela repetindo na minha cabeça.

Eu mantive o fato de que Brooklyn iria jantar comigo em segredo por enquanto. Até que ela realmente estivesse na porta, não era real. Qualquer coisa poderia acontecer entre o agora e o mais tarde. Além disso, eu não queria que Clarabel ficasse toda animada e depois decepcionada se algo acontecesse e Brooklyn não pudesse vir.

Mas quando a campainha tocou exatamente às seis e meia, como havíamos combinado, meu coração começou a bater forte no peito. Eu tinha esquecido como era querer alguém. Não apenas colocar meu coração em risco, mas o da minha filha também. Era mais do que um pouco perturbador.

— Clara, você pode atender a porta?

— Eu? — ela perguntou, empolgada.

Era sempre eu quem atendia a porta, garantindo que ela estivesse segura atrás de mim.

— Tá bom. Já vou! — ela gritou, enquanto seus pequenos pés ecoavam conforme pisava duro.

Observei minha filha abrir a porta de repente e começar a pular para cima e para baixo.

— Princesa do Waffle? O que você está fazendo aqui? — Ela se lançou nas pernas de Brooklyn e as abraçou com força, antes que Brooklyn se abaixasse para dar-lhe um abraço de verdade.

— Seu pai me convidou — Brooklyn respondeu, soltando minha filha antes de entrar e fechar a porta.

Eu notei que ela olhou ao redor antes de focar sua atenção em Clara novamente. De repente, fiquei autoconsciente, me perguntando se havia algo na casa que ela consideraria estranho ou constrangedor. Nunca tinha pensado nisso antes. Nunca realmente me importei com a aparência das paredes da minha casa. Mas, com Brooklyn parada no hall de entrada, comecei a me importar com cada pequeno detalhe.

— Você vai ficar para o jantar? — Clara perguntou, com sua vozinha derramando entusiasmo.

— Vou sim. Está tudo bem?

Ela deu um pequeno soco no ar antes de gritar:

— Sim! Venha comigo. Tenho que te mostrar uma coisa.

Clara seguro a mão de Brooklyn e a puxou para a sala de estar, apontando para a quantidade enorme de desenhos que estavam literalmente espalhados por todo lugar. Eu não tive coragem de pedir para ela guardá-los.

— Olha todos esses desenhos. Sou eu neles? — Brooklyn perguntou, gentilmente.

Apreciei o fato de que ela agiu surpresa, mesmo que eu a tivesse avisado antes.

— Sim! E alguns de você, de mim e do papai. Somos como uma família. Viu? Senti tanto a sua falta!

Clara sorria enquanto soltava palavras que eu nunca tinha ouvido ela dizer em voz alta antes.

Minha respiração ficou presa na garganta.

— Somos como uma família.

— Você gostou deles? — Clara perguntou, nitidamente querendo a aprovação de Brooklyn.

— Eu também senti sua falta. E, sim, eu amei demais. — Brooklyn parecia tão animada quanto minha filha.

Eu me perguntava se meu coração aguentaria muito mais dessa interação sem explodir dentro do peito.

Não tinha tanta certeza.

— Uau. Está cheirando muito bem aqui. — Brooklyn fechou os olhos enquanto respirava fundo.

Antes que eu pudesse dizer algo, Clara gritou:

— É torta de frango.

— Do restaurante? — Os olhos de Brooklyn se arregalaram, mas Clara balançou a cabeça, rindo.

— Não, boba. Foi a Gloria, a Rainha da Cozinha, que fez.

Eu finalmente falei pela primeira vez desde que ela entrou na minha casa.

— Gloria, a Rainha da Cozinha, é a Sra. Green. Ela é a babá da Clara. Mora do outro lado da rua.

Os olhos de Brooklyn encontraram os meus, e a suavidade neles quase me fez desabar. Quando foi que eu me apaixonei tão perdidamente por essa mulher?

— E ela faz comida para você? — Ela inclinou a cabeça para o lado.

— Sim, faz — eu respondi com um sorriso. — Confie em mim, preciso de toda ajuda que posso conseguir na cozinha.

— Posso ajudar em algo? — ela se ofereceu, mas eu já tinha tudo sob controle.

— Já está tudo pronto. Posso te oferecer algo para beber?

Ela olhou para Clara primeiro, antes de olhar de volta para mim, como se não soubesse como responder a uma pergunta tão simples. Percebi imediatamente que ela estava levando em consideração o fato de que Clara estava presente. Clara fazia parte de seu processo de decisão sem que eu precisasse dizer nada.

— O que você vai beber?

— Provavelmente uma cerveja.

— Então, eu vou querer uma também.

— Eu também, papai — Clara disse, e eu lancei um olhar para ela enquanto Brooklyn ria.

— Eu acho que não.

— Tá bom. Vou querer suco de maçã, mas em um copo chique. Por favor.

Era o jeito de Clara de fazer um compromisso enquanto ainda era bem mandona.

Eu servi as bebidas antes de pegar três pratos e arrumar a mesa. Quando voltei com as bebidas, Clara e Brooklyn haviam reorganizado os lugares e estavam sentadas lado a lado, em vez de frente uma para a outra, como eu tinha planejado.

— Então, o que você vai ser no Halloween? — Brooklyn perguntou, tomando um gole de sua cerveja, e Clara ficou ainda mais animada, se é que isso era possível.

Vale a pena se apaixonar

Sua cabeça virou na minha direção.

— Papai, posso mostrar meu traje para a Srta. Brooklyn? Posso? Posso?

— Claro — eu disse enquanto me dirigia de volta à torta de frango que estava esfriando em cima da bancada de granito.

— Volto já. Não sai daí. É uma surpresa! — ela insistiu antes de correr escada acima e desaparecer em seu quarto.

Brooklyn se levantou da mesa, cerveja na mão, e veio direto para o meu lado.

— Sua casa é muito linda. É tão acolhedora e confortável. Eu gosto da sensação que ela transmite.

— Obrigado. — Esse foi o tipo de elogio máximo para um pai solteiro como eu. Não percebi o quanto precisava ouvi-lo.

— Você não estava brincando sobre os desenhos.

Ela sorriu, e eu balancei a cabeça uma vez.

— Eu te disse.

Sua mão deslizou brevemente pelas minhas costas antes de se afastar. O gesto foi íntimo, e eu queria mais disso. Quase a beijei ali mesmo, mas me contive.

— Ei, vocês saíram dos seus lugares! Bem, aqui vou eu! — Clara gritou do topo da escada.

Eu comecei a rir sem parar. Achei que minha filha iria apenas pegar o traje no quarto, não vesti-lo.

Sua peruca preta longa estava torta, e o chapéu mal se segurava na cabeça a cada passo que ela descia. Seu tutu preto estava cheio de luzes brancas e brilhos, e suas meias tinham buracos que eu podia jurar que não estavam lá antes. Ela carregava uma vassoura em uma mão enquanto a outra segurava uma varinha luminosa que combinava com o resto de sua roupa.

— Você é uma bruxa boa ou uma bruxa má? — Brooklyn perguntou assim que minha filha correu até nós.

— Uma bruxa boa, claro. É por isso que eu tenho brilhos! — Ela girou e girou, seu cabelo falso voando e fazendo o chapéu cair.

— E uma varinha — Brooklyn acrescentou, pegando o chapéu que caiu no chão.

— Sim! A varinha é para feitiços. A vassoura é para voar — Clara explicou como se fosse tudo informação de verdade.

— Faz sentido para mim. — Brooklyn sorriu. — Você está perfeita. Eu adoro as luzes.

— Obrigada, Srta. Brooklyn. Você se fantasia para o Halloween?

— Normalmente não — Brooklyn respondeu, e Clara parecia tão desapontada.

— Talvez na próxima vez possamos combinar — Clara sugeriu, dando de ombros.

— Combinar? — Brooklyn perguntou.

— Sim, sabe, podemos ser a mesma coisa. Ter fantasias iguais. Ser como gêmeas! — ela gritou antes de girar de novo.

Meu Deus, essa criança ia me matar.

— Tá bom, querida. O jantar está pronto. Sei que você acabou de colocar sua fantasia, mas precisa tirar antes de comer. Você não quer estragá-la antes do Halloween — eu instruí, e ela só fez um beicinho por um segundo antes de concordar.

— Volto já. — Ela desapareceu mais uma vez.

— Acho que minha filha gosta de você. — Eu segurei a torta de frango nas mãos enquanto me dirigia para a mesa de jantar e a colocava no centro.

Brooklyn sentou-se no lugar que agora era dela.

— Eu também gosto dela. Não tenho certeza sobre o pai dela, no entanto. Ele é meio indeciso.

— Indeciso, é? — repeti.

Ninguém nunca tinha me chamado assim antes, e eu não sabia se ela estava falando sério ou só tentando me provocar.

— Voltei. — Clara correu para o lugar dela, sem fôlego.

— Você está bem? — perguntei.

— Corri o mais rápido que pude — ela respondeu, ainda ofegante.

Eu servi pedaços bagunçados da torta de frango no prato de cada um, desejando ter pegado tigelas em vez de pratos, já que a torta se recusava a manter a forma. Mas ninguém pareceu se importar, já que a conversa praticamente parou enquanto comíamos. Depois de terminar sua cerveja, Brooklyn cutucou Clara com o ombro.

— Então, vocês saem para pedir doces no Halloween ou vão na noite anterior?

Nós tínhamos uma tradição em Sugar Mountain que girava em torno do feriado. Todos os comércios da Main Street ficavam abertos para a coleta de doces no dia 30 de outubro. Esse também era o dia em que realizávamos nosso *trunk-or-treat* anual no resort. Os dois eventos aconteciam em horários diferentes, então não interferiam um com o outro.

Vale a pena se apaixonar

Ambos eram considerados alternativas mais seguras para os pais que não se sentiam confortáveis em deixar seus filhos andando pela vizinhança à noite, pedindo doces a estranhos, mesmo que fossem junto com eles.

Sugar Mountain sempre foi um lugar seguro para crescer, mas havia algo sobre o Halloween que deixava algumas pessoas desconfortáveis. Então, ao invés de tirar a experiência das crianças, elas podiam pedir doces de uma maneira diferente e mais segura. Era uma solução boa para todos.

— Os tios vão comigo e com o papai. E depois levamos todos os meus doces pra ver na casa do vovô — ela disse antes de comer mais um pedaço da torta.

— Você leva seus doces para a casa do vovô? Por quê? — Brooklyn agora estava completamente interessada. Eu podia perceber pela maneira como ela se inclinava mais perto de Clara sem nem perceber.

— Bem — Clara engoliu a comida —, porque o papai diz que eu tenho que compartilhar. Ele diz que é muito doce para uma menina tão pequena. — Ela fez uma cara como se discordasse completamente. — Então, vamos para a casa do vovô, eu despejo todos os doces na mesa, o vovô verifica para garantir que não tem nada ruim, e então dividimos tudo.

Brooklyn me lançou um olhar que dizia que ela não aprovava isso.

— Nunca ouvi falar de uma coisa dessas. Você simplesmente dá todos os seus doces depois de fazer todo o trabalho?

Clara riu.

— Não toooodos — ela disse, prolongando a palavra.

Eu levantei a mão para detê-las.

— Para ser justo, também vamos para a Main Street no dia anterior. Ela ganha mais doces do que qualquer pessoa precisa.

— Uma vez, eu comi todos os meus doces sem dividir, e fiquei muito doente.

Fechei os olhos ao lembrar. Foi horrível. E o cheiro foi horrível. E ainda ficou no cabelo dela.

— Oh. — O tom de Brooklyn agora era suave. — Você vomitou?

— Mmm-hmm. — Clara fez uma cara de nojo e balançou a cabeça. — Papai e os tios chamam de "Portão da vomitolândia".

— Muito criativo. — Brooklyn me lançou um rápido sorriso.

— Você não vomitou nenhuma vez desde que começou a compartilhar, né? — Eu dirigi a pergunta para minha filha, que estava crescendo rápido demais para o meu gosto.

— Não. Nenhuma vez.

— Então, acho que é um bom compromisso. Você não fica doente, e todo mundo ganha um pouco dos seus doces — eu disse, e minha filha, a contragosto, acenou com a cabeça em concordância.

— Você acha que eu e a Princesa do Waffle podemos assistir a um programa? — Clara perguntou, empurrando seu prato. — Estou cheia, papai.

Olhei entre as duas garotas me encarando, meu coração batendo forte sem nenhum motivo aparente, além do fato de que minha filha claramente estava apegada a essa mulher, e isso iria nos destruir se ela não sentisse o mesmo.

— Por mim, tudo bem. Desde que esteja tudo bem para a Brooklyn? — sondei, e Clara virou a cabeça rapidamente para olhar para a mulher ao lado dela.

— Claro que está tudo bem — ela respondeu como se eu tivesse acabado de fazer a pergunta mais idiota do mundo.

— Mas só um programa e depois cama.

— Tá bom, papai.

Brooklyn afastou a cadeira da mesa e se levantou, como prato em mãos.

— Posso ajudar a limpar.

— Não, está tudo bem — eu disse com um aceno. — Eu cuido disso — menti, porque definitivamente não gostava de cuidar dessa parte.

Minha adorável Clara segurou a mão de Brooklyn e a levou até o sofá. Ela apertou alguns botões no controle remoto, esperando que Brooklyn se sentasse antes de pular ao lado dela e encostar a cabeça no ombro da mulher. Brooklyn cuidadosamente se ajeitou para pegar um cobertor que estava fora de alcance, e quando conseguiu alcançá-lo, cobriu o corpinho de Clara. A interação dela com minha filha estava fazendo meu coração dar cambalhotas dentro do peito.

Ela olhou por cima do ombro por apenas um segundo, seus olhos se cruzando com os meus, e juro que minhas pernas quase cederam. Eu me perguntava se essa mulher tinha ideia do tipo de efeito que causava em mim. Decidi que assim que minha filha estivesse dormindo, eu iria garantir que ela soubesse.

Vale a pena se apaixonar

HORA DE ACABAR COM ISSO

Thomas

Depois que o programa acabou, Clara insistiu que a Princesa do Waffle lesse uma história antes de dormir, e Brooklyn concordou de todo o coração, dizendo que adorava uma boa história de ninar. Fui para o meu próprio quarto, onde escovei os dentes e apliquei um perfume, enquanto as duas seguiam com a rotina noturna de Clara sem mim.

Era surreal pra caralho. Mas da melhor maneira.

Passei no quarto de Clara no caminho de volta para o andar inferior e lhe dei um beijo e um abraço de boa-noite. E quando Brooklyn finalmente começou a descer as escadas para se juntar a mim, meu fôlego ficou preso na garganta. Ela parecia pertencer a este lugar, a esta casa, com a gente, toda confortável e familiar.

— Obrigado por fazer isso. Você não precisava, sabe — murmurei, quando ela se aproximou de mim na cozinha, seu cabelo ruivo jogado para trás.

— Fiquei feliz em fazer. Ela é uma criança incrível.

— Eu também acho, mas sou suspeito — eu brinquei, tentando aliviar o peso que parecia pairar sobre mim sempre que alguém elogiava Clara. Eu nunca me sentia confortável com isso, sempre presumindo que de alguma forma eu estava falhando com ela.

— Você é definitivamente suspeito. Mas não está errado. Você fez um trabalho incrível na criação dela — ela afirmou.

Lutei contra o aperto no meu peito quando ela deu um passo para diminuir a distância entre nós.

Tudo o que eu queria era atravessar aquela linha imaginária e acabar com toda a besteira de vai-e-vem que eu sabia que era minha culpa.

— Obrigado — foi tudo que consegui dizer. — Sabe, você também é muito boa com ela.

— Ela torna tudo fácil. Diferente do pai dela — ela caçoou, e eu segurei sua cintura, meus dedos apertando firme enquanto a puxava para mais perto.

— Essa boca atrevida — resmunguei.

Os olhos dela começaram a cintilar, seus lábios se entreabrindo enquanto seu corpo se inclinava em minha direção por vontade própria.

Ela queria isso tanto quanto eu. Minha mão livre foi em direção ao rosto dela, segurando sua bochecha no exato momento em que meu maldito celular vibrou em cima da bancada de granito.

Soltei o ar pelo nariz, afastando a mão do rosto dela, mas mantive a outra mão exatamente onde estava. Seus olhos se abriram, encontrando os meus antes de olhar para a tela do telefone. Queria ignorar, mas sabia que ninguém, exceto minha família, me ligava à noite.

Peguei o telefone e notei o nome de Matthew e sua foto de jogador de hóquei profissional olhando para mim.

— É o Matthew. Eu preciso atender — eu disse.

Brooklyn me deu um aceno compreensivo enquanto soltava meus dedos da parte baixa das suas costas e cruzava os braços no peito, como se não soubesse o que fazer com eles.

— Sim? — eu disse ao atender a chamada, esperando que ele percebesse a irritação no meu tom e captasse a mensagem.

— Rabuja — Matthew falou arrastado no telefone.

— É bom que seja importante — insisti, pressionando o telefone com mais força contra o ouvido. O barulho de fundo era tão alto que mal conseguia ouvi-lo.

— Acho que o babaca do ex da Brooklyn está aqui no bar — ele gritou.

Olhei rapidamente para Brooklyn para ver se ela tinha ouvido aquilo ou não. Seus olhos verdes me observavam, mas, felizmente, não havia reconhecimento neles. Me afastei e comecei a andar pela sala de estar.

— Me diga — resmunguei.

— Ele está falando muita merda sobre ela, e eu estava prestes a calar a boca dele, mas pensei que você poderia gostar mais de fazer isso — alardeou ele, com uma risada sinistra que, eu tinha que admitir, eu apreciei.

Vale a pena se apaixonar   135

Já fazia muito tempo desde que os irmãos O'Grady colocaram alguém no lugar.

— Ele ainda está aí?

— Sim. A coisa está feia. Ele está agindo como um verdadeiro idiota. É melhor você se apressar, ou eu cuido dele sozinho. Esse cara está me tirando do sério — Matthew resmungou antes de encerrar a ligação abruptamente.

Brooklyn não tinha mencionado mais problemas com o ex desde aquele dia no trabalho, mas, por outro lado, será que eu sequer perguntei?

Não, eu não perguntei.

Fui até onde ela estava, com uma expressão difícil de decifrar no rosto. Descruzei os braços dela, segurei uma de suas mãos e depositei um beijo suave no dorso.

— Você pode ficar aqui enquanto eu resolvo uma coisa?

Os olhos dela se estreitaram.

— Está tudo bem? O que foi? O Matthew está bem?

— Vai ficar. Você pode ficar? Não posso deixar a Clara sozinha aqui.

— Claro que eu fico. Mas você vai me contar o que está acontecendo? — O rosto dela ainda estava tenso de preocupação.

— Eu te conto tudo quando voltar. Prometo — eu disse antes de me inclinar e beijar o topo de sua cabeça.

— Tenha cuidado — foi a última coisa que ouvi enquanto praticamente corria para a garagem, a porta batendo atrás de mim.

Quando estacionei no bar, meu sangue já estava fervendo. Esse cara não ia desistir de difamar o nome de Brooklyn publicamente, e eu ia acabar com isso. Hoje à noite. Eu realmente pensei que já havíamos acabado com essa merda, mas, aparentemente, ele precisava de outro lembrete.

Empurrei as portas com força, inflando o peito enquanto entrava no estabelecimento movimentado. Adrenalina e raiva corriam pelas minhas veias à medida que eu vasculhava o espaço imerso na penumbra. Vi Matthew imediatamente, sentado em um dos bancos do bar. Bella estava perto dele, com uma expressão desconfortável, como se soubesse o que estava por vir.

Eli, o ex de Brooklyn, estava a alguns bancos de distância de Matthew e ainda não tinha notado minha chegada.

Ótimo.

Eu o pegaria de surpresa.

Pelo menos, esse era meu plano até que o rosto do meu irmão praticamente reluziu como uma árvore de Natal quando ele me viu. Ele se levantou do banco e basicamente anunciou para todo o bar que eu estava ali.

— Finalmente — ele disse, me dando um rápido tapinha nas costas.

Eli girou no banco, com uma expressão desagradável no rosto enquanto me olhava.

— Era óbvio que você apareceria.

— É mesmo? — Continuei imóvel, recusando-me a me mover.

— Eu chamo minha esposa de vadia traidora, e você vem correndo — ele resmunga antes de pegar sua bebida e tomar tudo de um gole só. — Vou querer outra, querida. — Ele disse para Bella, e eu vi a mandíbula de Matthew se contrair com o apelido.

— Calma, irmão. Esse aqui é meu — murmurei baixinho para meu irmão.

— Acho que você já bebeu o suficiente — a voz de Bella soou, e ela sabia que isso só iria irritar o cara ainda mais.

Dizer a um bêbado que ele já tinha bebido demais era como jogar gasolina no fogo.

Só fazia a chama crescer.

— Vadia — ele murmurou, e eu tive que fisicamente segurar Matthew para impedir que ele fosse para cima dele.

— Parece que você tem um problema em respeitar as mulheres — comentei, com raiva.

— Parece que você tem um problema em se manter longe das que são casadas — ele retrucou, e ouvi ofegos ao meu redor.

Era uma acusação ridícula de se fazer. Qualquer pessoa que me conhecesse sabia que eu não era o tipo de cara que ficava com a mulher de outro. E ele falar merda sobre mim não me incomodava nem um pouco. Ele podia contar mentiras até o amanhecer, e isso não me afetaria.

Mas chamar Brooklyn de nomes depreciativos e dizer para toda a cidade que ela o traiu me irritava profundamente. Porque eu sabia que não era verdade. E ele também sabia.

Vale a pena se apaixonar

— Já te disse isso uma vez, mas como você é estúpido demais para ouvir, vou dizer de novo — comecei a falar, minha voz exalando raiva enquanto Eli se levantava do assento, sua altura alguns centímetros abaixo da minha. Não que isso fizesse diferença. — Eu não dormi com Brooklyn enquanto você era casado com ela. E nós dois sabemos que ela não é o tipo de pessoa que trai alguém. Você está fazendo tudo isso para se sentir melhor sobre sua vida miserável e patética. Sem mencionar o fato de que você perdeu a melhor mulher que já teve. Nem sei como você conseguiu ficar com ela em primeiro lugar.

— Vá se foder, O'Grady. — Ele me empurrou, mas sequer me movi do lugar.

Matthew colocou uma mão no meu ombro para me estabilizar, mesmo que não fosse necessário.

— Você fodeu a minha esposa. Conseguiu que ela me deixasse e depois deu a ela um emprego por isso. Que coisa mais clichê, hein? O que ela tem que fazer para conseguir uma promoção? Transar com mais alguém da família?

— Ela não é sua esposa — eu rosnei.

Ele já havia chamado Brooklyn de esposa duas vezes, e isso me queimava por dentro só de ouvir.

— O quê?

— Brooklyn. Ela não é mais sua esposa. Ela é sua ex-esposa.

Meu interior estava em chamas, e Matthew riu em algum lugar atrás de mim, me encorajando.

— Ela era minha esposa quando você transou com ela. Quantas vezes você fez isso? Há quanto tempo isso estava acontecendo? Aposto que você não é o único. Provavelmente acha que é especial.

Esse cara estava completamente desequilibrado, e eu me perguntava se ele realmente acreditava nas coisas nojentas que estava falando ou não. Era óbvio que ele estava magoado e claramente envergonhado porque Brooklyn o deixou, mas, pelo amor de Deus, assuma alguma responsabilidade pelo fim do seu casamento.

— Cresce, porra — eu disse.

— O que você falou? — Ele tentou soar durão, mas foi fraco.

— Eu disse pra você crescer. Você só quer culpar alguém pelo fim do seu casamento, e Deus nos livre de você olhar no espelho e se culpar. — Passei uma mão pelo rosto. — Brooklyn não te traiu, e você sabe disso!

J. STERLING

— gritei para ele antes de me virar para o bar inteiro, que estava assistindo e ouvindo. — Brooklyn não traiu esse idiota. — Apontei o polegar para trás. — Embora eu não entenda por que não, quando tudo o que ele gosta de fazer é jogar videogame com os amigos.

Eu me virei para encarar Eli mais uma vez, inclinando-me bem perto para garantir que ele ouvisse cada palavra:

— Não acredito que você realmente saiu de casa esta noite. Não tem algum jogo para jogar? Ah, é mesmo. Você não pode... como você chamou? — Toquei na lateral da minha cabeça antes de fingir lembrar do que ele praticamente resmungou no resort. — Subir de nível sem o dinheiro da Brooklyn.

Mais suspiros e algumas risadas atingiram meus ouvidos.

— Você não sabe de nada. Ela não passa de uma vadia nojenta. E ela me traiu, sim. Pode não ter sido com você, mas com certeza foi com alguém.

Mentiras.

Cada palavra que saía da boca dele era uma maldita mentira.

— Chame-a de vadia de novo — eu cuspi, já farto disso.

— Sua namorada é uma vadia. Uma vagabunda traidora. Uma mentirosa de merda — ele despejou com tanto ódio que cuspiu no meu rosto.

Eu não me importava com o quanto ele estava magoado por ela tê-lo deixado. Isso estava além do perdão. Chega de arranjar desculpas para seu ego ferido.

— Já chega.

Eu o empurrei com tanta força que ele bateu de costas no balcão do bar, soltando um grunhido ao colidir com ele. O idiota tentou se jogar em mim, mas eu o impedi com um único soco bem dado na lateral do queixo.

O contato fez um barulho alto de estalo.

As pessoas ficaram chocadas quando ele caiu.

Minha mão doeu instantaneamente.

Ajoelhei-me ao lado dele conforme seus olhos se abriam. Ele pelo menos precisava estar consciente para a próxima parte.

Baixei a voz, certificando-me de que ele entendesse a seriedade do que eu estava prestes a dizer:

— Xingue ela de novo, acuse-a de traição mais uma vez, e eu vou garantir que você seja demitido por assédio ou qualquer outra coisa que eu consiga inventar até lá. Sou muito criativo. Vou levar Brooklyn à delegacia para conseguirmos uma ordem de restrição contra você, e vou fazer questão de que toda a cidade saiba que você é instável e possivelmente perigoso.

Vale a pena se apaixonar

139

Ele gemeu.

— Me diga que você entendeu o que estou dizendo. Me diga que está ouvindo. Me diga que é ao menos inteligente o suficiente para calar a boca sobre essa mulher que não fez nada além de te amar, até não poder mais.

— Eu entendi — ele disse, mas seu tom não era tão obediente quanto eu gostaria. Era petulante, beirando o sarcástico.

— Essa história com Brooklyn acabou. Está terminada. Arrume uma nova namorada e siga em frente.

Comecei a me levantar enquanto Matthew estendia a mão na minha direção. Eu a segurei e ele me ajudou a ficar de pé, ereto, batendo nas minhas costas.

— Isso foi incrível.

— Minha mão está doendo pra caralho — murmurei, olhando para a mão, já começando a inchar e arroxear. — Obrigado por me ligar. Tenho que voltar para casa.

Ele franziu o cenho.

— Sim, como você chegou aqui tão rápido, afinal? Quem está cuidando da Clara?

Mordi o lábio inferior e lhe dei um sorriso antes de responder:

— Brooklyn.

Ele gritou algo em resposta, mas eu já estava quase saindo pela porta, pedindo desculpas a Bella no caminho.

Eu precisava voltar para casa. Minhas duas meninas estavam me esperando lá.

ESTÁ FICANDO INTENSO AQUI

Brooklyn

Quando ouvi a porta da garagem de Thomas abrir, eu já sabia para onde ele tinha ido e o que tinha acontecido. Alguém no bar havia gravado a confusão, e Lana conseguiu acesso ao vídeo e me enviou antes de me ligar.

— Diga-me que isso não foi incrivelmente sexy — Lana disse ao telefone, e eu ouvi o vídeo tocando de novo pela décima vez no fundo. — Você viu como Thomas esmurrou o Eli depois que ele te chamou de vadia? — A voz de Lana parecia sonhadora, enquanto eu me sentia como se tivesse sido jogada em algum tipo de pesadelo.

Eu pigarreei de leve.

— É vadia nojenta, muito obrigada.

Eu esperava que Eli me fizesse de vilã em nosso divórcio, e, honestamente, eu tinha aceitado essa parte da situação. Mas o nível de ódio que ele nutria por mim era algo que eu nunca tinha imaginado. As coisas que ele disse foram repulsivas, e até hoje, eu nunca o tinha ouvido falar assim antes. Foi tão perturbador quanto chocante.

Lana riu.

— O que diabos é uma vadia nojenta?

— Não sei, mas aparentemente, sou eu — eu disse, minha incredulidade e vergonha fluindo como uma correnteza nas minhas veias.

Lana claramente queria mais empolgação de mim.

— Foi como uma cena de filme. Mas de verdade. E foi por sua causa. Thomas deu uma surra nele por você. Tão sexy — ela cantarolou.

— Foi — concordei.

— Então, por que você não está delirando sobre isso e me contando como vai pular no colo desse homem assim que ele entrar pela porta?

— Porque eu ainda não consigo acreditar que Eli disse esse tipo de coisa em público. É constrangedor pra caramba, Lana.

— Eu não acho que Eli vá dizer mais nada. Você acha? — ela perguntou antes de acrescentar: — Sven acha que ele vai calar a boca agora também. E mesmo que ele não cale, ninguém vai acreditar nele. Não depois de hoje à noite.

Eu não conseguia imaginar que as difamações continuariam, mas, por outro lado, nunca pensei que elas aconteceriam em primeiro lugar. Então, quando tentei responder à pergunta de Lana, a resposta morreu na minha garganta.

— Ei, Thomas está entrando. Falo com você mais tarde — eu disse antes de encerrar a chamada e me levantar do sofá, onde estava sentada em um mar de cobertores.

A porta se fechou com força, e eu encontrei Thomas na cozinha e envolvi meus braços ao redor dele como se já fizesse isso desde sempre. Enterrei meu rosto em seu peito enquanto seus braços fortes me seguravam firme contra seu corpo musculoso. O coração dele estava batendo rápido, as batidas pulsando contra minha bochecha.

Fiquei na ponta dos pés, olhei para ele e notei que seus olhos azuis estavam furiosos como uma tempestade. Alcancei seu pescoço e o puxei em minha direção sem dizer uma palavra. Meus lábios encontraram os dele, suaves no início, antes que eu sentisse ele se entregar completamente, seu corpo relaxando e tensionando ao mesmo tempo.

Meu Deus.

Beijar Thomas era mais sensual do que eu jamais poderia imaginar, e nem havia envolvimento de língua. Ambos estávamos perdidos em uma maré de emoções, esse beijo nos conectando. Nossas bocas se tocavam, abriam e fechavam, até que eu lentamente interrompi o beijo, sem querer que acabasse.

— Obrigada — eu disse em pouco mais que um sussurro. — Por me defender.

— Você soube do que aconteceu? — Um braço me soltou enquanto o outro manteve o aperto.

— Sim. — Levantei meu celular que mostrava uma imagem dele e de Eli no bar. — Tem um vídeo.

— Droga. — Ele passou a mão pelo rosto. — Você está com raiva de mim?

Sua pergunta me pegou completamente de surpresa. Achei que ele estaria surtando porque alguém tinha gravado tudo e que metade da cidade provavelmente já tinha visto.

— Com raiva de você? Está brincando? Estou tão excitada agora que minha calcinha pode derreter no corpo — admiti com um sorriso malicioso.

Eu sempre me considerei uma mulher forte, mas isso não significava que eu não queria um homem que estivesse disposto a lutar por mim. Eu gostava dessa coisa de cavaleiro de armadura brilhante, macho alfa. Isso não me fazia sentir menos ou fraca de forma alguma. Honestamente, me fazia sentir empoderada. Duas pessoas se defendendo mutuamente, não importando as consequências. Enquanto tivessem um ao outro, era tudo o que importava. Agora, esse era um tipo de parceria que eu poderia apoiar.

Thomas me olhou como se fosse a primeira vez que me visse. Seus olhos percorreram meu corpo dos pés até minha boca. Eu me sentia nua sob o peso do seu olhar.

— Eu vou te beijar agora. — Era um aviso, mas não tive tempo de me preparar antes de sua boca estar de volta à minha, sua língua explorando meu interior.

Dedos pressionaram contra minha garganta antes de se moverem para segurar meu queixo, me mantendo no lugar enquanto ele aprofundava o beijo. Havia uma quieta urgência entre nós, mas o beijo estava longe de ser desesperado. Era meticuloso. E lento.

Thomas estava me beijando com toda a calma do mundo, me provando, e eu estava amando cada segundo. Nossas línguas se encontraram e dançaram, tocando e se afastando como um tipo de jogo. Ele puxou meu lábio inferior para dentro da sua boca e mordeu suavemente. Eu gemi e inclinei a cabeça para trás, e sua boca estava instantaneamente no meu pescoço, mordiscando e sugando antes de voltar para minha boca, reivindicando-a como se fosse sua.

Como se eu fosse dele.

Ficamos de pé na cozinha, nos beijando como adolescentes, até que peguei sua mão e ele recuou, interrompendo o melhor beijo da minha vida.

— Owpf... — ele murmurou baixinho, e eu peguei sua mão de novo, só que suavemente dessa vez.

— Thomas, meu Deus. Precisamos colocar gelo nisso — alardeei, com os olhos arregalados. Seus dedos estavam machucados e inchados. — Você acha que está quebrado?

Vale a pena se apaixonar

Ele examinou um pouco e mexeu os dedos antes de balançar a cabeça.

— Não. Vai ficar bem. Mas gelo seria bom.

Fui até o congelador e abri a gaveta. Alguns pacotes de gelo coloridos estavam na prateleira inferior, e eu peguei um, entregando a ele.

— Obrigado — ele disse, antes de colocar a mão sobre o balcão e pôr o gelo em cima. — Então, tem um vídeo, né? — ele perguntou com um sorriso.

Fiquei ao lado dele, nossos joelhos se tocando.

— Tem — respondi desconfortavelmente.

— Posso ver?

Peguei meu celular e abri a imagem estática antes de apertar o botão de reprodução. A imagem ganhou vida enquanto uma câmera tremida tentava se aproximar de onde Eli e Thomas estavam, mas Matthew levantou a mão, parando a pessoa abruptamente. Os esforços de Matthew foram em vão, no entanto. A câmera deu um zoom no rosto de Eli, assim como nas costas de Thomas, que eram completamente reconhecíveis, na minha opinião. O áudio estava abafado, com as reações da multidão abafando-o em alguns momentos.

Mesmo assim, pude ouvir o suficiente.

O vídeo terminou com Thomas ajoelhado sobre Eli e Matthew o ajudando a se levantar. Parecia que Thomas tinha dito algo a Eli, mas a câmera não captou essa parte.

Perguntas nervosas começaram a encher minha cabeça. E se Eli prestasse queixa? Isso era uma prova de que Thomas não apenas começou a briga, mas também a terminou.

Sem mencionar todas as testemunhas.

— Diga alguma coisa — implorei quando ele terminou de assistir pela segunda vez.

— Parece preciso — Ele deu de ombros, sem se abalar com o que acabara de ver.

— Parece preciso? — Eu repeti. — É um vídeo. Claro que é preciso.

— Você disse que não estava com raiva de mim. — Ele me lançou um olhar, com o tom confuso.

Coloquei minha mão em seu antebraço, o polegar acariciando sua pele.

— Não estou. Só comecei a surtar com Eli. E se ele prestar queixa ou algo assim?

— Ele não vai — disse Thomas com uma confiança absoluta que contradizia completamente o que eu estava sentindo.

— Como você sabe disso?

— Porque tenho quase certeza tirei a burrice dele na base da porrada hoje à noite. — Ele parecia totalmente convencido. — Você me manda isso, por favor? Só para eu guardar.

— Claro — concordei, afastando minha mão e digitando uma mensagem com o vídeo anexado.

Quando o celular de Thomas vibrou, ele olhou e acenou com a cabeça.

— Como diabos você foi casada com aquele idiota? — ele perguntou, com um tom totalmente ofensivo enquanto o ar entre nós mudava.

— Não fale assim comigo — eu retruquei, na defensiva.

— Desculpe, Brooklyn. Eu só... — ele balançou a cabeça. — Não consigo imaginar.

— Acho que nem todos escolhem os parceiros certos da primeira vez — eu disse com mais do que um pouco de sarcasmo, do qual imediatamente me arrependi, mas não consegui retirar.

Mencionar sua esposa falecida foi um golpe baixo, mas ele me pegou de surpresa com sua pergunta idiota, e eu reagi no mesmo tom, em vez de pensar antes. Foi uma coisa horrível de se fazer.

Imaturo. E me odiei por isso.

— Desculpa — eu pedi, mas ele não disse que aceitava ou que estava tudo bem.

— Vamos nos sentar. — Ele pegou o gelo e se acomodou no sofá enquanto eu permanecia na cozinha, meus pés se recusando a segui-lo.

— Acho que eu deveria ir embora — sugeri, e ele soltou um longo e alto suspiro.

— Brooklyn. Senta.

— Eu não sou um cachorro.

— Pare de dar uma de difícil e venha logo para cá antes que eu me levante e vá te buscar eu mesmo.

Levantei a mão.

— Tudo bem. Tudo bem. Estou indo.

Fui até o sofá. Ele estava sentado de lado, então me sentei de frente para ele, nossas pernas se tocando.

— Você tem certeza de que não está com raiva de mim? Eu sei que você disse que não está, mas está agindo como se estivesse.

Esse homem podia ser tão perceptivo, mesmo que sua conclusão estivesse completamente errada. Eli e eu não éramos bons em nos comunicar. Conversar geralmente se resumia a eu falando e ele fingindo ouvir,

Vale a pena se apaixonar

murmurando "uhum" e "eu entendo" no momento certo. Eu sempre acabava me sentindo mais frustrada no final do que no começo.

Então, ter uma conversa honesta e direta com Thomas era um território relativamente novo para mim, mesmo que eu desejasse isso.

— Não estou com raiva de você. Eu juro. Acho que estou mais brava comigo mesma — admiti, passando as mãos pelo cabelo.

Tinha esperança de que o tempo me ajudaria a parar de carregar toda a culpa, como se eu, de alguma forma, tivesse sido a única responsável pelo fim do meu casamento. Era exaustivo me odiar por ignorar os sinais de alerta e me sentir estúpida ao olhar para trás. Eu esperava mais da mulher que achava que era.

— Eu sei tudo sobre culpa e o preço que ela cobra de uma pessoa. Ela te consome por dentro — Thomas disse, me tirando do meu autojulgamento interno.

Eu inspirei de forma audível. Lembrava de ter ouvido que a esposa dele havia morrido de um aneurisma cerebral, mas isso não era algo que Thomas tivesse controle. Nunca me ocorreu que ele pudesse ter dificuldade em se perdoar por algo assim.

— Mas você não causou o que aconteceu com Jenna — eu disse o nome dela como se estivesse preso nos meus dentes como bala de goma.

— Eu sei disso agora. — Ele inclinou o pescoço para o lado, e eu ouvi o som do estralo. — Mas por anos, me culpei pela morte dela.

— Por quê? — perguntei.

Thomas era sempre tão lógico que se culpar por algo assim parecia algo inacreditável. Mas não era isso que o amor fazia? Cheio de sentimentos e emoções, enquanto a lógica pulava pela janela dos fundos.

— Eu sentia que deveria ter percebido. Que deve ter havido sinais que eu deixei passar despercebidos de alguma forma. Como quando ela estava muito cansada, mas achamos que era por causa da gravidez. Ou as dores de cabeça que ela sempre parecia ter. Eu só penso que, quando você ama alguém, deveria saber instintivamente que essa pessoa não está bem. Eu deveria ter percebido. — Ele engoliu com força, seu pomo-de-adão subindo e descendo.

As palavras dele eram como facas. Doía absorvê-las.

— Isso é muita pressão para colocar sobre si mesmo. E é irrealista presumir que você saberia essas coisas sobre outra pessoa. Estar apaixonado não te transforma de repente em um médico.

Eu quis rir do absurdo da situação, mas o assunto estava longe de ser engraçado.

— Eu sei. Mas o que quero dizer é que me culpei por algo fora do meu controle. Da mesma forma que você faz. Você não é responsável pelo comportamento de outra pessoa.

Ele fez essa suposição sobre minha culpa e autocensura de uma maneira tão objetiva que me senti encurralada por ela. Uma parte minha queria sair correndo da casa, fugir para bem longe e nunca mais olhar para trás.

— Não é a mesma coisa. Sua situação é muito mais — procurei a palavra apropriada — pesada do que a minha.

Ele não parecia nem um pouco convencido, mas pude perceber que ele estava prestes a me agradar de qualquer maneira.

— Tudo bem, claro. Mas a culpa, aquele sentimento interno, é o mesmo. Independentemente da situação.

Tão lógico.

Esse homem estava cheio disso. Observei conforme ele se mexia no sofá, removendo o gelo e colocando-o no chão. Provavelmente nem estava mais frio.

— Posso te perguntar uma coisa? — Seus olhos azuis não estavam mais tempestuosos.

— Não acho que isso te impediria se eu dissesse não. — Soltei uma risadinha.

— Não impediria. — Ele sorriu em resposta, e senti meus ombros relaxarem, o instinto de fugir desaparecendo. — Você se arrepende de ter se casado?

Era uma pergunta que eu ainda nem tinha feito a mim mesma, mas a resposta veio tão rapidamente que eu nem precisei pensar duas vezes.

— Não, eu não me arrependo. Só gostaria de não ter sido tão ingênua a respeito.

— Por que você acha que foi ingênua? Não estou julgando. Estou perguntando com maior sinceridade.

Eu demorei um pouco para formular meus pensamentos de modo que fizessem sentido. Ou pelo menos fizessem sentido para mim.

— Em primeiro lugar, é uma coisa surreal quando um cara diz que quer se casar com você. Todas as suas inseguranças meio que voam pela janela. Lá está esse homem, e ele está declarando que quer passar o resto da vida com você. Com todos os seus defeitos. Ele conhece todas as suas partes feias, e está dizendo que tudo bem. Que você ainda é amável, mesmo quando pensa que é mais imperfeita do que qualquer outra coisa.

Vale a pena se apaixonar

147

Eu não tinha certeza se já havia dito algum desses pensamentos em voz alta antes – pelo menos não para outra pessoa além de mim mesma. Thomas parecia um pouco impressionado, e eu não podia acreditar que tinha admitido tudo isso para ele. Ele ficou quieto, seus olhos azuis me observando, como se estivesse esperando que eu dissesse mais, então eu continuei.

— Acho que me sinto ingênua porque é óbvio que eu romantizei a situação em vez de vê-la com clareza, sabe? Achei que o Eli amadureceria, e quando isso acontecesse, certas coisas nele mudariam — respondi, me sentindo tola. — Mas as pessoas não mudam.

Vi ele engolir em seco enquanto mudava de posição novamente.

— Normalmente, não, mas elas podem amadurecer. Não acho que foi ingenuidade da sua parte supor que ele amadureceria em algum momento.

— Parece que foi. Como se eu soubesse exatamente com quem estava me casando, mas, de repente, esperei alguém completamente diferente.

— Tenho certeza de que não foi assim — ele disse, como se conhecesse minha situação melhor do que eu.

— Certo, talvez não tenha sido de repente. Mas, em algum momento, quando comecei a ter mais sucesso no trabalho, eu queria que ele também quisesse isso, sabe? Esperei que ele quisesse as mesmas coisas que eu. Mas ele só queria que tudo permanecesse igual. Ele gostava da vida como estava. Ele estava acomodado.

Thomas balançou a cabeça.

— Isso não é culpa sua, Brooklyn. Você não foi ingênua. Você amadureceu. Você evoluiu. O homem certo não vai apenas ficar sentado vendo você superá-lo. Ele vai crescer junto com você ou, pelo menos, tentar ao máximo.

— Ele não tentou nem um pouco — eu disse, esperando que ele acreditasse em mim.

— Parece que ele não tentou. Você consegue imaginar ficar com a pessoa errada pelo resto da vida só porque fez um voto?

Meu estômago se revirou.

— Não. Por isso que eu tive que ir embora — admiti. — Se eu não escolhesse a mim mesma, sabia que ninguém mais faria.

— Eu escolheria você — ele declarou, e senti minha boca se abrir enquanto Thomas se inclinava em minha direção, sua mão ainda fria pelo gelo, tocando minha perna.

Eu não conseguia me mover rápido o suficiente pelo sofá, montando em seu corpo antes de respirar novamente. Algo duro pressionou através da sua calça e me atingiu bem no centro.

Eu não conseguia parar de me esfregar contra aquilo; era bom demais. Tudo em Thomas me fazia sentir melhor do que eu jamais havia sentido.

— Brooklyn — ele gemeu antes de segurar minha nuca e me puxar em sua direção. — Somente um tolo deixaria você ir — ele disse antes de me beijar.

Sua língua entrou na minha boca com propósito, e meu interior esquentou instantaneamente, fervendo.

Era como se fôssemos selvagens, um instinto animalescos em nosso desejo um pelo outro. Eu sentia que poderia me desmanchar se ele não começasse a me tocar por baixo das roupas. Só de pensar em sua pele na minha quase me desfez.

Então, quando ele se afastou gentilmente para interromper o beijo, eu quase comecei a choramingar.

— Você precisa se perdoar em algum momento pelo fim do seu casamento, Brooklyn — ele disse, baixinho, seus lábios ainda dolorosamente perto dos meus.

— Eu só ainda não descobri como — admiti em um sussurro.

Seu corpo retesou.

— Você só precisa de mais tempo — ele sugeriu, com um tom levemente desapontado.

— Você provavelmente está certo.

Thomas me levantou do seu colo e me colocou de pé ao lado do sofá, e eu sabia que a noite tinha acabado.

— É melhor eu ir embora — sugeri, apontando com o polegar para trás antes que ele pudesse ser o primeiro a me pedir para sair.

— Vou te acompanhar — ele ofereceu, e eu não discuti, porque sabia que não adiantaria.

Peguei minha bolsa e jaqueta enquanto tentava mentalmente entender o que tinha acontecido para mudar o clima tão rapidamente.

Caminhamos até o meu carro em silêncio, e Thomas me deu um beijo suave, mas breve, nos lábios.

Ele fechou a porta do motorista para mim, e liguei o motor, incapaz de afastar a sensação de que o beijo de alguma forma tinha parecido uma despedida.

Como se eu não tivesse a chance de fazer isso de novo.

Acenei para Thomas enquanto saía da entrada de veículos e pegava a estrada. Eu não tinha certeza do que havia mudado, mas algo havia mudado.

E, definitivamente, não para melhor.

Vale a pena se apaixonar

SEM TRAVESSURAS, SÓ DOCES

Thomas

Eu cumpri minha promessa a Brooklyn e não a ignorei ou evitei no trabalho desde a outra noite. O que eu fiz, no entanto, foi manter todo o contato profissional e fingir que nunca tinha beijado seus lábios, mesmo que isso se repetisse na minha mente mil vezes por dia. Eu me perguntava se isso a estava matando da mesma forma que estava me matando.

Se estava, ela não demonstrava. Ela andava pelo resort como se absolutamente nada tivesse mudado, me cumprimentando com um sorriso radiante antes de voltar para seu escritório, aquele traseiro rebolando o tempo todo, como se soubesse que eu estava olhando.

Provavelmente sabia.

Meu telefone tocou na minha mesa, e olhei para ele, percebendo que era a linha do escritório do meu pai ligando.

Minha assistente atendeu e o colocou em espera antes que eu gritasse para ela que eu já tinha atendido.

Pressionando o botão piscante, atendi:

— Oi, pai.

— Venha até o meu escritório — ele disse, com um tom um pouco indecifrável.

— Já estou indo. — Desliguei.

Quando entrei no corredor, quase trombei com Brooklyn.

— Oh, Thomas. Desculpa.

Meus olhos se fixaram nos dela, o olhar era inconfundível. Ela ainda me queria. Mas querer um ao outro não era o problema.

— Foi culpa minha — eu disse.

— Foi mesmo — ela concordou com um sorriso, aquela boca atrevida soltando provocações, como sempre.

Tentei passar por ela, no mesmo instante em que ela se moveu para fazer o mesmo. Acabamos indo na mesma direção, ainda bloqueando o caminho um do outro. Uma risada escapou de algum lugar profundo em mim enquanto eu parava e estendia a mão.

— Damas primeiro — eu disse, tentando ser cavalheiro, mas soou como se eu fosse um idiota de um reality show.

— Obrigada. — Ela olhou para trás para mim, e pude perceber que ela queria dizer mais. Seus lábios se comprimiram antes de acrescentar: — Deseje um feliz Halloween para Clara, por mim. E diga para guardar todos os doces bons para ela mesma.

Eu deveria pedir para ela se juntar a nós. Implorar para ela vir. As palavras estavam na ponta da língua, mas eu as engoli. A batalha entre querer ela conosco o tempo todo e dar a ela o espaço de que nitidamente precisava travava dentro de mim.

— Eu direi — respondi enquanto ela começava a se afastar, e eu fiquei ali, olhando para ela como um tolo apaixonado.

Era tortura perceber o quanto eu queria mais do que amizade com essa mulher. Eu queria tudo com ela. Mas ela havia deixado bem claro que ainda não tinha se curado do fim do casamento.

Ela lutava contra a culpa e a autocrítica, e eu estava mais do que familiarizado com o quão destrutivos esses sentimentos podiam ser na sua própria cabeça. Não era algo que eu poderia "tirar" dela só com sexo, embora eu tenha considerado tentar.

Pegá-la no colo quando tudo o que eu queria era me enterrar dentro dela foi um teste de força de vontade que eu não tinha certeza se conseguiria passar na hora. Quase me matou afastá-la.

Mas eu não podia dormir com ela e depois seguir em frente como se nada tivesse acontecido. Ou fingir que estava tudo bem em sermos apenas amigos com benefícios ou algo assim. Porque eu não estava. E nunca estaria. Além disso, Clara e eu merecíamos mais do que alguém que pudesse entrar e sair de nossas vidas como o vento. Fui imprudente ao deixá-la entrar no nosso mundo sem saber se ela estava preparada para isso.

Vale a pena se apaixonar

Eu deveria ter imaginado que, como ela tinha acabado de sair de um relacionamento, não iria querer entrar direto em outro.

Mas, ao mesmo tempo, eu me apaixonei sem perceber ou querer. Não havia esperança para mim quando se tratava dessa mulher. Minha filha estava apegada. Eu estava apegado. E agora, eu tinha que fazer o meu melhor para fingir que estava perfeitamente bem em ser apenas amigo dela, quando, na realidade, eu conseguia ver todo o meu futuro toda vez que olhava em seus olhos.

Sacudindo a cabeça para afastar a batalha interna, comecei a caminhar em direção ao escritório do meu pai. Brooklyn estava na área de recepção, conversando com o nosso concierge sobre algo. Ela virou a cabeça, como se sentisse minha presença. E quando seus olhos verdes encontraram os meus, eu queria acreditar que ela também via um futuro quando olhava para mim. Mas eu não podia correr o risco de estar errado sobre isso. Não quando meu coração não era o único em jogo.

Baixando a cabeça, rompi o contato visual e fui para o escritório do meu pai. Bati na porta que já estava aberta, e ele ergueu a cabeça. Ele acenou para que eu entrasse e fez sinal para que eu fechasse a porta.

— Venha aqui — ele disse.

Caminhei até onde ele estava sentado atrás da mesa que o pai dele ocupava antes dele.

Quando me aproximei, ele apontou para a tela do computador, e vi uma imagem congelada, minha, no bar. Aparentemente, aquele maldito vídeo tinha circulado por toda Sugar Mountain.

— Já assisti a isso umas dez vezes — ele disse, rindo, antes de apertar o play e me fazer assistir mais uma vez com ele. Então, ele se virou para me dar um cumprimento típico de homens, punho com punho.

Eu nunca na vida tinha feito algo assim com meu pai. Nem sabia onde ele tinha aprendido isso.

Foi surreal. E estranho.

Eu odiei.

Dei um passo para trás de onde estava e me inclinei contra a mesa, de frente para ele.

— Já falei com o delegado. Ele disse que você vai ficar bem, mesmo que aquele idiota tente prestar queixa. Não vai colar — ele me informou com um sorriso orgulhoso.

Eu não tinha certeza de como ou por quê. O vídeo mostrava

claramente eu empurrando Eli, depois o esmurrando e, em seguida, ficando sobre ele de maneira ameaçadora. Isso poderia se complicar muito rápido. Eu não teria defesa além de dizer que estava defendendo Brooklyn, e não tinha certeza se isso seria suficiente.

— Não acho que ele vá prestar queixa, mas nunca se sabe — eu disse, sem ter muita certeza de que acreditava no que estava dizendo. Eu não conhecia aquele cara melhor do que um estranho na rua. — Obrigado por ter ligado para o delegado, no entanto — eu disse, apreciando que meu pai tivesse assumido essa parte. Desde que Brooklyn tinha saído da minha casa, eu tinha deixado esse assunto de lado.

— Nos vemos à noite para pegar doces? — Ele agiu como se estivesse me lembrando, e eu assenti com um sorriso.

— Sim. Vou te mandar uma mensagem quando estivermos indo. — Eu me afastei da mesa e fiz menção de sair.

— A Brooklyn vai? — ele perguntou, e eu parei na hora.

— Por que ela iria?

Ele apenas deu de ombros e apontou para a tela do computador.

— Imaginei que, se você estava socando o ex-marido dela, deve ter havido um motivo para isso.

— Havia. Ele estava sendo um babaca.

— Esse é o único motivo? — Suas sobrancelhas grisalhas se ergueram, e eu sabia que ele estava pressionando por mais, mas não havia nada a dizer.

— Foi motivo suficiente.

— Se você diz, filho. — Ele ficou sentado ali, sorrindo como se soubesse todos os segredos do mundo e não pudesse esperar até que eu os descobrisse.

Isso era irritante.

Saí do trabalho um pouco mais cedo para poder me preparar para a noite com Clara. Ela precisava comer comida de verdade antes de enchermos sua barriga de açúcar. Quando entrei pela porta da garagem e na casa, senti um cheiro que eu não conseguia identificar.

— Papai! Você chegou cedo! — Ouvi Clara gritar enquanto corria para me cumprimentar no corredor.

Seus bracinhos se enrolaram nas minhas pernas, e eu me abaixei para pegá-la no colo.

Ela estava crescendo tanto.

— Glo-Glo, a Rainha da Abóbora, fez pão para nós!

Era esse o cheiro o que eu estava sentindo.

— Parece delicioso — eu disse, colocando minha filha de oito anos no chão.

— Thomas, fiz pão fresco de fermento e sopa de frango com macarrão, mas Clara se recusa a comer — informou a Sra. Green.

— Mas eu não estou doente. — Clara virou a cabeça para me olhar.

— Quem disse que você estava doente? — perguntei, confuso.

Clarabel geralmente era uma boa comedora e pelo menos experimentava tudo o que eu colocava na frente dela.

Isso não significava que ela gostasse de tudo, mas ela não era o tipo de criança que recusava comida sem motivo.

— É isso que estou dizendo. Eu não estou doente. A gente não come sopa de frango com macarrão a menos que esteja doente. Certo, papai? Essa é comida de gente doente. — Ela estava absolutamente séria.

Eu ri.

— Quero dizer, não é comida de gente doente. É comida caseira — eu disse, antes de perceber que ela provavelmente só a comia quando estava com febre ou nos dias após o passeio pela Vomitolândia. Eu não era muito fã de sopa. — Mas você está certa. Provavelmente só comeu quando não estava se sentindo bem.

— Viu, Glo-Glo — Clara disse com um leve encolher de ombros.

— Agora entendo. — A Sra. Green deu um tapinha na cabeça dela. — Por isso eu também preparei tudo para fazer queijo grelhado.

Clara começou a bater palmas.

— Sim! Queijo grelhado com seu pão novo! Que delícia!

A Sra. Green olhou para mim, e eu me desculpei.

Ela acenou para mim.

— Não é nada demais. Vou colocar a sopa em uma Tupperware. Você pode levar para seu pai se acha que não vai comer.

— Tem certeza de que não quer levá-la? Pode levar para sua casa — ofereci, me sentindo um pouco mal por desperdiçar.

— Já tenho o suficiente. Você vai ver seu pai hoje à noite, certo? Leve pra lá. Um de vocês, homens O'Grady, vai comer. — Ela sorriu.

— Você não está errado sobre isso — eu concordei.

— Certo. Vou indo. Divirta-se essa noite. Não esqueça de passar na minha casa para eu te dar sua sacolinha especial de doces — a Sra. Green disse para Clara.

— Eu vou. Prometo!

Acompanhei a Sra. Green até a porta da frente.

— Obrigado. Desculpe de novo pela sopa.

— Thomas, está tudo bem. Pare de se preocupar tanto. Nos vemos mais tarde — ela disse antes de sair.

Esperei na porta até ela entrar em casa, acender a luz e acenar para mim pela janela.

Meus irmãos chegaram na casa cerca de trinta minutos depois. Clara e eu já havíamos jantado, e eu estava no processo de tentar fazer sua maquiagem de bruxa boa, algo com o qual eu não tinha absolutamente nenhuma experiência, muito obrigado.

Foi útil o fato de que ela não queria nada além de um blush com brilho e adesivos de joias ao redor dos olhos. Mas meu coração apertou quando passei o batom preto, vendo minha filha com qualquer tipo de maquiagem em seu rostinho perfeito.

Era cedo demais. Eu tinha a sensação de que sempre seria.

— Estamos aqui em cima! — eu gritei ao ouvir os dois fazendo barulho lá embaixo, seguido de passos pesados que não pareciam humanos.

— Jasper! — Clara gritou assim que o cachorro nos encontrou em seu pequeno banheiro. Ela envolveu os dois braços ao redor do pescoço dele, e ele ficou ali, deixando-a fazer isso enquanto ela o acariciava e beijava, estragando o batom no processo.

— Eu trouxe o cachorro — Patrick disse enquanto entrava, observando a cena à sua frente.

— Estou vendo isso. — Meu tom saiu irritado, mas foi mais pelo fato de que eu precisava reaplicar o maldito batom do que por qualquer outra coisa.

— Não fique mal-humorado por isso. Você tem a Clarabel, e agora eu tenho o Jasper — Patrick disse assim que Matthew entrou, cerveja na mão.

— E o que eu tenho? Nada e ninguém. — Ele fez uma cara triste enquanto Clara colocou as mãos na cintura para dar-lhe um olhar reprovador.

— Você sempre tem cerveja — ela declarou.

Eu segurei o riso conforme ele corria até ela e a pegava nos braços.

— Sua diabinha — ele disse, e ela se contorceu para escapar do seu abraço.

— Eu sou uma bruxa, tio. Não uma diabinha. Vou lançar um feitiço em você — ela provocou.

— Oh, não, um feitiço não — ele disse com um sorriso, levantando as mãos em rendição.

— Mas seria um feitiço bom, já que sou uma bruxa boa. Um feitiço de amooooor — ela disse, arrastando a palavra. — Em uma pessoa, claro. Não para cerveja. Eu já lancei um no papai.

Eu virei a cabeça rapidamente, com os olhos arregalados de choque.

— Você fez o quê?

Ela sorriu e riu.

— Lancei um feitiço de amor em você e na Princesa do Waffle, papai.

Patrick inclinou a cabeça para trás ao mesmo tempo que Matthew gritou:

— Quem é a Princesa do Waffle? Ela tem uma irmã?

— Brooklyn. Ela quer dizer Brooklyn — eu disse com uma careta.

Era exatamente isso que eu temia. Eu já tinha me apaixonado pela mulher, e minha filha estava lançando feitiços de amor imaginários sobre nós.

— Ooh — Matthew cantarolou. — Espero que o seu feitiço funcione.

— Eu também! — Clara pulou animada, e meu coração pareceu cair no fundo do estômago.

— Você é minha bruxa favorita. Mesmo com o batom borrado — Matthew sorriu para minha filha antes de tocar o nariz dela com o dedo.

— Oh, não. — Ela pulou na pia e se olhou no espelho, franzindo a testa. — Acho que passei no Jasper. Desculpa, tio Patrick.

— Está tudo bem. Tenho certeza de que ele gostou — Patrick disse, acariciando a cabeça grande do cachorro.

— Saíam. Deixem-me consertar o batom dela, e já vamos descer. — Apontei para a porta e esperei todos saírem do espaço apertado para me dar mais espaço. — Levem o cachorro.

— Tão malvado com meu novo melhor amigo — Patrick reclamou antes de bater na coxa, e Jasper prontamente correu para o lado dele, como se tivesse feito isso a vida inteira.

Clara desceu da pia, veio até mim enquanto eu me sentava na beira da banheira e colocou as mãos nas minhas bochechas.

— Seja mais gentil com o Jasper. Ele é um bom garoto, papai. Eu o amo.

— Você tem razão. Desculpa — eu disse, e ela sorriu.

— Desculpa por ter feito um feitiço em você e na Srta. Brooklyn. Você está bravo?

— Claro que não — eu disse, me perguntando como lidar com isso sem partir o coração dela. — Mas nem todos os feitiços funcionam o tempo todo. Você sabe disso, certo?

Ela deu de ombros.

— É um feitiço de amor, papai. Esses sempre funcionam.

Eu não tinha resposta, então respirei fundo e me concentrei em seu batom borrado. Eram momentos como esse que eu desejava que Clara tivesse uma figura feminina em sua vida. Nem que fosse apenas para ajudar com a maquiagem.

— Certo, agora fique parada para que eu possa passar o batom de novo.

Ela tentou ficar parada, mas se mexia. Abria e fechava a boca enquanto eu tentava passar o batom nos lábios. Algo que deveria ter sido super fácil de fazer foi tudo, menos isso.

— Pronto — eu disse quando finalmente terminei. — Precisa de ajuda para colocar o resto da fantasia?

— Não. Eu consigo. Mas se eu não conseguir, vou gritar e pedir ajuda.

— Tudo bem. Eu estarei lá embaixo.

Saí do banheiro e desci até onde meus irmãos estavam sentados no sofá, em frente à televisão. Estava passando um jogo de basquete, mas o volume estava no mudo.

— Vou temer o dia em que ela não quiser que a gente vá com ela — Patrick disse com uma expressão triste.

— Você pode imaginar? Quando ela quiser sair com todos os amigos em vez de nós? — Ele passou os dedos pelo cabelo, que estava ficando comprido.

— Pare com isso. Não consigo suportar ouvir esse tipo de porcaria — Matthew disse, tomando um gole de sua cerveja. — Fale sobre outra coisa. Qualquer outra coisa.

— Vamos falar sobre aquele vídeo do Thomas dando um soco naquele

Vale a pena se apaixonar

cara — Patrick disse com um sorriso, porque, além de algumas mensagens de texto, ainda não tínhamos falado sobre esse assunto pessoalmente.

— A culpa é dele. — Apontei para Matthew. — Foi ele que me ligou em primeiro lugar.

Patrick assentiu.

— Vi ele no vídeo também.

— Olha, ou eu chamava o Thomas para ir ao bar e calar a boca do cara, ou eu ia fazer isso. E como ele era o ex da Brooklyn, achei que o T iria querer ser o cara — Matthew explicou para Patrick, já que eu já sabia de tudo isso.

— Justo. Então, como a Broolyn lidou com o assunto? Deduzo que ela viu o vídeo, já que recebi no meu celular cerca de umas vinte e cinco vezes — Patrick comentou.

— Ela estava aqui quando aconteceu — falei, olhando diretamente para Patrick já que Matthew sabia disso.

— Aqui, aqui? Tipo, na sua casa? — Patrick quis esclarecer.

— Sim. Tínhamos jantado juntos.

— Faz sentido agora com o lance do feitiço — ele comentou, e eu franzi o cenho.

— Por favor, me diga que você finalmente tirou o coitado do seu pau do jejum — Matthew disse de um jeito grosseiro, e eu me remexi no sofá. O mesmo sofá onde troquei uns amassos bem dados com Brooklyn alguns dias antes.

Revirei os olhos.

— Não tirei. Mas nós nos beijamos. Um bocado.

— Qual é? Voc~e tem quinze anos por acaso? — Matthew caçoou, e eu quis dar um soco nele.

— Ei, já foi um bom começo. Beijos levam ao sexo — Patrick acrescentou antes de contradizer a si mesmo: — Às vezes. Talvez? Ele tinha de começar de algum lugar.

— Sim, não sei se vai dar certo, gente — soltei, sem saber o que mais dizer.

Eu não estava no clima para começar uma discussão acalorada sobre o assunto no momento. Não com Clara descendo a qualquer segundo, pronta para sua noite de brincadeiras com os doces.

— Como assim, você não sabe se vai dar certo? O que aconteceu? Se eu fosse uma mulher e tivesse visto o que você fez, eu teria caído matando em cima de você — Matthew disse.

Embora tenha sido exatamente isso que Brooklyn me disse quando entrei em casa naquela noite, as coisas não terminaram do mesmo jeito que começaram.

— Ela não está pronta para nada sério.

Essa única frase explicava tudo, na minha opinião.

— Ela realmente disse isso? — Patrick franziu o cenho em descrença.

— Quero dizer, não com essas palavras exatas, mas basicamente, sim. Sim — eu disse, esperando que eles recuassem, mas sabendo muito bem que não iriam.

— Você é um idiota — Matthew respondeu.

— Por quê? — Minhas defesas já estavam subindo. Era exatamente isso que eu esperava evitar.

— Você está tirando conclusões precipitadas. É tão óbvio que ela está a fim de você — Patrick acrescentou.

— Fisicamente, talvez — eu concordei, porque o fato de Brooklyn estar a fim de mim não era o problema.

— E qual o problema com isso? — Matthew perguntou.

— Eu quero mais — admiti, sabendo que daria um soco neles se fizessem piada de mim por ser "mole" ou algo assim.

— E ela não quer te dar isso? — Patrick se perguntou em voz alta. — Não consigo imaginar isso.

— Gente, ela acabou de se divorciar.

— E daí? — os dois disseram em uníssono.

— Então... — Respirei fundo antes de continuar: — Ela ainda se sente culpada pelo fim do casamento. Ela precisa de tempo para resolver todos os sentimentos e lidar com isso.

— Ela realmente disse essas coisas, ou você está inventando? — Patrick perguntou, claramente querendo saber o que havia sido dito e o que eu estava deduzindo.

— Basicamente, sim. Ela disse tudo isso.

— Não acredito nisso, mano — Matthew interveio, terminando sua cerveja. — Acho que você deveria me deixar chamá-la para sair. Podemos testar essa teoria sobre o que ela está ou não pronta.

Patrick deu um soco no ombro de Matthew enquanto eu, dominado pelo ciúme, respondi, irritado:

— Não seremos mais irmãos se você fizer isso.

Matthew riu, e eu sabia que ele estava apenas me provocando. Pelo

Vale a pena se apaixonar

159

menos, esperava que sim. Essa era a segunda vez que ele comentava sobre chamá-la para sair, e, embora ele adorasse mexer comigo, um dia ele iria longe demais.

— Eu ordeno que vocês parem de brigar! — Clara gritou do alto das escadas enquanto acenava sua varinha brilhante para cada um de nós. Ela estava perfeitamente vestida de bruxa em sua fantasia.

— Nós não estávamos brigando — eu disse, não querendo que ela se preocupasse.

— Vocês sempre brigam e depois dizem que não. Nós não contamos mentiras, papai. E se vocês três não pararem de brigar, eu vou ficar com todos os meus doces e vomitar de novo — ela declarou como se fosse a chefe de toda essa família, com sua saia iluminada e sapatos descombinados.

O que não era mentira. Porque todos sabíamos que ela era.

— Vamos! — Matthew pulou do sofá e correu para encontrar sua sobrinha no final das escadas. — Mal posso esperar para ver que delícias vamos conseguir este ano.

— No ano que vem, vou vestir o Jasper também, tio Patrick. — Ela acariciou a cabeça do cachorro, e ele olhou para ela como se ela fosse a melhor coisa do mundo depois do meu irmão. — Aposto que conseguiríamos o dobro de doces se ele fosse comigo até a porta.

— Boa ideia. Gosto disso — Patrick disse com uma piscadela. — O que você acha, garoto? — ele perguntou ao cachorro, como se ele realmente fosse responder.

— Vamos. Não podemos deixar o Pops esperando a noite toda. Ele é velho, lembra? Pode cair no sono em breve — eu brinquei, e Clara deu uma risadinha.

— Pops não é velho. E ele nunca dormiria na noite dos doces. É a favorita dele — ela declarou antes de perguntar: — Podemos ir agora?

Todos nós lutamos para ver quem seguraria a mão dela, mas no final, Matthew venceu. Achei que era mais porque Patrick tinha que segurar a coleira do Jasper e eu precisava segurar a vassoura dela. Mas Matthew olhou para nós como se Clarabel gostasse mais dele, e tudo em que eu conseguia pensar era no fato de que ele morava ao lado de Brooklyn, e se ela gostasse mais dele também?

160   J. STERLING

JANTARES EM FAMÍLIA NA FAZENDA

Brooklyn

Uma batida forte na minha porta me assustou. Joguei ao lado o livro que estava lendo e abri a porta sem nem verificar o olho mágico para ver quem era. Não era como se muitas pessoas aparecessem na minha casa sem avisar. Você não conseguia passar pelo portão de segurança simplesmente porque queria.

— Matthew — eu disse, conforme o irmão mais novo dos O'Grady me encarava com seu rosto perfeito e olhos que eram um pouco parecidos com os de Thomas, mas não exatamente iguais.

— Você gosta do meu irmão? — ele perguntou diretamente.

Minha boca se abriu ligeiramente com a pergunta.

— O quê?

— Você me ouviu. Gosta ou não do meu irmão?

Meu olhar se focou em algum ponto às suas costas e ao redor dele, como se procurassem Thomas escondido em algum lugar, ouvindo a conversa.

— Por que você está me perguntando isso?

Ele passou a mão no rosto, do mesmo jeito que eu já tinha visto o irmão dele fazer antes.

— Muitas perguntas, Brooklyn. Você gosta dele: sim ou não?

Tentei engolir, mas minha garganta imediatamente ficou apertada e seca.

— Sim.

— Eu sabia. Preciso que você se arrume. Vamos sair em uma hora.

— Ele fez um sinal com a cabeça como se fizéssemos esse tipo de coisa o tempo todo.

— Para onde vamos? — Eu enfatizei o "nós" porque Matthew e eu não fazíamos coisas juntos.

— Para a casa do meu pai, para jantar. Você vai. Sem discussões. Vá se arrumar, querida. Thomas estará lá. — Ele me deu uma piscadela antes de dar os três passos necessários para chegar à sua porta. — Uma hora. — Ele levantou um dedo no ar antes de desaparecer para dentro de casa, me deixando ali parada com um milhão de perguntas e os joelhos trêmulos.

Eu poderia ter dito não a Matthew, discutido com ele sobre suas exigências, mas uma parte de mim queria ir, mesmo que eu estivesse completamente nervosa com isso. Jantar na casa do pai dele. Com Thomas.

E o resto da família dele.

Fechei a porta, voltei rapidamente para dentro, procurei meu telefone e liguei para o número de Lana.

Ela atendeu antes mesmo de eu ouvir o toque.

— Aqui está minha melhor amiga — ela cantarolou no telefone enquanto eu entrava no meu quarto e pulava na cama.

— Me ajuda — eu sussurrei.

A voz dela mudou instantaneamente.

— Você está bem? Alguém te sequestrou? Manda a localização. Sven e eu já estaremos a caminho. Sven, pega a mala de emergência! — ela gritou.

Afastei o telefone da orelha, coloquei no viva-voz e o deixei no travesseiro ao meu lado.

— Por que você tem uma 'mala de emergência' e o que isso tem a ver com o meu sequestro? — perguntei, enquanto uma série de novas perguntas surgiam na minha mente. Uma delas sendo: *"Até que ponto minha melhor amiga é louca?"*

— Então, você foi sequestrada? — ela perguntou com seriedade.

— Não, Lana. Concentre-se.

— Estou concentrada. Em te salvar. O que você vê? Você sente algum cheiro? O que consegue ouvir ao seu redor? Você está me ligando de um porta-malas? Consegue chutar a lanterna traseira?

— Ai, meu Deus — eu gemi. — Lana! Eu não fui sequestrada, sua maluca. Estou sentada em segurança no meu quarto no apartamento.

— Ah. Bem, por que você não disse isso antes? — O tom dela mudou novamente, ficando completamente calmo. — Deixa pra lá, Sven. Alarme falso — ela gritou, e eu o ouvi gritar algo de volta, mas não consegui entender o que ele disse. — A menos que não seja. Desliga e faz uma videochamada para eu ter certeza.

Ela encerrou a chamada, e eu fiquei ali, olhando para a tela em branco. Eu não tinha tempo para isso.

Tirei uma foto de mim sentada na cama e enviei para ela antes de ligar de volta, sem videochamada, só para ser teimosa.

— Essa foto pode ter um mês — ela disse ao atender.

Fechei os olhos e soltei um suspiro rápido.

— Lana, me escuta. O Matthew acabou de me convidar para jantar com a família dele.

— Matthew? O quê? Você vai passar por todos os irmãos O'Grady e não vai deixar nenhum para mais ninguém? — Ela fez um som de reprovação no telefone. — Tão egoísta desde o divórcio.

— Por que você é assim? — perguntei, já começando a ficar irritada, o que estava acontecendo cada vez mais rápido.

— Tá bom. Vou me comportar. Mas por que diabos o Matthew te convidou para um jantar em família? Pensei que amávamos o Thomas e queríamos ter todos os filhos dele? — A voz dela assumiu um tom sonhador.

Ela sempre foi do #TimeThomas desde que comecei a trabalhar no resort. Sem mencionar o fato de que sua preferência por ele só aumentou dez vezes mais desde que ele deu um soco no Eli no bar. O que, honestamente, eu entendia completamente, porque minha admiração por ele também aumentou depois daquele momento.

— Nós não amamos ninguém — eu retruquei, mas não tinha tanta certeza sobre o que estava sentindo por Thomas. Definitivamente era mais do que uma simples atração, mas amor? Isso parecia um grande salto.

— Negação é apenas um rio em... — ela começou antes de parar. — Seja lá como for aquele ditado. Você sabe o que quero dizer. Você gosta do Thomas. Só está com medo dele.

— Por que eu teria medo dele?

Eu não tinha medo de Thomas. Ele não era assustador. Ele não me assustava. Ela era ridícula, e eu não sabia por que tinha ligado para ela, afinal.

— Estou esperando essa conversa há tempos. — Ela parecia um pouco animada demais.

Nós só tivemos conversas rápidas e mensagens curtas na última semana. Ela estava super ocupada no salão de beleza, e eu também estava

Vale a pena se apaixonar

163

trabalhando bastante. Quando uma de nós tinha um momento livre, a outra não tinha. Nosso timing estava péssimo ultimamente.

— De qualquer forma, como eu estava dizendo, você tem medo porque sabe que estar com Thomas significa algo. Nunca poderia ser apenas uma aventura casual ou um caso de uma noite. Ele é um pai solo. Ele não pode ser casual. E, por algum motivo, nessa sua cabecinha linda, você provavelmente acha que é muito cedo para seguir em frente.

— E não é? — Eu pretendia dizer isso para mim mesma, mas acabei dizendo em voz alta por acidente.

Ouvi o suspiro dela.

— Não existe um cronograma para essas coisas, não importa o que a sociedade queira que você acredite. Você tem que ficar solteira por um ano para provar algum tipo de argumento? Para quem? Por quê?

— Você não acha que parece rápido demais? Tipo, como posso querer namorar outra pessoa tão cedo? — perguntei as perguntas que, honestamente, deveria estar fazendo a mim mesma.

— Olha, eu sei que você está preocupada com o que as pessoas vão dizer. E nem pense em discutir isso comigo. Querendo ou não admitir, você não gosta que as pessoas dessa cidade pensem mal de você — ela disse como se estivesse revelando uma grande verdade.

Mas era fácil para Lana dizer tudo isso. Ela nunca tinha sido o alvo das fofocas de Sugar Mountain. Não era agradável ser julgada e ouvir cochichos pelas costas. As pessoas achavam que te conheciam quando na verdade não conheciam de forma alguma. A fofoca acabaria em algum momento, mas nesse meio-tempo, eu odiava ser o alvo.

— Não gosto disso.

— E daí, o que acontece se você seguir em frente? E com o Thomas, e o resto das pessoas? — Ela suspirou dramaticamente. — A cidade inteira vai acreditar que você traiu e que deixou o seu casamento e acabou com o casamento?

— Eu não traí. — Foi a única resposta que saiu da minha boca.

— O que quero dizer é que não importa o que eles pensarem ou não. Você sabe a verdade. E a verdade sempre prevalece e vem à tona. Em algum momento — ela disse com tanta ênfase que deu não tinha escolha a não ser acreditar.

Fiquei em silêncio por tanto tempo, que meus pensamentos se atropelavam em uma maré caótica. Talvez eu estivesse assustada. Com medo de estar errada... do que as pessoas pensariam... ou do que eu pensaria de mim mesma… como o fato de seguir em frente poderia ser visto… por todo mundo e por mim mesma. Que tipo de pessoa saía de uma vida e entrava direto em outra?

— Brooky — Lana praticamente ronronou meu nome. — Me escuta… Você tem permissão de seguir em frente quando estiver pronta, e ninguém tem o direito de direito quando é o momento. Está tudo bem gostar de uma pessoa nova. E não te torna uma pessoa ruim já estar gostando de alguém. Você tem o direito de ser feliz. Merece ser feliz. Foi por esse motivo que você deixou o Eli em primeiro lugar, lembra?

— Claro que me lembro — sussurrei, tentando manter a calma, mas todas as palavras que ela disse mexeram comigo.

— Você não tá fazendo nada de errado. Se quer ficar com o Thomas, então fiquei com ele. Você quer casar com o cara e ter um monte de perfeitos bebezinhos O'Grady, então eu dou o maior apoio. Porque se você não quiser, alguém vai querer.

Cacete. Aquela última frase mexeu mais comigo do que todas as outras. Eu odiei a possibilidade.

Thomas acabar com outra pessoa quando eu nem mesmo tive a chance de ficar com ele me embrulhou o estômago.

Lutei tanto pela minha felicidade, e aqui estava eu, negando a mim mesma exatamente a mesma coisa… e pelo quê?

— Você ainda tá aí? — Lana perguntou.

— Estou aqui. Processando — respondi, com sinceridade. — Mas você se esqueceu de uma coisa importante, Lana.

— Ah, é? O que foi?

— O cara tem que me querer de volta.

Ela começou a rir. Era uma risada alta que preencheu o espaço vazio do meu quarto.

— Ele bateu no seu ex-marido por causa das coisas que ele estava dizendo sobre você. Ele o escoltou para fora do resort em seu nome. Ele o colocou na lista de "nunca mais entre na minha propriedade ou eu te dou para os dragões" ou algo assim — disse ela em uma voz masculina antes de continuar com sua própria: — E então ele deu uns pegas em você no sofá dele. Na casa dele! Não acho que Thomas O'Grady sai por aí beijando mulheres nas quais ele não está interessado.

Eu não precisava ser convencida das coisas que ela estava dizendo. Eu já tinha encarado todos esses acontecimentos como sinais de que ele

Vale a pena se apaixonar 165

também estava interessado em mim. Mas eles não tinham sido suficientes. Eu não conseguia encontrar a consistência.

E justo quando eu achava que talvez estivéssemos dando um passo em uma direção, parávamos de avançar completamente, o que me fazia questionar tudo.

— Eu entendo tudo isso, Lana. Eu entendo mesmo. Mas você não viu a expressão no rosto dele quando eu saí naquela noite. Era como se o tivesse desapontado de alguma forma. E não é como se ele tivesse me convidado para sair de novo ou algo assim. E, quando estamos no trabalho, ele definitivamente não age como se tivesse ficado comigo. Não sei. Ele é tão difícil de decifrar.

Percebi naquele momento que a inconsistência de Thomas tinha me forçado a, involuntariamente, questionar a mim mesma e meu desejo de seguir em frente. A atitude vacilante dele me fez sentir como se eu estivesse fazendo algo errado de alguma forma.

— O que você espera que ele faça? Te jogue contra a mesa dele e te coma com a porta aberta? — ela perguntou, e minha mente instantaneamente começou a imaginar isso.

— Seria bom. — Eu sorri para mim mesma.

— Eu aposto que seria. Safada — ela caçoou.

— Ele está distante. É só isso que estou dizendo. Algo mudou.

— Mas você ainda vai aparecer no jantar da família dele hoje à noite mesmo assim? Que coragem, senhoras e senhores — ela anunciou como uma DJ de rádio, e eu não consegui evitar de rir.

— Argh — eu gemi. — O que estou pensando? Não posso ir. Não é apropriado, e só iria confundir Clara.

— Você *já é* uma boa madrasta — Lana fez uma voz doce, e eu praticamente ofeguei, só tentando respirar. — Olha, é óbvio que vocês dois são péssimos em comunicação.

— Ei! Tivemos uma conversa muito boa naquela noite na casa dele. Foi aberta e honesta e... — Eu comecei a explicar antes que ela me interrompesse.

— Então, o que estragou tudo?

— Eu não sei — admiti honestamente. Eu já tinha passado por tudo que dissemos pelo menos umas cem vezes, e nada parecia ser algo que encerraria o assunto.

— E você não perguntou a ele. Ótimo trabalho. — Ela bateu palmas lentamente no fundo, e eu revirei os olhos.

— Tá bom. Eu sou péssima nisso. Feliz agora? — perguntei, porque, eu também achava que estava evitando Thomas, do meu jeito. — Agora, o que eu faço sobre o jantar? Eu vou?

— Claro que vai! Se Matthew te convidou, tem que haver um motivo, e eu estou morrendo de curiosidade para saber qual é. Vai, se arruma toda linda, aparece lá e conquista seu O'Grady, sua sortuda. Depois você me conta cada detalhe.

Quando ela colocava dessa forma, parecia fácil. Como se Thomas fosse algum tipo de objetivo que eu poderia conquistar com apenas uma blusa bonita e um sorriso.

— Tudo bem. Eu preciso me arrumar. Obrigada — eu disse ao telefone, grata pela visão dela e pela honestidade. Ela tinha me dado muito no que pensar.

— Sempre à disposição. E, Brooklyn? — Ela me deteve antes de eu desligar.

— O quê?

— Só para você saber... — Ela pausou, como se estivesse incerta se deveria dizer o que viria a seguir. — Ouvi dizer que o Eli está indo bem.

Meu peito apertou por apenas um segundo.

— O que você quer dizer?

— Aparentemente, algumas mulheres gostam de consertar coisas quebradas.

Eu balancei a cabeça, ainda sem entender o que ela estava insinuando.

— Em português, por favor.

— Ele está namorando. Ele já esteve em pelo menos três encontros dos quais ouvi falar desde o incidente no bar. — Ela soltou um assobio baixo. — Você está bem? Isso te faz se sentir melhor ou pior? Eu não deveria ter te contado?

Soltei um suspiro suave.

— Eu quero que ele seja feliz. Fico feliz que ele esteja namorando. Talvez isso o faça ficar menos bravo comigo.

— Eu meio que pensei a mesma coisa.

Sempre pensei que, quando Eli seguisse em frente, eu seria magicamente curada de toda minha culpa e vergonha.

Como se ele estar com uma nova pessoa de alguma forma provasse que eu tinha feito a coisa certa, como se eu precisasse de mais provas. Mas meus sentimentos sobre tudo isso realmente não tinham nada a ver com Eli e tudo a ver comigo.

Vale a pena se apaixonar

— Vai lá. E diga ao Thomas que você quer cavalgar ele. Com força. Te amo — Lana disse antes de desligar.

Eu disse que também a amava, mas ela já tinha encerrado a chamada.

Matthew bateu na minha porta exatamente uma hora depois. Eu havia trocado minhas roupas confortáveis por um jeans incrível e um suéter justo. Agora que o outono tinha chegado oficialmente e estávamos caminhando para o inverno, o ar estava frio à noite. Nada de shorts e regatas até o verão voltar.

Os olhos de Matthew percorreram meu corpo, e mesmo que eu não o conhecesse tão bem, bati no peito dele com a mão de qualquer maneira.

— Pare de me olhar assim.

— Ele vai pirar — disse ele, sorrindo, e de repente senti que isso era uma má ideia. — Vamos, pare de duvidar.

Ele fez um gesto com a mão, e eu o segui descendo as escadas e entrando em sua caminhonete gigantesca, que já estava pronta para ir.

Será que todos os O'Grady tinham a habilidade de ler mentes, ou a minha era fácil de ler por algum motivo?

— Esse troço é um monstro — eu disse, enquanto tentava me içar para dentro.

— Igual ao meu... — ele começou, e eu fiz uma careta.

— Não termine essa frase — avisei, mas ele apenas riu enquanto se acomodava ao volante.

— Minhas habilidades no gelo, Brooklyn. É um monstro, assim como eu sou quando jogo hóquei. Era só isso que eu ia dizer.

Ele mentiu tão facilmente, mas até eu tive que admitir que ele era charmoso.

Pestinha.

O portão do nosso condomínio se abriu enquanto nos aproximávamos. Assim que houve espaço suficiente, Matthew pisou no acelerador, e a caminhonete fez o som mais irritante do mundo. Todos em Sugar Mountain deviam ouvir ele chegando a quilômetros de distância. Eu me perguntava como nunca o ouvia quando estávamos em casa, mas quando ele aliviou o pé no pedal, o barulho diminuiu.

— Você tem certeza de que está tudo bem eu ir? — Eu me mexia inquieta no banco da frente da caminhonete de Matthew.

Minha confiança começou a vacilar. Principalmente porque eu tinha medo de ser rejeitada por Thomas, não porque tinha percebido que queria realmente tentar com ele. O que, por si só, já era uma revelação.

— Está mais do que bem. Clara é a única menina lá, e ela te adora. Além disso, vai ser divertido demais de assistir. — Matthew sorriu, e eu sabia que ele entendia muito mais da situação do que estava disposto a compartilhar.

— Eu deveria pelo menos avisar Thomas de que vou estar lá? — perguntei, segurando meu celular na mão.

— Nem pense nisso. Essa vai ser a melhor parte.

— Matthew… — gemi.

Eu me perguntava: quão ruim seria pular de um carro em movimento?

— Escuta, eu amo meu irmão e quero vê-lo feliz — ele disse, lançando um olhar na minha direção antes de voltar a se concentrar na estrada.

— Mas...? — perguntei, e ele balançou a cabeça, com os olhos ainda fixos à frente.

— Mas nada. Ele gosta de você. E ele não gosta de ninguém há muito tempo — disse como se estivesse entregando algum tipo de notícia bombástica.

— Okay. Então, por quê? Thomas não parece ser o tipo de cara que precisa do irmãozinho para fazer o trabalho sujo por ele — eu disse, percebendo que me referi a mim mesma como "trabalho sujo".

Seja lá o que isso significava.

Matthew olhou para mim novamente, e seus lábios se curvaram em um leve sorriso, mas não um completo.

— Eu não deveria te contar isso, mas já cheguei até aqui. Meu irmão acha que você não gosta dele do jeito que ele gosta de você.

Soava tão imaturo e infantil quando ele colocou dessa maneira. Mas eu achava que era porque sua declaração era muito simples.

— O quê? Por que ele pensaria isso? Eu praticamente me joguei em cima na outra noite na casa dele — admiti antes que pudesse me impedir.

— Rá! Você fez isso? Ele não nos contou essa parte. — Matthew riu e fez uma curva à direita em uma estrada de chão batido que parecia não ter fim.

Eu sabia que era onde eles cresceram; todos sabiam onde ficava a fazenda dos O'Grady, mas eu nunca tinha estado lá antes.

— Chegamos — disse Matthew enquanto estacionava sua caminhonete em uma das vagas improvisadas no terreno atrás de uma casa modesta de dois andares.

Eu saltei, esperando não torcer o tornozelo no processo.

Campos e árvores cercavam a propriedade, e eu podia jurar que vi alguns cavalos por ali, mas não tinha certeza. Havia outras duas construções;

Vale a pena se apaixonar

169

uma era um celeiro, e a outra parecia uma garagem modificada, mas também não tinha certeza sobre isso.

Tudo o que eu sabia era que o lugar parecia tranquilo enquanto eu estava ali, assimilando tudo.

— Vamos — disse Matthew conforme caminhávamos em direção ao que parecia ser a porta dos fundos. Ele a segurou para mim e colocou a mão nas minhas costas enquanto eu entrava, sem saber o que me esperava.

— Princesa dos Waffles! — Clara gritou primeiro, e meus olhos percorreram o cômodo em busca de Thomas.

Quando o encontrei, ele não parecia feliz. Não, o homem estava furioso, com os olhos fixos no pequeno ponto das minhas costas, onde a mão de Matthew estava naquele momento. Eu me desvencilhei dela, e ouvi Matthew rir atrás de mim.

Clara se jogou nas minhas pernas, e eu me abaixei para dar um abraço adequado.

— Senti sua falta! — ela disse, sua vozinha tão pura e alegre.

— Eu também senti sua falta — eu disse, realmente falando a verdade.

Essa menininha carregava tanta luz dentro dela que o mundo escurecia um pouco quando ela não estava por perto.

— Você vai se sentar ao meu lado, tá bom? Eu não sabia que você viria. Se soubesse, teria ficado ainda mais animada! — disse ela girando, e quando notei seus sapatos descombinados sorri para mim mesma.

— Eu adoraria me sentar ao seu lado, se estiver tudo bem — respondi enquanto me levantava.

— Ei, Brooklyn. Que prazer te ver — Patrick veio e me envolveu em um abraço. Ele me levantou no ar, criando uma cena que rapidamente percebi que foi feita apenas para atormentar Thomas.

— Eu não sabia que você estava trazendo uma acompanhante, Matthew — o Sr. O'Grady anunciou de seu lugar na cabeceira da mesa. — Olá de novo, Brooklyn.

— Oi. — Minha voz saiu trêmula. — Obrigada por me receber. Desculpa por ter aparecido assim, sem avisar, p-pelo visto — gaguejei antes de olhar para Matthew e dar um soco no braço dele.

— Ei — ele reclamou enquanto esfregava o braço, como se eu realmente tivesse machucado.

A cadeira de Thomas rangeu contra o chão de madeira quando ele a empurrou para trás e saiu furioso da mesa de jantar sem dizer uma palavra.

Ele abriu a porta da frente com tanta força que eu podia jurar que quase quebrou as dobradiças.

— Está tentando matar seu irmão? — o Sr. O'Grady perguntou com um brilho travesso no olhar. Ele parecia saber exatamente o que seus filhos estavam tramando.

— É divertido provocá-lo — Matthew respondeu como se não tivesse uma preocupação no mundo.

— Ele parece realmente chateado — retruquei, incerta se eu deveria ser a pessoa a correr atrás dele ou não.

— Bem, este aqui te chamou de minha acompanhante. — Matthew acenou em direção ao pai, e eu não deixei de perceber que ele havia me chamado assim. — Não se faça de inocente, velhote.

O Sr. O'Grady levantou as mãos bem quando Clara se aproximou de Matthew.

— Tio Matthew. — Ela apontou um dedo para ele e franziu a testa. — Você deixou o papai bravo. Eu não sei por quê, mas estou brava com você também.

Deus, eu amo essa garotinha.

— Você não vai ficar brava por muito tempo — ele disse enquanto se inclinava para pegar um dos biscoitos no meio da mesa. — Estou bancando o cupido, querida Clarabel.

— Cupido? — Clara perguntou, mas sua expressão zangada permaneceu.

— Observe e aprenda, pequena. Brooklyn, vá buscar o seu homem. — Ele fez um gesto com o polegar em direção à porta.

Ficou claro que ninguém mais iria atrás dele e que tudo isso tinha sido orquestrado para nos aproximar desde o início. Então, fiz o que me foi instruído e fui buscar o meu homem.

VAMOS SAIR DAQUI

Thomas

Eu queria arrancar meus próprios olhos da cabeça. Matthew trouxe Brooklyn para o nosso jantar de família. Ele a trouxe aqui depois de eu avisar que ele não devia ultrapassar nenhum limite com ela. Eles estavam namorando agora? Saindo juntos?

Meu pai a chamou de acompanhante dele. ACOMPANHANTE *DELE*.

A porta da tela bateu em algum lugar atrás de mim, e eu não me importei com quem tinha me seguido até ali. Eu poderia afastar todo mundo da minha vida e ficar só com Clarabel daqui em diante, se fosse necessário. Ela nunca seria tão cruel comigo.

— Thomas.

Brooklyn.

Aparentemente, eu me importava, sim, com quem tinha me seguido até aqui. Eu me virei tão rápido que levantei poeira atrás de mim.

— Você não deveria ter vindo aqui com ele — rosnei enquanto a raiva fervente tomava conta de mim.

— Então você deveria ter me convidado — ela respondeu com raiva, como se estivesse irritada comigo por algum motivo. E talvez estivesse?

Eu queria nada mais do que beijá-la naquele momento, mas será que ela já havia beijado meu irmão com aqueles lábios também? O pensamento me encheu de tanto ciúme que não me surpreenderia se eu me cortasse e visse que meu sangue tinha ficado verde.

— Por que você está com meu irmão? Vocês estão namorando? Dormindo juntos? — Eu disse a última palavra com o máximo de veneno que consegui reunir. Não era do meu feitio perder o controle assim, mas essa mulher...

— Eu nunca faria isso. Quer saber por quê? Porque a única pessoa que eu quero é você, seu idiota! — Ela me empurrou no peito, mas foi fraco, e eu mal me movi um centímetro. — Mas você continua me evitando e me fazendo sentir como se eu estivesse fazendo algo errado. Estou tentando não me sentir uma pessoa ruim por querer seguir em frente, mas quando você diz coisas bonitas com suas palavras e depois as retira com suas ações, me faz sentir que eu sou.

— Eu estava te dando espaço! — gritei de volta antes de deixar as palavras dela ressoarem e se acomodarem dentro de mim.

— Quem disse que eu queria espaço? — ela rebateu, balançando a cabeça como se eu fosse a pessoa mais insana que ela já tinha encontrado.

— Você disse — gemi, passando a mão pelo rosto.

— Quando diabos eu disse isso? — Ela apoiou a mão no quadril e ficou esperando. — Eu nunca disse que queria espaço. Disse? — Ela tocou o lado da cabeça com o dedo e olhou para o céu. — Não, definitivamente eu não disse. Eu me lembraria de ter pedido isso. E não pedi. Não pedi espaço.

Ela continuou falando alto e em círculos, basicamente repetindo a mesma coisa, mas mesmo que ela não tivesse dito essas palavras exatas, ela insinuou. Eu não era um idiota que não sabia ler nas entrelinhas. Eu estava tentando ser respeitoso.

— Você disse que não tinha se perdoado. Que ainda se sentia culpada pelo fim do seu casamento. Você disse que precisava de mais tempo. — Repeti todas as coisas que ela tinha dito na minha casa na outra noite, enfatizando a parte sobre tempo.

— Foi você quem disse que eu precisava de mais tempo — ela retrucou. — Você disse isso. Não eu.

— E você concordou!

Dei um passo para mais perto dela sem nem perceber. Ela não deu um passo para trás nem se afastou.

Nós éramos como dois ímãs sendo atraídos por uma força invisível. Resistir seria inútil.

— Escolha logo um lado, Thomas. Ou você me quer ou não quer. Eu não consigo continuar tentando descobrir. — Ela jogou suas palavras contra mim como dardos, cada um atingindo seu alvo.

Vale a pena se apaixonar

— Essa boca maldita. — Dei um passo ameaçador em direção a ela, meu peito arfando com nossa troca verbal. Nossos rostos estavam a centímetros de distância. Eu podia sentir sua respiração; ela estava tão perto. — Isso me deixa louco — eu disse, conforme ela me encarava com aqueles olhos verdes enormes.

— Então faça algo a respeito. Cala minha boca. Coloque alguma coisa nela. Jesus, Thomas, me tire logo dessa miséria — ela implorou.

Em vez de continuar discutindo, decidi ceder. Já era hora. Mas ainda havia um último obstáculo que eu precisava superar antes de cruzar essa linha de uma vez por todas e nunca mais voltar atrás.

— Eu não posso fazer as coisas pela metade com você, Brooklyn. Não quando eu tenho uma filha que te adora. Não quando eu sinto o mesmo. E se isso é apenas físico para você, como se você precisasse transar comigo uma vez e tirar isso do seu sistema, isso não é o suficiente para mim, e eu não vou fazer isso.

— Só... — Ela pausou antes de deixar minhas palavras penetrarem. — Físico para mim? — ela repetiu. — Você acha que eu não quero mais do que apenas um "obrigada e tchau"?

— Bem, quer? — perguntei, precisando que ela me desse a resposta certa. Eu sentia que meu coração poderia saltar do peito se ela me desse a resposta errada. Vulnerabilidade era horrível, mas eu já estava muito envolvido para sair dessa.

— Você está dizendo que não quer transar comigo? — Ela estava me provocando. E evitando a única pergunta que eu estava desesperado para ela responder.

— Eu te quero, Brooklyn; não me entenda mal. Eu quero te foder de todas as maneiras possíveis, e pretendo fazer isso, mas é mais do que isso. Muito mais. E eu preciso saber que também é mais para você.

— É... — ela disse, mas saiu em um sussurro, o que me fez sentir que ela estava incerta.

— Você tem certeza? Não parece que tem certeza. — Eu a pressionei mais.

— Tenho certeza. Eu quero mais do que apenas sexo com você, Thomas. E não vou mais me sentir mal por isso, porque não estou fazendo nada de errado ao querer estar com você e com Clara — ela disse, e eu sabia que metade dessas palavras eram para o benefício dela, não para o meu.

Minha pobre, doce, garota atormentada.

— Sem volta depois disso — declarei, enquanto segurava seu rosto nas minhas mãos e punia sua boca com a minha.

Minha língua invadiu a dela, reivindicando o que eu queria, enquanto uma mão se movia para o pescoço delicado e apertava levemente. Ela gemeu com a pressão, e minha outra mão imediatamente foi para sua bunda, segurando firme. Brooklyn se inclinou para mim, seus quadris girando em círculos lentos, até que alguém pigarreou e nos lembrou de que não estávamos sozinhos. Como era fácil esquecer.

Nós nos afastamos, e eu olhei por cima do ombro para ver toda minha família parada na porta, a mão de Patrick cobrindo os olhos de Clara enquanto ela tentava se desvencilhar.

— Acho que é melhor voltarmos para lá — sugeri, e o rosto de Brooklyn ficou vermelho.

— Eu estou com fome — ela sussurrou antes de pegar minha mão. Entrelaçamos nossos dedos, e eu segurei firme.

Quando entramos pela porta da frente, os olhos de Clara se fixaram em nossas mãos entrelaçadas.

— Vocês são namorados agora?

Virei a cabeça para olhar para Brooklyn, que estava ali, sorrindo.

— O que você acha, Princesa dos Waffles? Precisa de um príncipe? — perguntei, e Clara riu ao ouvir meu uso de seu apelido.

— Hmm. — Brooklyn deu de ombros. — O que você acha, Clara? Devo dizer sim?

Essa mulher. Eu sabia exatamente o que ela estava fazendo... e ela também sabia. Ela tinha uma maneira inteligente de incluir minha filha nas coisas sem que ela percebesse.

— Sim! Diga sim! — Clara aplaudiu com seu movimento característico de empolgação. — Eu sabia que meu feitiço de amor funcionaria! Eu te disse, papai!

Brooklyn me olhou, e eu disse que explicaria aquilo mais tarde.

— Acho que é um sim então — ela disse.

Eu a beijei na frente de todos. Incluindo minha filha.

— Meu trabalho aqui está feito — Matthew se parabenizou enquanto puxava sua cadeira, se sentava e tomava um gole de sua bebida.

— E o meu está só começando, — Patrick disse, e eu olhei para ele, completamente confuso sobre como meu relacionamento afetava a vida dele. — Clara, quer passar a noite na minha casa hoje?

Aaaah. Meus dois irmãos são gênios malignos.

A boquinha dela formou um "O" enquanto seus olhos se voltaram direto para mim.

Vale a pena se apaixonar

— Numa noite no meio da semana? Posso, papai? Tenho meu próprio quarto na casa do tio Patrick, lembra?

— Eu lembro — disse, antes de cutucar Brooklyn com o braço. — Quer ter uma noite do pijama só nossa? — sussurrei para que Clara não ouvisse.

Numa noite no meio da semana?, ela fez com a boca enquanto balançava a cabeça alegremente.

— Posso, papai? — Clara perguntou mais uma vez, e eu notei Jasper dormindo aos pés dela.

— Você está tentando fazer com que ela goste mais de você com essa coisa de ter um quarto só para ela — comentou Matthew.

Meu pai rapidamente concordou com ele.

— Não é muito justo.

— Eu também tenho um quarto aqui, Pops, — ela disse, embora seu quarto na casa do meu pai fosse o meu antigo quarto de quando eu cresci, então tecnicamente, nós o compartilhávamos. — Só não com o tio Matthew.

— Ainda! — gritou Matthew. — Vou construir uma casa inteira pra você — ele prometeu, e ela começou a rir como se fosse a coisa mais engraçada que já tinha ouvido na vida.

— Eu a deixo na escola amanhã de manhã, beleza? — Patrick redirecionou a conversa, e eu assenti concordando.

— Valeu — eu disse, e ele deu de ombros como se não fosse grande coisa, mas era.

Isso era uma grande coisa, e todos à mesa sabiam disso... exceto minha filha.

O jantar demorou uma eternidade. Eu quis pular essa parte assim que Brooklyn disse que passaria a noite, mas não podíamos ser tão óbvios. Pelo menos, não enquanto minha filha observava cada um dos nossos movimentos.

E ela estava observando. Seus olhinhos castanhos estavam focados como laser em cada toque entre mim e Brooklyn. Ela ria constantemente e aplaudia sem motivo, até que percebi que nós éramos o motivo, Brooklyn e eu.

A conversa fluía ao redor da mesa, embora eu não pudesse dizer uma única coisa do que foi falado. Houve muitas risadas também, mas, de novo, eu não saberia dizer por que ou sobre o que era. Minha mente se recusava a se concentrar em qualquer coisa, exceto em sair dali e ficar a sós com Brooklyn. Na verdade, mal me lembrava de ter comido.

Um aperto firme na minha coxa me fez olhar para a mulher ao meu lado.

— Você está bem? — ela perguntou.

— Eu quero ir embora — eu disse, e aparentemente, disse mais alto do que pretendia, porque meus irmãos e meu pai começaram a rir.

De mim.

— Vão logo. A gente cuida disso. — Meu pai acenou para me dispensar, e acho que pulei da cadeira tão rápido que ela quase caiu.

— Para onde você e a Srta. Brooklyn estão indo, papai? — Clara perguntou de sua cadeira, ainda segurando o garfo.

Droga.

Se eu dissesse que estávamos indo para casa, ela iria querer ir junto? E como eu poderia dizer a ela que não estava convidada? Era a casa dela. Eu era o pai dela. Ela não podia ser proibida de estar lá.

— Seu pai e Brooklyn vão passar um tempinho juntos e sozinhos — Patrick disparou, nitidamente tentando ajudar.

— Pra fazer o quê? — ela perguntou, e ouvi Matthew abafar uma risada.

Eu lancei um olhada na direção dele e fui até onde minha filha estava, me ajoelhando de frente a ela.

— Vou levar a Brooklyn pra nossa casa e talvez assistir a um filme. Você acha isso legal? — Eu não podia mentir pra ela.

Clara acenou com a cabeça, sem parecer incomodada.

— Acho que eu e o tio Patrick vamos assistir a uma filme também. Talvez a gente possa assistir o mesmo, mas em casas diferentes. — Ela riu.

— Talvez. Seja boazinha com o seu tio, tá?

— Pode deixar. Prometo. — Ela se inclinou na cadeira e enlaçou meu pescoço. — Te amo, papai. Também te amo, senhorita Brooklyn — acrescentou sem aviso, e eu senti a sala inteira congelar.

Eu podia jurar que todo mundo ali estava segurando o fôlego.

— Também te amo — Brooklyn respondeu com tanta tranquilidade que quase cheguei a acreditar que ela amava mesmo.

Eu fiquei de pé e me virei, com os olhos arregalados conforme segurava a mão de Brooklyn e saía da casa do meu pai antes que qualquer um dissesse mais alguma coisa. Assim que saímos pela porta dos fundos, parei e segurei o rosto dela entre as mãos.

— Sinto muito por isso. Ela nunca fez algo assim antes. Você surtou? — perguntei, de pronto, e era óbvio que quem estava surtando era eu.

Brooklyn simplesmente sorriu.

— Estou bem. Ela tem um coração enorme. Não devíamos agir como se ela tivesse errado ao compartilhar seu amor por mim.

Vale a pena se apaixonar

177

Um nó se formou na minha garganta. Esta mulher me pegava constantemente de surpresa. Eu me abaixei de leve e tomei seus lábios com os meus. Seu corpo se derreteu contra o meu, e eu sabia que meus braços eram as únicas coisas que a mantinham de pé.

— Me leve para casa — ela suspirou ao mesmo tempo em que eu disse:

— Vamos sair daqui.

O percurso de volta para a minha casa levou menos de dez minutos, mas nem dava para dizer isso, a contar com meu constante estado de inquietação contra o assento, meu pau pressionando com força o zíper do meu jeans. Não importava quantas vezes eu tivesse me remexido ou tentado ajeitar a coisa, não rolava um sossego.

O cara ali embaixo sabia o que estava prestes a acontecer. Ele estava com tanto tesão quanto eu, e eu não podia culpá-lo. Toda vez que eu lançava um olhar para o banco do passageiro, para a deusa ruiva sentada ao meu lado, ela estava olhando para mim, os olhos repletos de um desejo que eu planejava manter pelo tanto que ela me permitisse.

Assim que estacionei o carro, fechei a garagem, e entrei em casa, a coisa pegou fogo. Nossas bocas se chocaram em uma troca apaixonada com línguas e dentes. Nós dois gememos. Ela se lançou nos meus braços, as pernas enlaçando minha cintura, e eu pensei que gozaria nas calças bem ali, naquele momento, como uma maldita cena de American Pie.

— Quero você pra caralho, mas nossa primeira vez não será na bancada de granito da minha cozinha — falei, beijando o pescoço cheiroso, minha língua percorrendo as linhas delicadas de seu queixo.

— E a segunda vez? — ela provocou, sua mão deslizando ao longo do meu corpo, e meus joelhos quase cederam.

— Lá em cima. Agora.

Eu dei um tapa em sua bunda, e ela começou a correr. Só quando chegou ao topo das escadas, ela parou e se virou.

— Eu só estive no quarto da Clara. Nem sei onde é o seu — ela disse, e eu a peguei no colo, segurando-a firme enquanto a levava para o meu santuário.

Coloquei-a no topo da minha cama e fiquei olhando para ela, deitada ali, até que ela começou a se mexer, desconfortável com o peso do meu olhar.

Quantas vezes imaginei essa cena? Quantas vezes desejei que ela estivesse exatamente nessa posição? Tantas que perdi a conta.

— Thomas, você não pode me olhar assim. — Ela estava desconfortável.

— Assim como? Como se eu fosse passar um tempo conhecendo cada centímetro do seu corpo? Ou como se você fosse a mulher mais linda que eu já vi e eu mal posso acreditar que você está realmente aqui?

Ela pegou um travesseiro e o colocou sobre o rosto, dizendo algo, mas estava abafado demais para entender. Eu subi na cama e me coloquei sobre ela, removendo o travesseiro lentamente enquanto me inclinava para beijar seus lábios.

— Eu sonhei com as coisas que quero fazer com esse corpo. A maneira como quero te fazer sentir. Eu não desejei ninguém por muito tempo, Brooklyn, mas não consigo parar de te desejar.

Confissões. Eu daria todas a ela, se ela pedisse.

— Eu também sonhei com este momento. — Ela mordeu o lábio inferior, como se a confissão a envergonhasse.

Esse lado mais suave de Brooklyn era adorável demais. Ela costumava ser tão falante e sarcástica.

— Se cruzarmos essa linha, estamos juntos. Estamos namorando. Você não será mais solteira. Tem certeza de que está bem com isso? — Ajustei meu corpo para tirar parte do meu peso de cima dela.

Eu sabia que estava basicamente fazendo a mesma pergunta que já tinha feito na casa do meu pai, só de outra forma, mas minhas inseguranças apareciam nas piores horas às vezes.

— Estou totalmente de acordo — ela disse docemente, e foi tudo o que eu precisava.

Comecei a beijá-la novamente, minhas mãos percorrendo as curvas de seu corpo.

Interrompendo o beijo, me movi em direção aos seus pés, tirando seus sapatos, um por um, antes de remover as meias por baixo. Suas unhas estavam pintadas de rosa, e minhas mãos começaram a massagear suavemente cada pé, aplicando pressão nos pontos certos.

Ela gemeu e sua boca se entreabriu.

— Ai, meu Deus. Isso é maravilhoso — disse ela, ofegante.

Fiquei imaginando se o babaca do ex-marido dela já havia chegado a dar uma massagem a ela antes. Decidi que ele era egoísta demais para pensar em dar prazer a ela, e então voltei ao meu trabalho.

Beijei o peito do seu pé e pressionei alguns pontos com a força adequada antes de circular a área.

Quando tentei subir mais as mãos, por baixo de seu jeans, descobri que eram justos demais.

Vale a pena se apaixonar

— Tire isso — falei, tentando abrir o botão e o zíper da calça.

Eu precisava da ajuda dela para despi-la. Ela se remexeu e contorceu conforme eu puxava a calça, minha respiração ofegante quando avistei a calcinha de renda preta e as coxas bem-torneadas.

— Você é uma deusa — elogiei, e suas bochechas ficaram coradas.

— Você meio que me faz sentir como se eu fosse uma.

— Que bom.

Voltando a arrastar as mãos pelas panturrilhas, alternei as massagens com beijos espalhados pela pele nua.

Ela tinha cheiro de baunilha, mas seu gosto era como o paraíso. Tentei de toda forma me manter calmo e focar em lhe dar prazer com as minhas mãos, porém meu olhar estava concentrado na renda preta e no que me aguardava por baixo.

Meus dedos se esgueiraram pelo comprimento da perna dela e roçaram a parte interna da coxa. Os quadris arredondados se impulsionaram para cima involuntariamente, e eu observei os olhos verdes de Brooklyn revirarem de leve. Quando toquei a parte de fora da calcinha, a boca dela se abriu na hora, e seus ofegos aumentaram à medida que ela se focava novamente em mim.

Deslizando o tecido para o lado, acariciei seu clitóris antes de enfiar um dedo dentro. Ela estava molhada pra caralho. Retirei o dedo e o coloquei na minha boca, sentindo seu sabor. Ela arfou diante do meu gesto, mas eu já tinha mergulhado de cabeça entre suas pernas, pronto para muito mais.

Eu me posicionei entre suas coxas, a calcinha ainda afastada para o lado, à medida que domava minha besta interior que tinha vontade de rasgar o tecido em um puxão só. Minha língua tocou sua boceta, e nós dois gememos ao mesmo tempo. As mãos dela vieram para a minha cabeça, os dedos me mantendo no lugar. Como se eu tivesse intenção de sair dali. Estava me banqueteando com esta mulher até que ela gozasse na minha língua.

— Seu gosto é sensacional — ofeguei e soprei o hálito quente contra seu clitóris conforme minha língua lambia seus sucos em longos, lentos e deliberados golpes.

— Minha nossa, Thomas. Bem aí. Não pare — ela implorou, os dedos cravando com força na minha cabeça.

Eu simplesmente a comi gostoso antes de adicionar um dedo ao tormento. Eu a fodi com meus dedos e língua, e pude sentir seu orgasmo se avolumando pior dentro. Sua boceta se contraiu, apertando e relaxando enquanto eu chupava seu clitóris e a lambia com vontade como se minha vida dependesse disso.

— Eu vou gozar. — A declaração veio meio gaguejante. Em sons ofegantes que me excitaram ainda mais.

Meu dedo passou a se mover mais rápido, minha língua pressionou com mais força, e eu a lambia com mais fervor.

E quando seu corpo começou a tremer e se contorcer ao meu redor, eu retirei meu dedo e segurei seus quadris com ambas as mãos para impedi-la de me afastar no processo. Eu a comi até que o tremor parou e sua respiração ofegante imperou no quarto. Era como se ela tivesse acabado de correr uma maratona.

Limpando meu rosto com as costas da mão, olhei para a mulher que me encarava de volta, o peito arfando debaixo do suéter que ela ainda estava vestindo.

— Isso foi transformador — ela disse, e eu ri enquanto me movia para me sentar.

— Mal posso esperar para fazer de novo — admiti, porque agradar Brooklyn era extremamente gratificante.

— Eu realmente gostaria de retribuir o favor. — Ela tentou me alcançar, mas eu me afastei e acabei ficando de pé ao lado da cama, em vez de onde estava deitado.

Se ela colocasse meu pau em sua boca, não haveria como eu não gozar imediatamente. Não podia deixar isso acontecer.

— Da próxima vez. — Tentei dissuadi-la, mas ela fez um bico, com o lábio inferior se projetando. — Eu preciso estar dentro de você.

— Bem, quando você diz assim... — Ela sorriu antes de mover seu corpo quase nu para fora da cama e ficar de pé comigo. — Deixe-me te ajudar a tirar isso.

Fiquei parado enquanto Brooklyn me despia, seus olhos observando meu corpo, seus lábios pressionando beijos contra meu peito e estômago enquanto ela tirava minha camisa e a largava no chão. Ela seguiu a trilha de pelos até minha calça antes de desabotoá-la e beijar perigosamente perto do "grandão".

Fazia muito tempo desde que alguém me tocava. Eu estava "namorando" a mim mesmo há anos.

Ela me mandou sentar enquanto tirava meus sapatos, seguido rapidamente pela minha calça. Então, exigiu que eu ficasse de pé, e eu obedeci como o bom garoto que era, vestindo apenas uma boxer preta.

Vale a pena se apaixonar

— Você ainda está com muitas roupas. — Eu alcancei o suéter dela e o tirei, adicionando-o à pilha de roupas que crescia no chão.

Meus olhos percorreram o corpo curvilíneo dela, seus seios fartos, cintura fina e aqueles quadris.

— Você é realmente linda, Brooklyn — eu disse enquanto a puxava para perto de mim.

Meu coração acelerou quando sua pele nua encontrou a minha. Ela era tão macia.

Minha mão acariciou suas costas e subiu por sua coluna até alcançar o sutiã, que eu desabotoei como se estivesse praticando o movimento pelos últimos vinte anos. Fiquei surpreso por ainda me lembrar de como fazer isso. Eu me inclinei, tomando um dos seus seios na boca, minha língua girando ao redor do mamilo e sugando antes de fazer o mesmo no outro.

— Thomas. — Sua voz estava ofegante novamente.

Eu não conseguia me fartar dela. Nunca me sentiria satisfeito. Caí de joelhos e finalmente tirei sua calcinha. Eu esperava que ela nunca mais usasse uma dessas enquanto eu pressionava um beijo em seu clitóris.

Ela estremeceu e deu um passo para trás antes de me repreender.

— Eu não consigo ficar de pé se você fizer isso.

— Volte para a cama então. — Apontei.

Ela se virou, com aquela bunda perfeita na minha cara enquanto rastejava de volta para a cama e esperava por mim, até que me dei conta de um fato.

— Droga. Eu não tenho uma camisinha — eu disse.

— Eu tomo anticoncepcional, se você estiver de boa com isso — ela respondeu.

Eu assenti, porque planejava ficar com essa mulher a partir daquele dia.

— Estou mais do que de boa com isso.

Tirei minha cueca boxer e observei enquanto os olhos de Brooklyn se fixavam no meu membro exposto.

— Traga isso para mim. — Ela estava praticamente salivando, e, caramba, se isso não me deixou ainda mais duro.

Subi na cama, posicionando meu corpo sobre o dela enquanto seus olhos verdes me encaravam, seu cabelo vermelho espalhado sobre meu travesseiro. Inclinando-me, beijei-a antes de seguir para seu ouvido, seu pescoço e então de volta para sua boca ansiosa. Nossas línguas se entrelaçaram, dançando juntas sem esforço, e não me surpreenderia nem um pouco se nossos corações começassem a bater no mesmo ritmo – eu me sentia conectado ao extremo com ela.

Quando a mão dela agarrou meu membro, me assustei brevemente, não esperando o contato. Mas seu toque era tão bom, seus dedos deslizando ao longo de mim enquanto me guiava até sua entrada.

— Pare de enrolar — ela disse, tentando me mover para dentro dela com avidez.

Quando a ponta do meu membro encontrou o calor de Brooklyn, eu não consegui evitar empurrar até o fim. Ela arfou com o movimento, e percebi que estava prendendo a respiração.

— Respire, querida — eu disse, e ela inspirou longa e lentamente.

Comecei a entrar e sair, tentando ao máximo manter algum controle, quando sabia que estava quase perdendo a batalha. Ela estava tão molhada e apertada, e a sensação era infinitamente melhor do que a minha mão.

Cada vez que me afundava nela, achava que seria a última. Cada estocada fazia com que ela soltasse um som de aprovação tão excitante que jurei que isso seria o que me faria perder o controle. E quando seu corpo se movia com o meu, seus quadris subindo e rebolando para me ajudar a alcançar lugares desconhecidos, eu senti que estava prestes a desmoronar.

— Querida… — murmurei, minha resistência enfraquecendo.

— Goze dentro de mim — ela implorou, suas mãos agarrando minha lombar com força.

Eu fiz exatamente o que ela pediu, meu corpo explodindo com tanta força que vi estrelas, como um personagem de desenho animado. Descendo do êxtase do meu orgasmo, ainda dei algumas estocadas antes de me afastar dela e colapsar, meu mundo ainda girando.

— Isso — eu disse entre respirações pesadas — foi pura perfeição.

— Seu pau é mágico. Eu quero isso o tempo todo — ela disse, enquanto o tocava, e eu estremeci sob seu toque, ainda sensível.

— Me dê vinte minutos, querida, e sou todo seu — eu disse com um sorriso.

Vale a pena se apaixonar

NÃO ME ACORDE

Brooklyn

Se isso fosse um sonho, eu não queria acordar. Nunca. Eu estava deliciosamente dolorida. Meus músculos doíam em lugares que eu nem sabia que podiam doer. Meu corpo havia sido adorado até o ponto da exaustão.

Fui lambida, mordiscada, chupada e tocada por todo lado. Eu não tinha ideia de que o sexo podia ser assim. Ou que eu poderia me sentir tão bonita enquanto o fazia. Thomas fez tudo parecer uma experiência nova. Eu estava maravilhada e não queria que ele parasse nunca.

Será que tínhamos dormido mais de duas horas seguidas? Eu nem sabia. Na verdade, eu nem me importava, desde que pudéssemos fazer mais.

Eu me mexi na cama, movendo o braço de Thomas que estava sobre mim, sem tentar acordá-lo. Mas quando me virei para encará-lo, vi seus olhos azuis já abertos, me encarando com um pequeno sorriso no rosto.

— Você está acordado?

— Não tenho certeza se dormi — ele admitiu, passando a mão pelo meu cabelo. — Acho que uma parte de mim pensou que você poderia desaparecer se eu dormisse.

Suspirei. Este homem era um verdadeiro sonho ambulante.

— Precisamos ir trabalhar? — perguntei.

— Hoje?

— Algum dia?

Ele riu.

— Sim, amor. Temos que trabalhar.

Ele se inclinou para frente e me deu um beijo nos lábios enquanto eu fazia beicinho, mesmo que o apelido fizesse meu coração dar voltas no peito.

— Não tenho certeza se consigo andar — eu disse rindo, mas podia sentir a dor nos meus músculos das coxas.

Thomas se espreguiçou, os músculos dos braços se flexionando com o movimento, e eu podia jurar que tinha começado a babar.

— Vou ligar o chuveiro pra você. Coloque esse corpo debaixo de água quente.

Eu arqueei as sobrancelhas para ele.

— Você vai se juntar a mim?

Ele olhou por cima do ombro.

— Não posso. Clara estará em casa em breve.

Meu corpo ficou tenso.

— Devo ir embora? Você quer que eu esteja aqui quando ela voltar?

Eu não sabia por que comecei a me preocupar. Eu adorava a adorável garotinha, mas não fazia ideia de como ser mãe, nem do que Thomas achava que seria a melhor abordagem. Tudo o que eu sabia era que não queria estragar nada.

Thomas me observou.

— Você pretende terminar comigo em breve? — ele perguntou.

Eu queria me jogar em seus braços e dizer que nunca terminaria com ele, mas me contive e canalizei minha veia sarcástica.

— Não tão cedo, cedo — brinquei, ainda sem acreditar que eu era realmente a namorada de Thomas O'Grady.

— Bem, nesse caso, acho que está tudo bem você estar aqui quando ela chegar em casa. Só vamos causar um pequeno dano quando você me largar na semana que vem.

— Ah, ótimo. Estava preocupada que pudéssemos arruiná-la para sempre ou algo assim.

Sem aviso, ele se jogou sobre mim, me prendendo debaixo de seu corpo estupidamente musculoso. Honestamente, não era confortável, mas quem se importa com conforto, afinal? Eu não. Não mais. Não agora.

Aquele corpo era meu para desfrutar. Com toda a escalada que viesse junto.

— Nós não vamos terminar, só para você saber. — Ele me deu um rápido beijo na ponta do nariz. — Mas vou fingir que está em jogo, se isso te deixar mais confortável e menos propensa a fugir.

Vale a pena se apaixonar

Eu lutei para formular a resposta perfeita, mas ele saiu da cama e foi em direção ao banheiro, ainda completamente nu, antes que eu pudesse dizer algo. Sua nudez arruinou minha capacidade de pensar direito. Ouvi a água ser ligada e mal podia esperar para colocar meu corpo debaixo daquela água quente.

Joguei as cobertas de lado, pisei no chão e estiquei os braços acima da cabeça. E quando tentei dar alguns passos, comecei a rir da dor literal que eu sentia.

As pessoas falavam sobre ficar dolorida depois do sexo ou sentir como se tivessem cavalgado a noite toda, mas eu nunca havia relacionado a nada disso. Pelo menos, não nesse nível. Eu finalmente sentia que fazia parte de algum clube secreto – o tipo de clube em que você precisa de uma massagem corporal completa para relaxar depois de toda a "malhação" que fez na noite anterior.

Quando finalmente consegui entrar no banheiro, Thomas estava lá, com uma das mãos embaixo da ducha, testando a temperatura da água, enquanto a outra ajustava a alavanca.

— Deve estar bom. — Ele se afastou e me observou nua com um olhar ardente.

Normalmente, eu me sentiria um pouco desconfortável, parada ali completamente nua, pensando em todas as minhas imperfeições e nas coisas que não estavam exatamente dentro dos padrões de modelo, mas Thomas me fazia sentir de outra maneira.

— Vá colocar uma roupa. Você não pode simplesmente andar por aí parecendo um deus e me olhar desse jeito, e esperar que eu não pule em cima de você — avisei enquanto entrava no chuveiro logo depois de prender o cabelo em um coque bagunçado no alto da cabeça.

Assim que a água quente atingiu meus ombros, gemi de prazer com o calor e a sensação. A pressão da ducha estava deliciosa.

— Brooklyn... — Thomas rosnou, mas eu já não conseguia mais vê-lo. As portas de vidro haviam embaçado, escondendo-o de vista.

Eu soube que ele saiu porque ouvi a porta do boxe se fechar suavemente. Fiquei ali, deixando a água quente bater nas minhas costas antes de me virar para que ela atingisse a parte da frente do meu corpo também. E quando a porta do boxe se abriu mais uma vez, eu ia perguntar a Thomas se estava tudo bem, mas ele entrou no chuveiro antes que eu tivesse a chance.

Meus olhos desceram para o peito dele e seguiram para baixo.

— Achei que Clara estivesse voltando para casa?

— Ela está. — Ele se aproximou. — Patrick disse que eles sairiam em dez minutos.

— Dez minutos? — Eu ri. — Pelo que me lembro, você não faz nada em dez minutos.

— Achei que valia a tentativa, já que tudo o que faço quando estou neste chuveiro é fantasiar sobre te comer bem aqui.

Engoli em seco.

— Você pensou em mim?

— Desde o dia em que você aceitou o emprego. Você e essa sua boca — ele disse.

Sorri com o que ele havia admitido. Eu adorava saber disso.

— Então, com o que você fantasiava? — provoquei, minha curiosidade me dominando.

— Com você. Assim. — Ele girou meu corpo e me empurrou em direção ao banco embutido no chuveiro.

Colocando uma mão nas minhas costas, ele me empurrou até eu estar inclinada, com a bunda para cima, as mãos segurando o mármore.

— Segure-se, amor — ele avisou enquanto se colocava dentro de mim por trás e começou a se mover como se fosse um carpinteiro martelando um pedaço de madeira.

Entre a água quente escorrendo por nós e Thomas se movendo dentro e fora de mim, a fricção acelerou o orgasmo mais rápido do que eu esperava. Para nós dois, aparentemente. Quando terminou, forcei meu corpo a ficar ereto e me virei para encarar o homem por quem eu já tinha sentimentos muito fortes. Thomas me beijou, despejando todas as suas emoções não ditas naquele beijo. Estávamos conectados de uma maneira que eu não conseguia explicar e nem queria analisar demais.

— Acho que você consegue fazer algo em menos de dez minutos — eu disse depois que nos separamos.

— Não se acostume com isso — ele disse, me beijando novamente antes de sair do chuveiro e se enrolar em uma toalha.

Fiz o mesmo, não querendo estar nua e no chuveiro quando Clara chegasse em casa. Eu tinha acabado de colocar as mesmas roupas que usei no jantar da noite anterior quando ouvi a porta da frente se abrir e a vozinha de Clara gritar lá de baixo.

— Papai! Cheguei!

Vale a pena se apaixonar

187

— Estamos no andar de cima! — ele gritou de volta, e não me passou despercebido o jeito como ele disse "estamos".

Clara entrou correndo no quarto, seus olhos se arregalando quando me viu.

— Senhorita Brooklyn! Você ainda está aqui?

— Ainda estou aqui — eu disse, imitando seu tom, enquanto ela corria para mim de braços abertos, e eu me abaixei para dar-lhe um abraço.

— Você também fez uma festa do pijama? — ela perguntou depois de me soltar.

Lancei a Thomas um olhar que mostrava minha incerteza sobre como responder, mas ele me deu um sutil aceno de cabeça, indicando que estava tudo bem dizer a verdade.

— Sim, fiz. Mas sentimos sua falta.

— Tudo bem. Podemos fazer outra festa do pijama juntas. Certo, papai?

— Claro — ele disse, pegando-a no colo para um abraço. — O tio Patrick está lá embaixo?

Ela balançou a cabeça.

— Não. Ele teve que ir construir o celeiro.

— Como foi sua noite? — ele perguntou enquanto a colocava no chão.

— Jasper dormiu no meu quarto comigo. Na minha cama. — Ela cobriu a boca como se isso pudesse ser algo errado. — Eu o amo.

— Parece que ele também te ama — Thomas disse suavemente. — Vá se arrumar para a escola. Temos que levar a Senhorita Brooklyn para casa no caminho.

— Por quê? — ela perguntou, inclinando a cabeça para o lado.

— Ela precisa do carro dela — ele disse, e Clara olhou para mim, assentindo como se entendesse.

— E para trocar de roupa — sussurrei assim que Clara saiu correndo.

E assim, nós três entramos em uma rotina que não só parecia normal, mas também confortável. Isso não deveria ser um pouco mais difícil de me ajustar? Eu não deveria me sentir mais como uma intrusa na dinâmica já firmemente estabelecida deles?

Tudo o que eu sabia era que eu não me sentia deslocada. Eu me sentia desejada. E incluída. Deveria ser estranho, mas não era. E isso deveria me assustar ... mas não assustava.

UM ATIVO DE VERDADE

Brooklyn

Eu estava perdida em um mar de e-mails há dias. Como se Sugar Mountain já não trouxesse dólares suficientes com o turismo durante os meses de inverno e verão, a adição do nosso celeiro para casamentos iria levar isso a outro nível completamente. Até eu tinha que admitir que era impressionante ver como um único novo edifício para eventos alterava toda a dinâmica da cidade.

Tudo o que precisou foi de um artigo bem escrito publicado online, e os e-mails começaram a chegar em massa. Mesmo estando a meses da possível inauguração oficial, isso seria enorme para o resort. E para a cidade.

Eu tinha acabado de enviar o que parecia ser a minha quinquagésima resposta do dia quando ouvi alguém andando rapidamente pelo corredor.

— Brooklyn — disse Thomas enquanto colocava a cabeça na porta do meu escritório e batia ao mesmo tempo.

— Entre.

Ele parecia tão estressado ao fechar a porta que meu coração começou a bater acelerado.

— O que houve? Clara está bem?

— Sim. Ela está bem, mas meus irmãos e eu temos aquela reunião com meu pai para discutir as acomodações extras que queremos construir quando o celeiro abrir. Essa reunião está marcada há semanas. Eu não quero adiá-la, mas a Sra. Green está doente de novo.

Ele parecia tão aflito, e meu homem normalmente era tão composto.

— Ah, não. De novo? Coitada. Você quer que eu vá buscar Clara na escola? — Abri a gaveta de baixo e comecei a pegar minha bolsa.

Thomas parecia hesitante, como se tivesse medo de me pedir essa tarefa simples, mesmo que fosse exatamente o motivo de ter vindo até mim.

— Eu sei que isso não é sua responsabilidade. E eu não deveria te pedir...

— Thomas — eu disse, baixinho, esperando acalmar a tempestade que estava acontecendo dentro da cabeça dele. — Estamos juntos agora. Claro que vou buscar Clara. Eu a buscaria mesmo se não estivéssemos namorando.

Ele se aproximou da minha mesa e plantou um beijo suave nos meus lábios.

— Você é a melhor. Obrigado.

— Preciso fazer algo? Eles vão deixá-la sair comigo? — perguntei, assumindo que havia algum tipo de regra sobre esse tipo de coisa. Ninguém deveria simplesmente poder entrar na escola e tirar uma criança de lá.

— Vou ligar para eles agora. E vou te recompensar mais tarde. — Ele piscou antes de sair apressado, e eu imediatamente comecei a lembrar das cenas da nossa noite juntos. Sabia que a maneira de Thomas me "recompensar" seria muito satisfatória.

— Thomas, espera! — gritei, e ele parou antes de olhar por cima do ombro para mim. — Boa sorte com seu pai. Diga a ele que precisamos dos chalés. Quantos ele nos deixar construir — eu disse com um sorriso.

Ele havia pedido minha opinião sobre as acomodações extras, e quando me contou a ideia de Patrick de construir vários chalés independentes em vez de outro prédio de hotel, eu concordei totalmente. O resort definitivamente tinha terra suficiente para que os chalés não tirassem o charme do lugar; na verdade, só acrescentariam a ele e pareceriam que sempre estiveram ali, se fossem bem construídos. Eu disse a ele que a ideia de Patrick era brilhante e que a maioria dos hóspedes preferiria isso a um quarto de hotel.

Isso também resolveria muitos problemas potenciais no futuro. E embora houvesse outros lugares para se hospedar em Sugar Mountain, fazia sentido tentar mantê-los na propriedade, se possível. Eu esperava que os rapazes convencessem o Sr. O'Grady a aceitar.

Sorrindo para mim mesma, coloquei a bolsa no braço e saí do resort com as chaves do carro na mão. Dirigi a curta distância até a escola de Clara e fiz uma nota mental para pegar o número de telefone da Sra. Green com Thomas, para que eu pudesse saber como ela estava. Eu sabia que ela morava sozinha, mas não queria que ela se sentisse sozinha.

190   J. STERLING

Olha só para mim, já me integrando na vida dos O'Grady como se já fosse uma deles.

Quando entrei no escritório, tive que mostrar minha identidade e assinar três formulários diferentes. Eu não fazia ideia do que diziam, porque não me importei o suficiente para ler. Quando a funcionária me deu as direções para a sala de aula de Clara, fui andando pelo longo corredor, aproveitando para olhar todas as decorações nas portas e os perus desenhados à mão que estavam pendurados no teto.

Eu nunca tinha percebido o quão alegres as escolas primárias eram. O ensino médio não tinha os desenhos, pinturas e notas coloridas te dando boas-vindas. Era como se, uma vez que você saísse da escola primária, toda a alegria fosse sugada. Nada mais de diversão. Nada mais de cor. Tudo precisava ser tão sério o tempo todo.

Quando cheguei ao número da sala de aula certa, espreitei para dentro e vi Clara e alguns outros alunos sentados no chão, jogando algum jogo. Ao abrir a porta, senti uma onda de orgulho ao observá-la, completamente alheia ao fato de que eu havia entrado.

— Quem é você? — Uma mulher, que deduzi ser a professora de Clara, se aproximou de mim com um olhar pouco amigável.

— A Princesa do Waffle, senhorita Brooklyn, está aqui! — Clara gritou enquanto corria para os meus braços e pulava neles para um abraço. — Você veio me buscar hoje?

— Vim, sim — respondi rapidamente, colocando-a no chão.

Crianças eram pesadas. Por que todo mundo sempre agia como se elas não pesassem nada ao pegá-las no colo?

Virei-me para a professora dela, que ainda me encarava como se eu tivesse roubado sua lancheira ou algo igualmente ofensivo.

— Quem você disse que era? — ela perguntou novamente.

— Eu não disse. Eu trabalho com o pai da Clara no resort.

— Ah. — Ela, de repente, parecia aliviada. — Por um segundo, achei que você pudesse ser... — Ela parou, deixando as palavras no ar.

— Achou que eu pudesse ser o quê, senhorita Shooster? — Clara perguntou, com sua mente inquisitiva trabalhando a todo vapor enquanto aguardava a resposta da professora.

— Sim, senhorita Shooster. Achou que eu pudesse ser o quê? — Eu pressionei, porque não gostei da vibração que essa mulher estava transmitindo, e eu mal a conhecia.

Vale a pena se apaixonar

— Achei que você pudesse ser a namorada de Thomas, mas isso é ridículo — ela disse em um tom para o qual eu não tinha palavras, e senti minha irritação aumentar.

— Ela é a namorada do meu papai, senhorita Shooster — Clara se gabou. Ela parecia tão orgulhosa e tão feliz que meu coração se encheu de alegria.

— Ah. Bem, entendo. — Os olhos dela me analisaram dos pés à cabeça, como se eu fosse de alguma forma indigna da atenção de Thomas.

— Vá pegar suas coisas, Clara — eu disse com um sorriso, e ela correu para buscar suas coisas onde quer que estivessem guardadas.

— Eu achava que Thomas não namorava — disse a professora, balançando a cabeça como se não conseguisse entender o conceito.

— Acho que ele só não queria namorar você — respondi, dando de ombros, sabendo que era uma coisa muito rude de se dizer, mas simplesmente não consegui me controlar.

Clara voltou ao meu lado naquele momento, estendendo a mão para segurar a minha.

— Pronta? — Olhei para ela, e ela sorriu.

— Pronta — respondeu ela, me puxando em direção à porta, sem dizer tchau à professora. Estávamos no corredor vazio quando ela disse:
— Acho que a senhorita Shooster gosta do meu papai.

— Você quer que ela goste do seu papai? — perguntei, antes de desejar não ter feito essa pergunta.

Eu precisava me lembrar de que Clara não era uma adulta com quem eu podia ter conversas de gente grande, embora ela agisse assim às vezes, sempre tão observadora e inteligente.

Ela fez uma careta e balançou a cabeça.

— Não. Eu quero que você goste tanto do meu papai que se case com ele.

— Você quer mesmo? — sussurrei, inclinando-me enquanto nossas mãos ainda estavam entrelaçadas.

— Aham. — Ela assentiu. — Eu gostaria que você fosse minha mamãe um dia.

Clara disse essas palavras de forma tão simples e doce que meus olhos começaram a encher de lágrimas. As emoções me pegaram de surpresa, e eu rapidamente limpei os olhos para que as lágrimas não caíssem de fato.

— Oh. — Eu não fazia ideia do que dizer. Qual era a coisa certa a dizer? O que seria apropriado?

Ela parou de andar e soltou minha mãozinha. Quando olhei para ela, sua boca estava franzida de preocupação.

— Você não quer ser minha mãe? Eu nunca tive uma mãe de verdade antes. Acho que você seria uma boa mãe.

— Oh, Clara. Eu adoraria ser sua mãe um dia, mas não depende só de mim — tentei explicar, mas senti que essa era uma conversa que eu não deveria estar tendo sem Thomas presente.

— Vou perguntar ao meu papai então. Provavelmente depende dele, né? —

E assim, ela ficou bem de novo. Quaisquer preocupações que ela pudesse ter tido desapareceram tão rápido quanto surgiram.

Depois que eu a coloquei no banco de trás e a prendi no cinto de segurança, mandei uma mensagem para Thomas, avisando que eu a tinha pegado e que estávamos voltando. Não esperava uma resposta, então coloquei o telefone na bolsa e liguei o carro.

— Estamos indo para o seu trabalho e do papai? — Clara perguntou do banco de trás.

— Isso mesmo.

— Meu vovô está lá?

— Está. Acho que ele ainda está em uma reunião com seu pai e seus tios, no entanto.

Olhei pelo retrovisor e vi Clara se mexendo um pouco no banco.

— O vovô disse que eu tenho que ir direto para o escritório dele sempre que eu chegar, então temos que fazer isso primeiro, tá bom?

— Claro. Mas se eles ainda estiverem trabalhando, talvez não possamos interromper — tentei explicar, mas sabia que aqueles homens parariam o mundo se essa menina pedisse.

— Tá bom. Mas aposto que o vovô vai querer me ver. Eu sou a favorita dele. Ele me diz isso o tempo todo. — Ela riu para si mesma enquanto eu estacionava na garagem no subsolo e procurava um lugar perto dos elevadores.

— Acho que você está certa — concordei enquanto desligava o carro e saía.

Pegamos o elevador, e assim que as portas se abriram, Clara saiu correndo, sua pequena mochila balançando em suas costas a cada passo.

— Vamos, Princesa do Waffle! — ela gritou para mim enquanto eu andava rápido para tentar acompanhá-la, mas ela era rápida.

Quando cheguei ao escritório do Sr. O'Grady, já era tarde demais. Clara abriu a porta sem pedir e entrou de uma vez, sem ser anunciada. A assistente dele me lançou um olhar, e eu murmurei um pedido de desculpas.

Vale a pena se apaixonar

Os quatro homens se transformaram em um caos, cada um disputando a atenção dela, todos gritando perguntas ao mesmo tempo. Era hilário de assistir.

— Desculpem, pessoal, mas tudo o que ela queria era ver vocês, — ofereci com um encolher de ombros antes de perceber Jasper sentado no canto como um bom garoto.

— Ela é a melhor distração — Sr. O'Grady sorriu. — Mas, Clarabel, estávamos terminando nossa reunião.

— Eu sei. A senhorita Brooklyn disse que vocês estavam em uma, mas eu não me importei — ela admitiu sinceramente, e eu ri alto.

— Você não se importou? — Matthew perguntou, fingindo estar completamente chocado.

— Não — ela respondeu sem um pingo de arrependimento. — Eu queria ver vocês. E o vovô me disse para sempre vir direto para o escritório dele. Eu fiz o que me mandaram.

Eles começaram a gritar e rir, todos falando ao mesmo tempo, tanto que eu não conseguia entender uma única palavra até o Sr. O'Grady levantar a mão e exigir que todos parassem.

— Na verdade, estou feliz que você esteja aqui, Brooklyn. Posso pedir sua opinião sobre o assunto que estamos discutindo? Profissionalmente falando — Sr. O'Grady disse, focando seus olhos azuis em mim.

— Claro — respondi, esperando que minha voz não soasse tão surpresa quanto eu me sentia.

— Qual sua opinião sobre os chalés em vez de uma nova estrutura única? — Ele cruzou as mãos e esperou pela minha resposta.

Olhando ao redor da sala, vi que todos os olhos estavam focados em mim. Nenhum dos irmãos parecia incomodado por eu ter sido questionada, e Thomas parecia completamente à vontade enquanto segurava Clara no colo, me lançando um sorriso torto.

Pigarreei enquanto organizava meus pensamentos.

— Acho que os chalés fazem mais sentido a longo prazo. Um novo prédio pode ter mais quartos no total, mas eles não terão o charme que os chalés podem oferecer. No meu ponto de vista, as pessoas estão se afastando da experiência padrão de hotel e buscando mais aquela sensação de "lar" enquanto estão de férias ou participando de eventos que duram mais de um ou dois dias. Os chalés darão a eles um tipo diferente de conforto do que já oferecemos. Ter essa opção só trará mais receita para nós e para nossos resultados financeiros.

O Sr. O'Grady sorriu assim que terminei.

— Parece que estamos todos de acordo, então. Obrigado, Brooklyn. Você é um verdadeiro ativo para o resort.

— E para a família — Matthew acrescentou rapidamente enquanto se levantava da cadeira e me puxava para um abraço, me pegando de surpresa enquanto Jasper latia.

— Sai de perto da minha mulher — Thomas rosnou, e Matthew me soltou. — Você é um ativo em todos os sentidos, querida.

Thomas me deu um beijo nos lábios na frente de toda a sua família. No trabalho. Senti minhas bochechas ficarem vermelhas.

— Conseguimos os chalés então? — perguntei, sem perceber o quão alto tinha falado.

— Conseguimos os chalés! — Esse foi Patrick. Ele parecia satisfeito.

— Acho que você tem muito trabalho a fazer — eu disse, lançando um olhar para ele, porque essa era a ideia dele, e a equipe dele seria a responsável por toda a construção, além de terminar o celeiro. Parecia muito trabalho para mim.

— Não é como se eu tivesse outra coisa para fazer — ele disse, e, mesmo que ele não tenha pretendido que soasse tão triste, ainda saiu dessa forma.

— Podemos sempre fazer outra festa do pijama — Clara interveio, claramente percebendo a mesma coisa que eu.

— A qualquer momento, princesa — ele disse, dando um tapinha na cabeça do seu cachorro. — Vamos, Jasper.

— Para onde você vai? Posso ir junto? — Clara perguntou, e eu segurei sua mão para impedi-la de correr atrás do tio.

— Que tal vir comigo primeiro, e depois vamos visitar seu tio Patrick mais tarde? Eu poderia precisar da sua ajuda para decorar — eu disse, e os olhos dela brilharam enquanto Patrick saía do escritório com seu cachorro logo atrás.

— Eu adoro te ajudar a decorar! Eu sempre tenho as melhores ideias, né? Você disse isso uma vez, lembra?

— Claro que lembro. Você definitivamente tem as melhores ideias. Você é muito criativa — elogiei, esperando que estivesse contribuindo para que ela tivesse uma autoestima e confiança saudáveis.

— Está tudo bem, papai? — Ela se virou para o pai, mas não soltou minha mão.

— Claro. Fique com a Brooklyn, mas não saia por aí nem se esconda — ele avisou, porque ela ainda tinha o hábito de fazer ambos quando estava aqui.

Vale a pena se apaixonar

— Eu vou cuidar dela — tentei tranquilizá-lo, mas, às vezes, Clara podia ser sorrateira. Ela já tinha sumido uma vez comigo, mas eu a encontrei no banheiro, lavando as mãos.

— Eu vou ficar com a senhorita Brooklyn porque quero que ela seja minha mamãe um dia — ela soltou, de repente.

Se eu achava que minhas bochechas tinham esquentado antes quando Thomas me beijou, agora elas estavam em chamas.

— Você quer mesmo? — Thomas perguntou, com um tom completamente calmo e tranquilo, o oposto de como eu me sentia no momento.

— Acho que ela seria uma boa mamãe. Não acha, papai? Mas ela disse que não depende só dela. Então isso significa que depende de você.

— O que trouxe tudo isso à tona? — Ele me lançou um olhar que mostrava que estava gostando muito da situação.

— A senhorita Shooster gosta de você — Clara disse, e eu notei que a expressão de Thomas mudou instantaneamente para algo que parecia desgosto.

— Sim, obrigado pelo aviso sobre ela — acrescentei, lançando meu próprio olhar, esquecendo completamente que Matthew e o Sr. O'Grady ainda estavam na sala, ouvindo.

— Desculpe por isso. Eu esqueci de te avisar — Thomas se desculpou. — Quão desagradável ela foi?

— Nada que eu não pudesse lidar — respondi com um tom que indicava que eu havia vencido aquela batalha particular e que não teria problema em fazê-lo de novo.

— Mal posso esperar para ouvir tudo mais tarde. — Ele me deu outro beijo. Na frente de seu pai, seu irmão e sua filha.

Se estávamos tentando manter nosso relacionamento em segredo no trabalho, estávamos fazendo um péssimo trabalho. Não que tivéssemos falado sobre isso. Achei que Thomas queria que todos soubessem que estávamos juntos. E com a doce declaração de Clara flutuando entre nós, senti que não podia culpá-lo.

Eu também queria que todos soubessem.

O TEMPO VOA... COMO UM PERU

Thomas

As semanas pareciam voar. Era como se, no segundo em que Brooklyn entrou em nossas vidas, o tempo acelerasse um pouco. Ou talvez meus dias tivessem se tornado tão agradáveis que pareciam passar mais rápido de alguma forma.

Nós havíamos nos encaixado em uma rotina fácil. Uma em que Brooklyn dormia na nossa casa quase todas as noites, e Clara nos acordava todas as manhãs se aconchegando na cama entre nós com o maior sorriso no rosto.

Eu nunca tinha permitido a mim mesmo desejar esse tipo de coisa. Parte de mim nunca acreditou que isso fosse possível. Tudo isso mudou quando uma ruiva de língua afiada entrou na minha vida e conquistou meu coração.

— Achei que já tinha tudo de que precisava — eu disse uma noite depois de me fartar em seus países baixos. Era minha atividade noturna favorita.

— O quê? — ela perguntou, ofegante, ainda brincando com meu cabelo.

— Eu realmente achava que era feliz. Quero dizer, feliz o suficiente. Eu estava contente. Mas então você apareceu, e eu soube que nunca ficaria satisfeito se não tivesse você na minha vida.

Foi uma confissão intensa, mas eu sabia que ela podia lidar com isso. Eu me apaixonei primeiro. Nós dois sabíamos disso. Eu não tinha medo de admitir.

— Eu estava com medo do jeito que você me fazia sentir — ela disse, e notei que seus olhos começaram a ficar marejados. — Porque toda vez que eu olhava pra você ou Clara, eu queria estar na sua vida também. Mas eu não entendia como podia me sentir assim quando mal conhecia vocês dois.

— O amor não é lógico, querida — eu disse, jogando a palavra "amor" para testar o terreno.

Se ela surtasse e tentasse fugir, eu a perseguiria até o fim do mundo. Não havia como deixar essa mulher ir embora sem lutar muito.

— Você está tentando me dizer algo sem realmente dizer? — Seu sorriso se transformou em um meio sorriso.

— Não quero te assustar.

— Você não pode mais me assustar. Estou totalmente dentro, querido — ela disse enquanto se inclinava para me beijar nos lábios. Eu sabia que eles ainda tinham o gosto dela, mas ela não parecia se importar.

— Eu te amo. — Meu coração estava disparado no peito enquanto eu tentava me convencer de que ficaria bem se ela não dissesse as palavras de volta, mas eu sabia que era mentira.

— Eu te amo também.

— Você é o nosso futuro. Eu vejo isso com tanta clareza. — Eu queria que ela soubesse exatamente o quão fortes eram meus sentimentos por ela.

— E se eu for uma mãe ruim para a Clara? — ela perguntou, e eu amava o fato de que ela pensava na minha filha e a levava em consideração.

— Você nunca seria. Eu nem sei o que estou fazendo metade do tempo, mas eu dou um jeito. Podemos descobrir juntos. Eu nunca pensei que teria uma parceira. Agora, não consigo imaginar minha vida sem você.

— Eu sinto exatamente o mesmo. Nunca foi assim para mim com o Eli. Eu nunca me senti parte de uma equipe. Mesmo quando eu era casada, me sentia muito sozinha.

Ela já estava no ponto em que conseguia falar sobre seu ex-marido sem que a emoção bloqueasse sua voz. Quase como se estivesse contando uma história que aconteceu com outra pessoa, e não com ela. Tudo o que eu queria era que ela fosse feliz.

Comigo.

— Você nunca estará sozinha de novo — eu disse enquanto me jogava de volta debaixo das cobertas, querendo mostrar o quanto eu apreciava o fato de ela nos escolher.

E quando ela chegou ao clímax na minha língua, joguei as cobertas de lado e me virei de costas, pronto para escorregar para dentro dela. Ela me cavalgou até que nós dois nos desfizemos, nossos corpos suados e pegajosos.

Quando ela deitou a cabeça sobre meu peito, se mexeu algumas vezes até finalmente ficar confortável.

— Como uma rocha, O'Grady. Como uma maldita rocha.

Eu ri e observei sua cabeça balançar com o movimento.

— Desculpe. Vou começar a relaxar agora que você está toda comprometida.

Ela levantou a cabeça e me encarou.

— Nem pense nisso.

— Eu sabia que você gostava.

O jantar de Ação de Graças na casa do meu pai era praticamente uma tradição em nossa família. Não era como se tivéssemos outras opções, a menos que quiséssemos almoçar cedo no Main Street Diner antes que eles fechassem para a noite. Mas não fazíamos isso há anos. Não desde que Clara nasceu.

— Sven e Lana vêm? — gritei para Brooklyn, que estava fazendo a maquiagem no banheiro.

Ela sempre fazia o *Friendsgiving* com sua melhor amiga desde que seus pais se mudaram para a Flórida, e eu não queria estragar a tradição dela, então pensei que poderíamos combinar as duas.

— Quanto mais, melhor — meu pai disse, e eu não poderia concordar mais.

— Eles não podem vir. Este ano, havia mais pessoas sem família, então Lana está recebendo todos na casa dela. Eu não queria convidar doze pessoas para a casa do seu pai.

Okay, doze estranhos talvez fosse uns dez a mais do que o ideal.

— Parece bom. Lana e Sven sabem que são sempre bem-vindos, certo? — perguntei de novo porque não queria que Brooklyn sentisse que precisava abrir mão de algo para estar comigo.

Ela saiu do banheiro, o rosto delineado com diferentes tons e listras, e eu me segurei para não perguntar o que diabos ela estava fazendo consigo mesma.

— Eles sabem. E eu sei. Obrigada por incluí-los.

— O que está acontecendo aí? — Fiz um círculo no ar em direção ao rosto dela.

Tudo bem, aparentemente, eu não consegui me segurar.

— Isso se chama contorno e iluminação. Não se preocupe com isso, meu querido.

Clara entrou correndo no quarto e começou a pular na cama.

— Senhorita Brooklyn, eu quero contorno e iluminação também!

Os olhos de Brooklyn encontraram os meus e ficaram fixos.

— Acho que podemos fazer isso.

Ela me deu um olhar que me avisava para não dizer não, mesmo que meu estômago estivesse revirando.

Eu odiava maquiagem.

— Vou descer — murmurei.

— Não. Fique. Entre aqui — Brooklyn exigiu.

Eu não fazia ideia do porquê ela queria me torturar desse jeito; me forçar a assistir minha filha se encher de maquiagem e parecer muito mais velha do que realmente era não era a minha ideia de diversão.

Brooklyn esperou que eu me juntasse a elas no banheiro antes de me dar um beijo na bochecha.

— Você está sendo um bom esportista — ela disse, antes que eu revirasse os olhos e resmungasse baixinho. — Vou esfumar minha maquiagem rapidinho, e depois faremos a sua, tá bom? — Brooklyn disse para minha filha, que a observava com total atenção.

E como eu não tinha a menor ideia do que aquilo significava, fiquei observando também. Brooklyn pegou uma coisa estranha em forma de ovo e começou a pressioná-la por todo o rosto, e antes que eu percebesse, as linhas marcadas desapareceram, e seu rosto parecia normal de novo.

— Sobe aqui. — Brooklyn deu um tapinha no balcão, e Clara subiu.

Observei enquanto ela desenhava linhas muito mais leves no rosto de Clara antes de usar o mesmo objeto em forma de ovo para esfumar tudo, fazendo as linhas desaparecerem, assim como haviam desaparecido na pele dela.

Notei a diferença no rosto da minha filha instantaneamente. De repente, suas bochechas gordinhas pareciam mais definidas, e havia uma cor nelas que normalmente não existia. Brooklyn acrescentou um pouco de brilho labial claro e, *voilà*, minha filha se transformou em uma adolescente em menos de dez minutos.

Clara se virou para encarar seu reflexo e fez um som que eu nunca tinha ouvido antes.

— Estou tão linda.

— Você está. Com ou sem maquiagem. Igual à sua mãe — Brooklyn disse com um sorriso.

Eu me perguntava como diabos tínhamos tido tanta sorte.

Foi uma coisa gentil de se dizer, de até mesmo pensar.

— Posso te mostrar uma coisa, senhorita Brooklyn?

— Claro — ela respondeu, e nós dois observamos enquanto Clara pulava do balcão e saía correndo.

— Ela se parece tanto com Jenna — murmurei quando ficamos a sós.

Brooklyn assentiu.

— Eu estava pensando exatamente a mesma coisa.

— Isso é estranho pra você? Desconfortável de alguma forma? — perguntei, porque não falávamos muito sobre Jenna, exceto naquela noite.

— Não. Eu me sinto mal que Clara nunca conheceu a mãe. E não quero que ela a esqueça também. Se fosse eu, eu gostaria de ser lembrada.

— Então, as fotos pela casa não te incomodam? — Eu queria perguntar isso antes, mas nunca parecia o momento certo. O assunto teria surgido do nada e soado forçado ou estranho.

— De jeito nenhum. Honestamente, pensei que sentiria mais ciúmes, o que sei que soa irracional e imaturo, mas eu não me sinto assim. Como eu disse, acho importante que Jenna seja lembrada e que Clara saiba que a mãe a amava e a queria.

— Obrigado — eu disse antes de cobrir sua boca com a minha, até que Clara pigarreou.

— Oi. Esta é minha foto favorita da minha mãe de verdade. — Clara empurrou a foto emoldurada de Jenna, que ela guardava em seu quarto, na direção de Brooklyn.

Brooklyn a pegou com uma mão e sorriu.

— É uma foto muito bonita.

— Vê o batom dela? — Clara apontou para os lábios rosados e brilhantes de Jenna.

— Vejo.

— É o meu favorito, e você fez meus lábios ficarem iguais aos dela. Obrigada — ela disse antes de pegar a foto de volta, e uma ideia me veio à cabeça.

— Clara, você pode segurar a foto ao lado do seu rosto para eu tirar uma foto para o vovô e a vovó? — perguntei, referindo-me aos pais de Jenna.

Vale a pena se apaixonar

201

Isso seria uma boa surpresa para eles em um dia que eu sabia que ainda era cheio de sofrimento. Os feriados tendiam a ser os piores quando se estava sentindo a falta de alguém.

Ela fez o que eu pedi, com um grande sorriso, e eu mandei a foto para ambos, esperando que isso os alegrasse, antes de Clara desaparecer novamente, provavelmente para devolver a foto ao seu quarto.

— Se minhas garotas finalmente estão prontas para ir, vocês sabem que o vovô e os tios estão nos esperando — anunciei, porque já estávamos definitivamente atrasados.

— Estou pronta. — Clara pulou e correu ao redor. — Jasper vai estar lá, né?

— Acho que o tio Patrick não vai a lugar nenhum sem aquele cachorro mais.

— Assim como o tio Matthew não vai a lugar nenhum sem cerveja — Clara disse antes de começar a rir, sabendo que estava dizendo algo travesso.

— Não se esqueça das tortas — Brooklyn gritou enquanto todos desciam as escadas.

Se ela não tivesse mencionado, eu definitivamente teria esquecido. Fui rapidamente até a cozinha, abri a geladeira, peguei as duas caixas da *The Sweet Life Bakery*, e segui minhas meninas até a garagem.

— Vamos comer! — gritei.

As duas repetiram minhas palavras, e eu me perguntei como minha vida poderia ficar melhor do que estava agora.

AGRADECIDA POR ESSA FAMÍLIA

Brooklyn

Entrei na casa do Sr. O'Grady e instantaneamente me senti parte da família. A última vez que estive aqui foi um pouco caótica, para dizer o mínimo. Thomas e eu fizemos uma cena, saímos irritados, nos beijamos e depois declaramos que éramos um casal antes de irmos embora.

Desta vez foi diferente. Todos os homens O'Grady já estavam na casa, divididos entre a cozinha e a sala de estar, que estava transmitindo um jogo de futebol tradicional do Dia de Ação de Graças, cada um com uma cerveja por perto.

— Sr. O'Grady, posso ajudar? — ofereci enquanto entrava na cozinha e colocava as tortas na geladeira.

— O que você trouxe? — ele se virou e perguntou, seus olhos azuis brilhando. Ele havia dado a todos os seus filhos esses olhos.

— Tortas da *Sweet Life*. Abóbora e maçã crocante.

— Eles realmente fazem as melhores sobremesas. — Ele piscou antes de voltar sua atenção para a tarefa à sua frente, que incluía uma batedeira de mão e a maior panela que eu já tinha visto na vida.

— O que você está fazendo? — Tentei espiar por cima do ombro dele, mas ele ficou na ponta dos pés e bloqueou minha visão, movendo os ombros toda vez que tentei me posicionar ao redor dele.

Eu já tinha visto o Sr. O'Grady no resort centenas de vezes, mas ele nunca tinha sido brincalhão. Eu gostei desse lado dele. Era doce e inesperado.

— Estas são minhas batatas amassadas secretas, mulher. Saia antes que você roube minha receita. — Ele apontou para a outra sala.

— Não se deixe enganar por ele. — Matthew apareceu de repente e me puxou para um abraço. — Ele roubou a receita da Addison e agora afirma que é dele.

Ao ouvir o nome dela, ouvi uma cadeira ranger contra o chão de madeira. Olhando em direção ao som, vi Patrick tentando esconder o que parecia ser aflição. Tentei mudar de assunto, porque só de ver a expressão no rosto dele, meu coração doía por ele.

— Esqueci de perguntar, o que a Sra. Green faz no Dia de Ação de Graças? — De repente, me senti terrivelmente mal-educada por não termos convidado ela para vir conosco.

— Ela tem um grupo de amigos com quem ela janta todos os anos — disse Thomas do sofá.

Fiquei aliviada por ela não estar sozinha. Eu gostava dela. Mesmo que tenha levado duas semanas para convencê-la a parar de fazer o jantar para nós todas as noites.

Eu não morava oficialmente com Thomas e Clara ainda, mas estava lá tanto que a maioria das minhas roupas estava na parte dela do closet de "ele e ela" de Thomas. E sempre que eu voltava para o meu apartamento alugado, basicamente não tinha nada para vestir.

De qualquer forma, eu queria que o jantar em casa fosse algo que nós três fizéssemos juntos. Ou fracassávamos espetacularmente ao tentar fazer algo comestível, ou tínhamos sucesso com entusiasmo. A Sra. Green finalmente concordou em fazer apenas duas refeições por semana. Eu considerei isso uma vitória, especialmente porque minha capacidade culinária se limitava a cerca de quatro pratos. O resto era uma incógnita.

A casa dos O'Grady estava repleta de amor. Literalmente, dava para sentir no ar. Era uma coisa linda estar cercada por tanta masculinidade e suavidade ao mesmo tempo. Aqui estavam todos esses homens, correndo pela casa, tentando tornar o dia especial não apenas para Clara, mas também uns para os outros. Eu teria invejado o vínculo familiar deles se agora não fizesse parte disso.

— Vou sair um pouco para ligar para meus pais. Desejar um feliz Dia de Ação de Graças e ver o que estão fazendo na Flórida este ano — anunciei antes de Thomas acenar com o dedo para mim.

Caminhando até o sofá onde ele estava sentado, inclinei-me e dei-lhe um beijo antes de ele sussurrar:

— Diga a eles que eu mandei um oi, feliz Dia de Ação de Graças e que deveriam vir no ano que vem.

No ano que vem.

Meu coração disparou com aquela declaração.

— Vou dizer — respondi antes de abrir a porta e sair para o ar fresco, com Jasper me seguindo de perto. Ele correu para longe e, em seguida, voltou rapidamente para o meu lado.

As estações estavam mudando, e eu sabia que a primeira neve cairia em breve. Isso era algo que Sugar Mountain te ensinava quando você crescia aqui. Ela te avisava quando ia nevar, dando pelo menos um pequeno sinal antes de começar. O ar assumia uma sensação completamente diferente, e eu jurava que você quase podia sentir o cheiro da neve antes de ela cair. Eu dava menos de uma semana.

Depois de conversar com meus pais, que estavam a caminho de uma pequena ilha na Flórida para comer peixe em vez de peru, voltei para dentro de casa. A mesa da cozinha havia sido transformada em minha curta ausência. Havia jogos americanos estampados para a data e um vaso de flores de outono que eu não tinha visto antes no centro da mesa.

Cada lugar à mesa tinha uma taça de vinho ou uma cerveja à sua frente, com exceção do que presumi ser o lugar de Clara. Havia uma taça de vinho chique, cheia de algo que parecia ser cidra de maçã. Eu tinha visto a garrafa na cozinha mais cedo.

— Eu me apressei enquanto você estava lá fora. — Clara sorriu para mim, e percebi que provavelmente tinha sido ela quem havia arrumado a mesa.

— Você realmente tem um bom olho para decoração — eu a elogiei.

Ela bateu palmas.

— Eu sabia que você ia gostar.

O Sr. O'Grady colocou algumas tigelas e travessas em cima da mesa antes de anunciar:

— Está pronto. Peguem seus lugares, canalhas.

Ri junto com Clara enquanto ela pegava minha mão e me puxava em direção aos lugares que ela havia escolhido para nós. Ela estava à minha esquerda, e Thomas se sentou à minha direita, instantaneamente colocando sua mão na minha coxa e dando um aperto. Matthew e Patrick se sentaram à nossa frente, e o Sr. O'Grady eventualmente se sentaria na cabeceira da mesa, se parasse de se mexer.

— Devemos ajudar seu pai? — perguntei.

Vale a pena se apaixonar

205

Thomas revirou os olhos.

— Ele não nos deixa.

— Nos chama de preguiçosos, mas depois manda a gente sentar. É muito confuso — Matthew fingiu estar ofendido.

— Eu sou velho, não surdo — disse o Sr. O'Grady, enquanto carregava uma travessa gigante de peru recém-cortado. Depois de colocá-la na mesa, puxou a cadeira e se sentou, pegando sua taça de vinho e tomando um gole pequeno.

Clara colocou as mãos em concha na boca e se inclinou em minha direção.

— Esta é a minha parte favorita — ela sussurrou, e me vi ficando tão animada quanto ela, mesmo sem saber o que estava por vir.

O Sr. O'Grady pigarreou de leve.

— Bem-vinda à família, Brooklyn. Estamos felizes em tê-la aqui — ele disse, e senti meus olhos começarem a se encher de lágrimas sem motivo aparente. — Temos uma tradição em nossa família onde damos a volta na mesa e dizemos pelo que somos gratos. E, como você é nova, vamos colocá-la no centro das atenções e fazer você começar.

Droga.

Thomas poderia ao menos ter me avisado para que eu pudesse preparar um discurso ou algo assim. Lancei-lhe um olhar irritado antes de olhar suavemente para Clara, que me encarava com aqueles grandes olhos castanhos.

— Eu não esperava por isso, mas é uma bela tradição. Sem querer soar piegas, sou grata por cada um de vocês — falei, antes de respirar fundo. — Um ano atrás, eu jamais imaginaria que estaria onde estou agora. Sou muito grata pelo meu trabalho no resort. Pelo meu namorado — apertei a mão de Thomas por debaixo da mesa. — Pela minha melhor amiga. — Olhei diretamente para Clara ao dizer isso, e ela deu um sorriso tão grande que meu coração quase explodiu. — Obrigada por me fazerem sentir parte da família.

— Saúde — todos disseram assim que terminei, e cada um de nós tomou um gole de nossas respectivas bebidas.

— Agora eu! — Clara levantou a mão, e todos ficaram subitamente em silêncio. — Sou grata pelo meu vovô — ela disse, olhando para ele e sorrindo. — E pelo meu tio Matthew. — Ela fez uma careta engraçada para ele, e ele sorriu como se ela tivesse acabado de dizer que ele era seu favorito. — Sou grata pelo tio Patrick, pelo meu quarto na casa dele e pelo nosso novo cachorro, Jasper. Eu realmente o amo — disse ela com um sorriso, e notei Jasper deitado debaixo da mesa, completamente tranquilo, embora suas orelhas tenham se mexido ao ouvir seu nome. — Sou grata pelo meu papai, porque ele é o melhor papai do mundo inteiro.

Ela se inclinou para frente para vê-lo melhor antes de focar sua atenção em mim.

— E sou grata pela senhorita Brooklyn, a Princesa do Waffle, que eu quero que seja minha mamãe um dia.

Houve algumas inspirações audíveis na mesa, mas eu não fazia ideia de quem tinham vindo.

Eu mal conseguia ouvir qualquer coisa além do som do meu coração batendo.

— Eu já tenho uma mãe. Minha mãe de verdade. Mas pensei que você poderia ser minha mamãe, e isso me deixaria muito grata — ela continuou explicando. Ela claramente tinha pensado muito sobre isso.

Abaixei-me em sua direção.

— Eu adoraria — respondi a ela como se fosse um segredo entre nós duas, embora toda a mesa estivesse nos observando.

Uma lágrima caiu, e eu rapidamente a enxuguei. Senti Thomas apertar minha coxa mais uma vez, mas não consegui olhar para ele. Sabia que, se o fizesse, nunca pararia de chorar.

— Eu te deixei triste? — Clara perguntou enquanto enxugava outra lágrima que caía da minha bochecha com seu dedinho.

— Não. Você me deixou muito feliz.

O Sr. O'Grady pigarreou, seja para afastar a emoção que estava presa na garganta ou para chamar nossa atenção. Não tinha certeza qual dos dois.

— Vou ser o próximo — ele anunciou. — Sou grato por essa família. Por como está crescendo e por sua força. Sou grato por vocês, rapazes, defenderem o que é certo e por terem uns aos outros. Sou grato por minha pequena Clarabel ter o maior coração de todos nós. E, Brooklyn, sou grato por você ter entrado em nossas vidas. Estava ficando um pouco masculino demais por aqui — ele disse com uma risada rouca antes de erguer sua taça.

— Sou grato pela minha boa aparência — Matthew começou sem ser convidado, e todos rimos. Quase engasguei com o líquido enquanto descia pela garganta. — Vocês riem, mas eu falo sério. Sou grato por ser tão incrivelmente bonito. E por ter os melhores irmãos que qualquer cara poderia pedir. Sou grato por ter a sobrinha mais legal do planeta. O melhor pai do mundo — sua voz falhou um pouco, e ele parou por um momento. —

Vale a pena se apaixonar

Sou grato por Brooklyn ter aparecido e feito esse cara parar de ser tão rabugento o tempo todo. Não tenho certeza se posso chamá-lo de Rabugento agora, mas provavelmente ainda vou chamar. — Ele sorriu ao olhar para Thomas e pegou sua cerveja. — Feliz por você, irmão.

— E você é grato pela cerveja, tio Matthew — Clara acrescentou com uma risadinha, exatamente como havia dito esta manhã em casa.

— Definitivamente sou grato pela cerveja — ele concordou enquanto dava um grande gole e acenava para Patrick, sinalizando que era a vez dele.

— Sou grato por Jasper — disse Patrick. — Eu não sabia o quanto precisava dele, mas sinto que ele salvou minha vida.

— Caramba, irmão. — Matthew deu um tapinha em suas costas.

— É verdade. Não sei o que faria sem esse cachorro — ele declarou com a voz embargada. — E sou grato por todos vocês. Eu amo vocês. — Ele pegou sua cerveja e deu um gole.

Era típico de Patrick ser breve e direto ao ponto. Além disso, eu podia sentir que ele estava sofrendo com a ausência de Addison. Acho que todos podíamos sentir. Ninguém o pressionou a dizer mais, e fiquei grata por isso.

— A vez do papai! — Clara gritou, e todos focamos em Thomas.

Seus olhos azuis se voltaram brevemente para mim, e eu percebi o quão profundamente apaixonada estava por esse homem.

— Sou grato por todos nesta mesa. Eu jamais teria sobrevivido aos últimos oito anos sem nenhum de vocês. Sou grato pela minha filha, que é literalmente a luz da minha vida. Você é a melhor coisa que já me aconteceu, Clarabel.

Ouvir esse homem falar sobre sua filha derreteu meu coração. Toda filha queria ser amada e adorada por seu pai, mas nem sempre era assim. Thomas era um exemplo que poucos homens alcançavam. Era algo lindo de presenciar.

— Sou grato por você, Brooklyn. Eu nunca soube o que estava faltando. Honestamente, eu não achava que estava faltando qualquer coisa de verdade. Achei que estávamos bem. Mas então você entrou no meu escritório com uma boca tão cuspidora de fogo quanto seu cabelo, e meu mundo nunca mais foi o mesmo. Sou muito grato por você ter dado uma chance a nós, e espero que nunca vá embora. Eu te amo — ele disse as palavras que fizeram meu coração saltar na frente de todos antes de se inclinar no assento e me dar um beijo nos lábios.

Esse homem sempre fazia uma cena na frente da família. Eu me derreti nele, fazendo minha própria cena também.

— Certo, certo — o Sr. O'Grady resmungou enquanto Clara aplaudia animada, e Thomas e eu nos separamos. — Vamos comer, pombinhos. Estou morrendo de fome.

— Pombinhos — Clara repetiu com uma risadinha.

Comemos até eu sentir que não conseguiria comer mais nada. A comida estava deliciosa, a conversa fluía alta e feliz. Fui atingida por uma realização tão forte que quase me derrubou da cadeira.

Eu queria fazer parte dessa família para sempre.

Eu não me importava se as pessoas de fora desse círculo achassem que era muito cedo, muito rápido, ou qualquer outra coisa. Aqui era o lugar onde eu pertencia. Os O'Grady eram perfeitamente caóticos, mas agora eram meus. E eu planejava mantê-los por tanto tempo quanto me permitissem.

Vale a pena se apaixonar

NEVE EM SUGAR MOUNTAIN

Brooklyn

Era oficialmente dezembro, e, assim como previ no Dia de Ação de Graças, a primeira neve havia caído em Sugar Mountain, cobrindo tudo com um manto branco. Eu não sabia o que havia exatamente sobre essa época do ano, mas as coisas sempre pareciam um pouco mais mágicas. Promessas, esperanças e generosidade preenchiam o ar. Eu adorava.

Trabalhar no resort levava isso a outro nível. Mal podia esperar para mostrar a Clara as novas decorações de Natal que acabavam de ser instaladas. Quase chorei quando as vi esta manhã – eram tão bonitas.

A Sra. Green tinha uma consulta médica hoje, então eu sabia que Clara viria para cá depois da escola. Mesmo que eu a visse todas as noites, ainda adorava vê-la durante o dia. Era como um presente especial que não acontecia com tanta frequência. Se dependesse de mim, ela viria aqui todas as tardes e passaria o tempo comigo, mas aí eu nunca conseguiria fazer nada. Pelo menos não a tempo. Ela era muito divertida, mas também muito distraída.

O som de passinhos correndo pelo corredor me fez sorrir por trás da minha mesa.

E por falar na diabinha, pensei.

— Oi! — Clara disse enquanto entrava como um trovão dentro do meu escritório e não parou até chegar na minha cadeira.

— Oi, você! Estava esperando você chegar — eu disse enquanto a abraçava com força, mesmo com todas as camadas fofas de roupa.

— Você estava? — ela perguntou.

— Claro! Como foi seu dia hoje? — perguntei, sabendo que as crianças nem sempre eram gentis com ela quando usava sapatos diferentes. E, esta manhã, ela insistiu em usar botas de cores diferentes.

— Foi legal. O Scott começou a zombar das minhas botas, mas depois ele parou e disse que elas eram legais — ela disse, e eu me recusei a esconder meu choque.

— Ele disse que eram legais? Uau. Isso é uma melhora. Talvez o Scott esteja amadurecendo? — perguntei enquanto Thomas aparecia repentinamente na porta. Fiquei me perguntando há quanto tempo ele estava lá fora, ouvindo.

— Você ouviu isso, papai? — Clara se virou para ele enquanto começava a tirar as luvas, seguida pelo gorro e, depois, o casaco.

— Então ele foi legal com você hoje? — Thomas perguntou conforme se aproximava de onde eu ainda estava sentada e me dava um beijo. — Oi, querida.

— Oi.

Clara deu de ombros para nós dois.

— Acho que sim. Ele não foi maldoso.

Suas roupas de inverno estavam espalhadas no chão, e ela se abaixou para pegar tudo em seus bracinhos. Observei enquanto ela colocava as roupas no pequeno sofá, ocupando o mínimo de espaço possível.

— Vou mostrar as novas decorações para Clara — eu disse com um grande sorriso.

Thomas sabia o quanto eu aguardava ansiosa os temas no resort, e ele se recusou a me contar qualquer coisa sobre o tema de inverno, embora soubesse exatamente do que se tratava. Tentei suborná-lo com favores sexuais, mas ele apenas riu e me disse que paciência era uma virtude, e outras bobagens desse tipo. Paciência era um saco.

— As decorações de Natal? — Clara perguntou, com os olhos arregalados de empolgação.

Ela e eu tínhamos falado sobre isso na outra noite, e ela passou quase uma hora me contando seus favoritos dos últimos anos. Pelo menos, o que ela lembrava.

— Sim! Elas estão tão lindas. Você vai adorar.

— Você pode vir também, papai?

Thomas olhou para o relógio no pulso.

— Tenho uma ligação pra fazer. Você pode ir com Brooklyn, e depois todos podemos ver juntos mais tarde, tá bom?

Vale a pena se apaixonar   211

— Tá bom — ela disse, sem parecer nem um pouco incomodada.

— Não acredito que você escondeu esse design de mim — tentei parecer irritada com Thomas, mas já não me importava mais, agora que as decorações estavam ali para eu aproveitar todos os dias.

— Não quis estragar a surpresa. — Ele me deu uma piscadela. — Vejo minhas duas melhores garotas mais tarde — disse enquanto saía.

— Pronta, Waffles? — Clara perguntou, encurtando meu apelido, como, às vezes, fazia, e eu ri alto.

— Deixa só eu terminar esse e-mail, e já vamos.

Ela se jogou no meu sofá e cruzou as perninhas, esperando pacientemente. Acho que paciência era uma virtude, e essa criança tinha de sobra. Minha pequena exibida.

Terminei um punhado de e-mails de trabalho, sincronizei meu calendário e me certifiquei de que a equipe estava atualizada sobre as reservas para o restante do mês. Tudo no meu departamento funcionava tão bem; era realmente um sonho. Era bom ter uma equipe que fazia sua parte e gostava do que fazia. Sabia o quão sortuda eu era.

— Terminei — disse, empurrando a cadeira para trás e ficando de pé enquanto Clara saltava do sofá.

— Mal posso esperar. Tem bengalas doces?

— Uh-huh.

— O Papai Noel tem uma casa?

— Tem.

— E os elfos? Tem elfos? — ela perguntou, e eu decidi que talvez Thomas estivesse certo. Algumas coisas deveriam ser surpresa.

— Espere para ver — eu disse enquanto caminhávamos de mãos dadas em direção ao saguão principal.

Assim que chegou à vista, Clara parou de andar, e ouvi seu suspiro de espanto. Senti exatamente o mesmo, vendo tudo de novo. Flocos de neve gigantes de todas as cores pendiam do teto em diferentes alturas. Cada um estava iluminado com o que parecia ser centenas de luzes coloridas.

No centro do saguão havia a maior árvore de Natal que eu já tinha visto, decorada para combinar com tudo.

Havia enfeites gigantes no meio de um mar de flores do tipo poinsétias vermelhas que ladeavam um caminho improvisado, feito de biscoitos de gengibre e doces embrulhados em papel de hortelã. Eles levavam a uma pequena vizinhança de casas de gengibre, com nomes como "Oficina",

"Estação de Alimentação" e "Loja de Brinquedos" escritos em cima em letra cursiva branca. Claro, parecia exatamente cobertura de glacê.

Quanto mais andávamos, mais víamos. Em outra parte, havia toda uma área para o Papai Noel. O resort sempre trazia um Papai Noel nos finais de semana para se encontrar com as crianças. Era outra tradição que eu acompanhava desde a infância e, agora, fazia parte dela de uma maneira diferente.

Sorri ao notar a mesma poltrona gigante de veludo vermelho, decorada com detalhes dourados, que sempre aparecia ano após ano. Uma lareira falsa feita de bengalas doces com jujubas ao lado da poltrona.

E uma mesa próxima estava coberta de biscoitos de açúcar e um pergaminho de papel com uma lista aparentemente infinita de nomes de crianças. Tudo estava simplesmente deslumbrante. E me fazia sentir como uma criança de novo.

O tema deste ano era nostalgia, e a equipe havia acertado em cheio.

Clara puxou minha mão, com a boca aberta de tanto espanto.

— Parece magia — ela sussurrou.

— Eu sei. Eu também acho.

— Tem mais? — ela perguntou, claramente sentindo o mesmo que eu.

Balancei a cabeça e a puxei por um corredor. Havia outra árvore, cercada por presentes gigantes e meias enormes, como se fossem para gigantes, penduradas no ar. Quanto maiores as coisas eram, mais milagrosas pareciam.

Continuamos andando, seguindo as bengalas doces que indicavam o caminho. Ao longe, avistei uma caixa de correio vermelha brilhante que dizia "Cartas para o Papai Noel" em tinta branca. Em cada lado da caixa havia um soldadinho de chumbo gigante, de guarda. Atrás deles, outra árvore de Natal, com mais luzes e mais decorações enormes.

Era interminável.

— Esta é a mais bonita — Clara sorriu.

— Qual parte você mais gostou? — perguntei.

— Acho que as casas de gengibre onde os elfos trabalham. Isso foi muito legal.

— Eu também gostei — disse bem quando meu celular tocou.

Olhei para ele, notando que era uma ligação que havia sido encaminhada da minha linha do escritório.

— Preciso atender rapidinho — falei.

Observei enquanto Clara voltava para a caixa de correio, abrindo a portinha e fechando-a de novo. Ela fez isso algumas vezes antes de tentar enfiar a cabeça dentro. Segurei o riso.

Vale a pena se apaixonar

Sem perceber, comecei a andar. Às vezes, fazia isso quando estava concentrada em uma ligação, e essa pessoa estava fazendo muitas perguntas. Andei em círculos antes de seguir por um corredor, minha mente focada na pessoa do outro lado da linha. Só percebi que não estava onde comecei quando a ligação terminou.

Olhei ao redor e percebi que Clara não tinha me seguido, e eu havia me afastado bastante de onde a tinha deixado. Corri de volta para os soldadinhos, apressada até a caixa de correio, mas Clara não estava lá.

— Clara? — gritei, mas não houve resposta.

Antes de me permitir entrar em pânico, percebi que a trilha de bengalas doces seguia em duas direções – uma levava para fora, e a outra voltava para a direção de onde tínhamos vindo. Corri em direção à porta e olhei ao redor em busca de pegadas minúsculas no caminho coberto de neve, mas não vi nenhuma.

Assumindo que ela não iria para fora no frio, me virei e segui a trilha de volta em direção à recepção. Mas quando percorri todo o comprimento das decorações de Natal e ainda assim não vi nenhum sinal dela, tive que admitir que meu coração começou a acelerar.

Clara conhecia o resort bem, então tentei me convencer de que ela havia voltado para o escritório de Thomas ou de seu avô. Ou talvez ela estivesse sentada no meu escritório, esperando pelo meu retorno. Corri para lá primeiro, só para conferir.

— Clara? — disse enquanto espiava dentro do meu escritório e notei a pilha de roupas quentes dela ainda no sofá.

Mas ela não estava lá. Corri para minha mesa e olhei embaixo, mas estava vazio.

Fui a todos os banheiros. Verifiquei as casas de gengibre mais uma vez para ver se ela estava escondida dentro de uma delas, mas não estava. O quarto do Papai Noel também estava vazio. Ela não estava debaixo de nenhuma das árvores gigantes nem escondida no campo de poinsétias.

Quando avistei o Sr. Gonzales no concierge, perguntei se ele havia visto Clara por aí.

— Não, Srta. Brooklyn, não a vi, mas vou ficar de olho.

— Sra. G, você viu a Clara? — gritei em direção à esposa dele, que estava no balcão da recepção, tentando esconder o pânico que crescia dentro de mim.

— Não desde que estava com você — respondeu ela, e meu peito se encheu de temor.

Não havia sinal dela.

Praticamente correndo para o escritório do Sr. O'Grady, perguntei à sua assistente se ela tinha visto Clarabel em algum lugar, ao que ela respondeu com um sonoro "não".

E quando cheguei a Thomas, estava sem fôlego e completamente aterrorizada.

— Thomas, a Clara está aqui? — perguntei, com a voz tremendo.

— Não. Por quê?

— Eu não consigo encontrá-la.

— Como assim você não consegue encontrá-la? — Suas sobrancelhas se uniram em uma mistura de confusão e preocupação.

— Ela sumiu — eu disse, sem saber o que mais dizer.

Vale a pena se apaixonar

ELA SUMIU

Thomas

Quando Brooklyn entrou correndo no meu escritório, com o rosto corado, olhos cheios de lágrimas e o que parecia ser terror, fiquei momentaneamente confuso.

Até ela dizer as palavras: *Ela sumiu.*

Agora, eram as únicas palavras que eu ouvia, repetindo em minha cabeça em um loop.

Ela sumiu. Ela sumiu. Ela sumiu.

— Como assim, ela sumiu? — Levantei da minha mesa e jurei que meu coração havia parado de bater.

— Eu não consigo encontrá-la em lugar nenhum. Ela não está escondida debaixo da minha mesa. Não está nos banheiros ou nas salas de conferência, nem na casa dos elfos ou do Papai Noel. Eu não sei onde ela está, Thomas. Procurei em todos os lugares.

— Você a perdeu? Como diabos você a perdeu? — As perguntas saíram de maneira muito mais cruel do que eu pretendia, e ela parecia ter levado um tapa no rosto quando as lágrimas começaram a escorrer por suas bochechas.

Corri até ela e a puxei para meus braços, segurando-a firme enquanto inspirava o cheiro do xampu dela.

— Sinto muito, querida. Não quis dizer isso dessa forma — falei, me afastando para que ela olhasse para mim. — Desculpa. Respire.

— Eu sei, mas você tem razão. Foi culpa minha — ela tentou parar de chorar enquanto fazia três longas e profundas inalações.

— Me conte o que aconteceu — pedi, tentando não perder o controle.

Clara adorava se afastar ou se esconder, apesar de eu já ter dito umas cem vezes para não fazer isso. E agora, meu pior medo tinha se tornado realidade; ela estava desaparecida.

— Atendi uma ligação e me distraí um pouco. Quando voltei, ela tinha sumido. Verifiquei lá fora, mas não vi pegadas, só que também está ventando um pouco, então elas podem ter sido cobertas. Refiz nossos passos, mas ela não está em lugar nenhum. Você precisa chamar ajuda, Thomas. Eu realmente não sei onde ela está. E ela não está vestindo o casaco, nem o chapéu, nem as luvas. Estão todos no meu escritório.

— Você acha que ela saiu? — perguntei, me perguntando por que diabos minha filha sairia quando estava quase congelando. Além disso, ela sabia que não deveria fazer isso. Pelo menos, eu achava que sabia.

— Eu não sei — Brooklyn admitiu, sua dor palpável. — Mas as decorações continuam lá fora. Talvez ela tenha seguido elas?

— Vamos lá. — Peguei sua mão e a puxei enquanto caminhávamos rapidamente pelo resort. — Me mostre por onde você foi.

Brooklyn assentiu antes de me guiar pelas decorações. Paramos ao longo do caminho, procurando, gritando o nome de Clara, mas Brooklyn estava certa. Ela não estava ali.

— As bengalas doces vão para fora por ali — Brooklyn apontou para um par de portas duplas de vidro, e corremos até elas.

— Você não está com um casaco. — Esfreguei os ombros dela enquanto parávamos em frente às portas.

— Eu não dou a mínima para um casaco agora, Thomas. Precisamos ver se ela está lá fora.

Brooklyn parecia tão frenética quanto eu me sentia. Ela não esperou eu dizer mais nada antes de empurrar as portas e sair correndo por elas.

— Droga, está frio. — Eu tremi assim que o vento soprou ao nosso redor. — Clarabel! — gritei à medida que seguíamos um caminho que eu teria achado adorável alguns minutos atrás, mas que agora eu odiava. Era atraente e fofo, e fazia você querer segui-lo até onde quer que ele levasse.

— Clara! — Brooklyn gritou, correndo, seu nariz já ficando vermelho por causa do frio. — As decorações terminam aqui — disse ela, enquanto chegávamos ao fim do caminho e olhávamos para as árvores excessivamente iluminadas ao nosso redor.

Vale a pena se apaixonar

217

Era para ser algo mágico. Agora, era o meu pesadelo.

— Ela não está aqui — Brooklyn disse enquanto corria ao redor, espiando atrás das sequoias gigantes. — Talvez ela tenha ido ver o Patrick?

Assenti. Isso pelo menos fazia sentido. Clara amava seu tio e aquele maldito cachorro. Brooklyn começou a correr em direção ao celeiro que estava sendo construído, e eu a segui, gritando o nome de Clara a cada dois passos, mas sem ouvir nenhuma resposta.

Era difícil ouvir qualquer coisa além do som do vento. Eu estava grato que não estava soprando com força total, como poderia, mas ainda assim o vento era suficiente para encher o ar com uma sinfonia própria. Um uivo suave que fazia as árvores dobrarem e rangerem, os galhos balançando.

Quando avistei o celeiro de casamentos, todo iluminado ao longe, senti um pequeno alívio. Não havia motivo para isso, mas eu senti mesmo assim.

— Patrick! — gritei seu nome e continuei gritando até que ele saiu correndo e nos encontrou na porta, segurando o chapéu na mão.

— O que aconteceu?

— Clara — disse, sem fôlego, com o coração batendo tão forte que pensei que nunca pararia. — Você a viu? Ela veio para cá?

— Clara? Não. Por quê? — Ele acariciou a cabeça de Jasper, que abanava o rabo como se aquilo fosse uma ocasião feliz.

— Não conseguimos encontrá-la. — Brooklyn começou a chorar novamente. — Não sabemos onde ela está.

— E vocês não vão encontrá-la vestidos assim — Patrick reclamou enquanto nos olhava. — Entrem aqui e coloquem um casaco. Vamos procurar.

Brooklyn se virou para mim assim que entramos no celeiro, que não estava totalmente quente, mas pelo menos amenizava o efeito do vento.

— Precisamos ligar para a polícia, Thomas. Precisamos de toda a ajuda possível. E está ficando escuro.

Minha garganta parecia estar se fechando.

— Você está certa — concordei, ainda em total descrença. Nada fazia sentido.

Uma parte de mim tinha presumido que Brooklyn simplesmente não havia visto Clara e que a encontraríamos quando fôssemos procurá-la juntos. Mas ela estava certa. Não pedir ajuda só desperdiçaria momentos preciosos. E se minha garotinha estivesse lá fora no frio, era uma corrida contra o tempo.

Peguei meu celular e disquei o número da emergência, informando-os o mais rápido que pude. Em seguida, liguei para meu pai em seu escritório para dar a notícia. Ele estava tão abalado quanto eu, mas o obriguei a ficar parado e esperar a chegada da polícia. Alguém precisava mostrar a eles onde o celeiro estava localizado. Decidi que seria um bom ponto de encontro... não que estaríamos aqui.

— A polícia está a caminho, mas eu não vou esperar — falei assim que Patrick entregou um casaco para Brooklyn e um moletom para mim. Era o suficiente. Mais do que Clara estava vestindo.

— Vamos. — Patrick bateu no quadril, e Jasper o seguiu imediatamente. — Jasper, encontre Clarabel.

Jasper latiu e choramingou, mas saiu correndo. Esperava que não perdêssemos os dois.

— Clara! — gritamos os três ao mesmo tempo enquanto cobríamos o máximo de terreno possível sem nos perder ou nos separarmos.

Aquela leve brisa fazia a neve suave subir no ar, tornando nossa visibilidade péssima. Se não conseguíamos enxergar muito à nossa frente, como Clara conseguiria?

De repente, me odiei por não ter ensinado a ela habilidades básicas de sobrevivência. Vivíamos em uma cidade montanhosa, pelo amor de Deus. Por que nunca pensei nisso?

Nós três caminhávamos em linha reta, lentamente nos aproximando um do outro.

— Onde ela pode estar? — perguntei, depois de pararmos e olharmos ao redor.

Mal restava luz do dia, e as lanternas que Patrick havia trazido só ajudavam até certo ponto.

Jasper voltou correndo de algum lugar e parou ao lado do meu irmão.

— Você a encontrou, garoto? — ele perguntou, esfregando a cabeça do cão como se esperasse que ele respondesse, mas o cachorro apenas se sentou na neve.

Eu não tinha ideia do que fazer ou para onde ir. Parecia que em qualquer direção só havia mais floresta e árvores. Não havia prédios por aqui. Os chalés ainda não haviam sido construídos. O celeiro estava atrás de nós. Não havia nada aqui, exceto terra vazia. Se Clara veio por esse caminho, ela poderia literalmente estar em qualquer lugar.

— Vamos voltar para o celeiro e esperar pela polícia — sugeriu Patrick, e eu me irritei.

Vale a pena se apaixonar

Deixar Clarabel sozinha aqui ia contra tudo na minha natureza. Eu era o pai dela. Era meu trabalho protegê-la, mantê-la segura.

— Não — respondi bruscamente. Se minha filha estava aqui fora, então eu deveria estar também.

Brooklyn se aproximou, e eu segurei sua mão na minha. Eu precisava dela mais do que ela percebia.

— Eu sei que você não quer, irmão. Eu também não quero, mas é o mais sensato a fazer. Podemos ajudar mais se soubermos como fazer isso da maneira certa.

Assim que minha mente começou a se encher dos pensamentos mais horríveis, eu a parei imediatamente. Não havia como Deus, ou quem quer que estivesse lá em cima, me deixar perder tanto Jenna quanto Clarabel em uma única vida. Ninguém poderia ser tão cruel.

— Faremos isso rapidamente — Patrick acrescentou.

— Se demorarem demais, sairemos sem eles. Mas Patrick tem razão. Não sabemos o que estamos fazendo — disse Brooklyn suavemente.

— Certo — murmurei, sem querer sair daqui sem minha filha nos braços, mas sabia que eles estavam sendo lógicos enquanto minhas emoções estavam à flor da pele. — Mas vamos rápido.

Quando chegamos ao celeiro, a polícia já estava se instalando em uma das mesas de trabalho de Patrick. Meu pai havia impresso os limites da propriedade e as plantas do terreno, e ele estava organizando tudo quando entramos. Eles começaram a dividi-lo em quadrantes, falando sem parar.

— Alguma novidade? — perguntou meu pai, e eu balancei a cabeça.

— Você não a encontrou dentro do resort, encontrou? — perguntei, embora soubesse no fundo que ela não estava lá dentro.

— Não. Todos estão de olho, mas não acho que ela esteja lá — disse ele com uma expressão sombria no rosto.

— Eu sei. Eu também não acho — concordei, embora mal conseguisse suportar a ideia.

Minha garotinha estava lá fora, no frio e no escuro, sozinha. Eu a colocaria de castigo até ela completar vinte anos quando a encontrássemos. Logo depois de abraçá-la por um ano inteiro e não soltá-la mais.

— Thomas, vamos encontrá-la — disse o chefe de polícia, mas nada me alcançou.

Eu não tinha certeza se sequer respondi a ele, e o conhecia minha vida inteira.

Ele se afastou de mim e começou a falar com todos no celeiro antes de distribuir lanternas e garantir que os rádios estavam sintonizados no canal certo. Eu estava apenas meio presente, com a mente tentando pensar em todos os lugares onde Clarabel poderia estar. Mas não cheguei a nenhuma conclusão.

— Vamos sair daqui — resmungou uma voz grave, e foi então que finalmente me dei conta, meus olhos encontrando os de meu pai, Patrick e Brooklyn.

— Thomas — Brooklyn colocou a mão no meu braço —, vamos.

Eu alcancei sua mão, ansiando por seu contato.

— Alguém avisou Matthew? — perguntou meu pai.

Observei enquanto Brooklyn me soltava, pegava o telefone e digitava rapidamente uma mensagem de texto. Se ela ainda não fosse minha namorada, eu ficaria irritado por ela ter o número de Matthew.

Mas ela era minha.

E passaríamos por isso juntos.

— Feito — disse ela.

— Obrigado. — Beijei sua bochecha e percebi que as lágrimas haviam começado a cair novamente.

Ela estava se culpando pelo que havia acontecido, e eu odiava não poder fazer isso parar.

Brooklyn não ficaria bem até sabermos que Clarabel estava bem.

— Claro — respondeu ela enquanto digitava outra coisa no telefone. — Ele está a caminho.

Não fazia sentido dizer para ele não vir. Matthew nunca escutaria, e eu nunca esperaria isso dele. Isso era importante demais.

— Vai ficar tudo bem, amor. Nós vamos ficar bem — eu disse.

Brooklyn tentou sorrir, mas seus lábios pareciam não funcionar.

— Eu preciso de você. Não consigo fazer isso sem você — eu disse, esperando tirá-la do estado de autopunição em que ela estava. — Isso não foi sua culpa — insisti, mas isso só parecia deixá-la mais chateada.

— Alguém viu Jasper? — Patrick perguntou enquanto assobiava pelo cachorro, mas ele não apareceu.

— Jasper! Vem aqui, garoto! — gritou no celeiro, mas não havia sinal do cachorro em lugar nenhum.

— Temos que ir — eu disse. — Você pode nos encontrar se quiser procurá-lo. Matthew está a caminho se quiser esperar por ele.

— Não. Ele nos alcança — Patrick disse, e eu não tinha certeza se ele estava se referindo ao cachorro ou ao nosso irmão.

Vale a pena se apaixonar

De qualquer forma, não importava.

A polícia estava organizada. E muito devagar. Eles caminhavam metodicamente, com suas luzes apontadas à frente enquanto avançavam em uníssono. Eu odiava isso. Era cuidadoso demais. Composto demais. Eu queria que eles fossem tão caóticos quanto eu me sentia, que corressem em todas as direções até que um de nós a encontrasse. Clara não teria sido organizada. Ela provavelmente estava desorientada. Só fazia sentido que nós também estivéssemos, se quiséssemos encontrá-la a tempo.

Olhei para o meu relógio.

— Já faz quase uma hora — eu disse.

Brooklyn assentiu, como se também estivesse contando o tempo.

Continuamos caminhando, minha voz ficando rouca de tanto gritar no ar, que só estava ficando mais frio desde que o sol se pôs.

— Parem! — Patrick agarrou a manga da minha camisa e me puxou. — Escutem — ele gritou.

Todos pararam abruptamente enquanto o comando para parar e ouvir ecoava através dos rádios individuais. O silêncio mortal era assustador. Esperamos. Eu prendi a respiração. Não fazia ideia do que Patrick achava ter ouvido quando, de repente, o som fraco chegou aos meus ouvidos ao mesmo tempo que deve ter chegado aos de Brooklyn.

— Você ouviu isso? — perguntou ela, a voz elevada.

Um cachorro.

Latindo.

— Jasper! — Patrick gritou enquanto começamos a correr na direção que esperávamos ser a certa. A floresta podia ser enganosa.

— Sigam o latido — instruiu o chefe de polícia. — Patrick, faça o cachorro continuar latindo.

— Vou tentar — ele disse, ofegante. — Jasper! Onde está, garoto? Jasper.

O maldito cachorro continuava. Ele latia e latia como se estivesse tentando nos alcançar, e meu peito se encheu de algo que definitivamente parecia muito com esperança. Os latidos de Jasper ficaram mais altos, o que significava que estávamos nos aproximando. Eu rezei para que ele não parasse até o encontrarmos, e rezei ainda mais para que ele tivesse encontrado Clarabel.

— Jasper! — Patrick gritou mais uma vez enquanto contornávamos um grupo de árvores, as lanternas de todos iluminando um par de olhos amarelos brilhantes. — Ele está aqui. — Ele direcionou a luz atrás do cachorro. — Ela está aqui!

Soltei a mão de Brooklyn e corri o mais rápido que pude em direção à minha garotinha, que estava encolhida em uma bola, segurando Jasper nos braços como se fosse sua salvação.

— Clarabel. Clarabel.

Toquei nela. Estava tão fria.

Ela me olhou, quase confusa.

— Papai? — ela perguntou.

Eu a segurei nos braços quando Brooklyn nos alcançou, abriu o zíper de sua jaqueta e a envolveu ao redor da nossa pequena.

— Você precisa manter isso em você — rosnei.

Brooklyn balançou a cabeça.

— Ela precisa mais. Ela está congelando.

— Aqui! — Patrick gritou para os policiais que eram espertos e não ousaram tentar tirar minha garotinha dos meus braços.

— Precisamos levá-la ao hospital, Thomas — disse meu pai assim que nos alcançou.

— Eu sei disso.

— Os paramédicos já estão de prontidão no celeiro — acrescentou o chefe de polícia, e eu fiquei grato por toda a previsão.

Clarabel estava fora de si, tremendo tanto que seu pequeno corpo tremia violentamente em meus braços. Eu esfregava seus ombros, esperando gerar algum calor, mas o que eu realmente precisava era tirá-la do frio.

— Bom garoto, amigo. Você foi ótimo. — Patrick acariciava Jasper, e eu olhei para o cachorro, sentindo que devia minha vida a ele.

Clarabel abriu os olhos por um segundo.

— Eu me perdi. Desculpa, papai — ela murmurou antes de olhar para Brooklyn. — Desculpa, mamãe — ela acrescentou antes de fechar os olhos, e eu quase perdi o controle. — Estou com tanto frio.

— Eu sei, minha doce menina. Eu estou com você. Vamos te aquecer. — Continuei beijando sua testa e segurando-a com força contra mim, esperando que tudo ajudasse.

Minha filha estava viva. E eu faria de tudo para mantê-la assim.

Vale a pena se apaixonar

PEQUENA FUGITIVA

Brooklyn

Clara estava segura.

Jasper, o melhor cão do mundo, a encontrou. Nem consigo pensar no que teria acontecido se ele não a tivesse encontrado. Só sabia que o desfecho não teria sido bom. Frio e vento eram dois elementos mortais por si só, mas combiná-los no inverno de Sugar Mountain era impiedoso.

Thomas foi na ambulância enquanto eu insisti em dirigir sozinha, tremendo o tempo todo. Estacionei o carro e corri para a sala de espera do nosso pequeno hospital de emergência.

Tínhamos sorte de ter um em Sugar Mountain. A maioria das pequenas cidades só tinha pronto-atendimentos que nem sequer ficavam abertos 24 horas. Se algo acontecesse, os pacientes tinham que ser levados de helicóptero para o hospital mais próximo, que ficava a quilômetros de distância. Isso nunca fez sentido para mim. Acidentes acontecem o tempo todo, dia ou noite.

Quando entrei, notei Matthew, Patrick e o Sr. O'Grady inquietos em suas cadeiras, parecendo incrivelmente desconfortáveis. Minha melhor amiga, Lana, e seu marido, Sven, também estavam lá, embora eu não os tivesse chamado. Até mesmo a Sra. Green estava sentada em uma cadeira, tricotando algo para se distrair.

Perguntei-me como todos eles souberam antes de lembrar que as notícias corriam rápido em Sugar Mountain e que não havia como impedir.

Na verdade, fiquei surpresa que a cidade inteira não estivesse espremida naquela sala, esperando notícias sobre Clara.

Quando Matthew me viu, ele se levantou e me puxou para um abraço.

— Ei, mana.

— Como ela está? — perguntei, lutando contra as emoções que brigavam dentro de mim.

Eu não conseguia conter as lágrimas que insistiam em cair.

— Eles estão aquecendo-a. É um processo lento para não danificar nenhum órgão interno ou aquecê-la muito rápido. Eles querem que ela fique a noite para monitorar os sinais vitais e garantir que não haja sinais de congelamento.

— Oh, Deus. — Fechei os olhos, incapaz de esconder as emoções.

— Vai ficar tudo bem, Brooklyn. Ela vai ficar bem — Matthew me tranquilizou, embora ele não tivesse ideia se isso era verdade ou não.

— Onde está Thomas? — perguntei, olhando ao redor da sala de espera, procurando por ele.

— Ele está com ela no quarto. Ele queria que você fosse até lá assim que chegasse — disse ele.

Eu inclinei a cabeça para trás, surpresa.

— Hmm, você acha que eu deveria ficar aqui com vocês?

Eu honestamente não tinha certeza de qual era o meu lugar em uma situação como essa. Especialmente porque eu tinha ajudado a causar isso.

Matthew inclinou a cabeça para o lado.

— De novo, não. — Ele suspirou.

— De novo não, o quê?

— Você achando que não pertence ao meu irmão e à filha dele. Eu ouvi que ela te chamou de mamãe lá fora — disse ele, e meu coração se apertou com a lembrança.

— Ela chamou — respondi com a voz embargada.

— Eles te amam. Você os ama. Agora, vá para o seu lugar com a sua família. — Ele me deu um empurrãozinho, e minha cabeça parecia estar girando em círculos.

— Ei, Brooky — Lana apareceu de repente ao meu lado, me segurando.

— Oi. Como você soube?

— Bella — disse ela, e eu olhei para Matthew, que imediatamente se retesou ao ouvir o nome dela.

— Ela me mandou uma mensagem — explicou Matthew. — Não sei

Vale a pena se apaixonar

225

como ela soube. Não importa, mas eu avisei que encontramos Clara e estávamos no hospital.

Lana assentiu.

— Ela me ligou, e nós viemos direto para cá.

— Obrigada — eu a abracei.

— Claro — disse ela com um sorriso que eu não consegui retribuir. — Quer que a gente fique e espere com você?

— Não, tudo bem. Podem ir para casa. Eu ligo se precisar de algo. — Eu não tinha ideia de quanto tempo ficaria ali, e não fazia sentido que Lana e Sven esperassem.

— Tem certeza?

— Tenho. — Balancei a cabeça.

— Certo. Você deveria ir para lá. Sei que um certo O'Grady está enlouquecendo esperando você chegar. — Ela me deu um abraço rápido. — Te amo, Brooky.

— Também te amo — respondi.

Matthew segurou meu braço e me levou até a enfermeira no balcão de check-in.

Ele disse quem eu era, me apresentando como a noiva de Thomas, embora isso não fosse verdade, e garantiu que eu pudesse passar pelas portas trancadas. A mulher me deu um adesivo de visitante que colei no peito antes de seguir pelo corredor bem iluminado em busca do quarto 234.

Quando cheguei, meus passos desaceleraram. Espiei dentro antes mesmo de pensar em entrar.

A televisão estava ligada, mas o volume estava bem baixo.

— Amor — disse Thomas, sua voz cheia de alívio enquanto os olhos de Clara se abriram.

— Mamãe Waffles — ela sussurrou, e eu não consegui conter a risada que escapou.

Quando entrei completamente no quarto, Thomas se levantou da cadeira e me puxou para seus braços, me segurando firme.

— Eu te amo. Você está bem? — Ele se afastou para me olhar nos olhos.

— Também te amo — disse, mas minha voz estava fraca. Como eu poderia amá-lo quando, naquele momento, odiava a mim mesma?

As mãos de Clara estavam enfaixadas com algo que eu não consegui identificar. Poderia ser luvas ou gaze colorida. E ela estava coberta por tantos cobertores que um deles estava até conectado na parede.

J. STERLING

— Ela está bem? Você está bem? — Olhei de um para o outro.

— Eles estão preocupados com os dedos dela, mas acho que a encontramos a tempo. — Thomas soltou um suspiro. — Ou Jasper encontrou.

— Ele é meu herói — disse Clara, mas sua voz ainda era um sussurro fraco. — Desculpa, mamãe. Eu não queria me perder.

— Eu sei que não queria. Mas fiquei com muito medo. — Aproximei-me do lado da cama dela e tentei abraçá-la, mas foi um pouco desajeitado, já que ela não conseguia se mover muito.

— Você está brava comigo? — Era a pergunta que ela sempre fazia quando achava que estava em apuros.

— Claro que não estou brava com você. Mas você não pode fazer isso de novo, está bem? Não pode sair sem pedir ou nos avisar para onde está indo — eu disse, antes de me perguntar se era meu lugar dar ordens a ela ou não.

— Eu sei. Papai disse a mesma coisa.

— Mas eu deveria ter ficado de olho em você. Eu também me distraí — declarei, assumindo a culpa porque eu era a adulta nessa situação e ela apenas uma criança.

— Eu pensei que lembrava onde o tio Patrick e Jasper estavam, mas me perdi. E quando tentei voltar, acho que fui para o lado errado. Não conseguia ver para onde estava indo e estava muito frio — ela explicou, e meu coração doeu no peito ao imaginar o quão assustada ela devia estar.

— Falaremos sobre isso mais tarde, quando você estiver melhor. Descanse um pouco. — Eu me inclinei e dei um beijo em sua testa.

Thomas se aproximou e me puxou contra o corpo dele. Seus braços fortes me envolveram, e, embora eu quisesse me derreter nos braços dele, senti meu corpo enrijecer.

Ele me virou para encará-lo, os dedos tocando meu queixo. Ele levantou meu rosto e pressionou um beijo contra os meus lábios.

— Amor, eu vejo a guerra nos seus olhos. Sinto isso no seu corpo. Isso não foi sua culpa. Você sabe disso, certo?

Como ele pode ser tão compreensivo?

Ele me afastou da cama de Clara e nos levou para o outro lado do quarto.

— Eu não estava vigiando ela — eu disse simplesmente.

— Ela sabia que sair correndo era errado, mas fez isso mesmo assim. Logicamente, meu cérebro sabia que Clara fugir não era totalmente minha culpa, mas minha parte emocional se recusava a aceitar isso. Que tipo de mãe perde sua filha? Aposto que uma mãe de verdade nunca perderia sua própria criança.

Como Thomas poderia confiar em mim de novo se nem eu conseguia confiar em mim mesma?

— Eu vou passar a noite com ela. Você pode ficar também, mas dá para ver que você precisa de um tempo, pequena fugitiva — Thomas disse, lendo minha mente, como sempre.

— Eu não estou fugindo — menti, porque era exatamente o que eu estava fazendo. Fugindo, o mais rápido e longe possível. — Eu só não gosto muito de mim mesma agora e gostaria de ficar sozinha para processar tudo isso.

— Eu sei. — Ele passou os dedos pela minha bochecha. — Mas não demore muito, ou vamos atrás de você — ele avisou com um sorriso e me deu um beijo forte.

Dei uma última olhada em Clara, grata por ela já estar dormindo enquanto saí do quarto, tirei o adesivo de visitante e o joguei no lixo.

ENFRENTANDO DIFICULDADES

Brooklyn

Clara foi liberada logo de manhã com um atestado de saúde e todos os dez dedos das mãos e pés intactos. Ela teve sorte, e Thomas e eu sabíamos disso. Ele a levou para casa, enquanto eu fui até o Main Street Diner pegar algumas das comidas favoritas de Clara.

Quando cheguei à casa de Thomas, Clara estava cochilando no sofá, com seus tios e avô olhando para ela como se fosse um milagre que eles não quisessem perder de vista.

— Ainda precisa de espaço, pequena fugitiva? — Thomas sussurrou no meu ouvido enquanto eu colocava a comida que tinha comprado na geladeira para mais tarde.

— Para de me chamar assim.

— Nah — ele disse, com a voz brincalhona, como se não tivesse nenhuma preocupação no mundo.

Eu me virei para encará-lo.

— Preciso ir ao escritório e garantir que todos os fornecedores entregaram os materiais para as festas de fim de ano deste fim de semana — eu disse, e ele apenas me olhou como se entendesse completamente.

— Alguém mais pode cuidar disso — ele sugeriu.

— Eles estão todos ocupados montando e fazendo seu trabalho. Esse é o meu.

Minha equipe estava no início de uma temporada de festas muito agitada, e todos nós tínhamos muitas tarefas. Nosso calendário estava cheio de casamentos de inverno, festas de Natal de empresas e muito mais.

— Volte mais tarde? Clara vai querer ver você. — Ele alcançou minha cintura e me puxou contra ele.

Prendi a respiração e evitei olhar nos olhos dele porque eles eram minha perdição.

— Vou voltar — eu disse, mas, honestamente, não tinha certeza.

Thomas se inclinou e me beijou como se eu fosse o ar que ele precisava para respirar. Como se me beijar o mantivesse vivo. E, embora eu ainda sentisse o mesmo por ele, meus beijos eram mais hesitantes. A língua dele tocou a minha, e ele me segurou com tanta força que quase doeu.

— Não vá muito longe, pequena fugitiva — ele disse quando interrompeu o beijo. — Lembre-se, vamos atrás de você se tentar.

— Você é irritante. — Eu sorri pela primeira vez desde que tudo aconteceu.

— Mas você me ama mesmo assim. — Ele sorriu, ainda me segurando firme.

— Amo, sim — admiti, e ele parecia aliviado por eu ter dito isso. — Tenho que ir.

Quando me afastei de Thomas, fiquei um pouco surpresa por ele não ter insistido em me acompanhar ou ter sido superprotetor de alguma forma. O homem simplesmente me deu o espaço que eu precisava. O que eu amava e odiava ao mesmo tempo, se eu fosse honesta.

Dirigi até o resort, respondi a um milhão de perguntas de todos e garanti que Clara estava bem antes de me trancar no meu escritório. Quando avistei o montinho de roupas que Clara tinha deixado no meu sofá ontem, eu desmoronei. Peguei tudo e pressionei contra o meu rosto, respirando o cheiro daquela adorável garotinha. E chorei. Todas as emoções das últimas quinze horas transbordaram de mim. Pensamentos do que poderia ter acontecido preenchiam minha cabeça. Os piores cenários possíveis.

Depois de me recompor, sentei ao computador e verifiquei todas as agendas de entrega dos fornecedores e as faturas antes de descer para as salas de conferências para conferir a montagem e garantir que tudo havia chegado conforme planejado.

As salas estavam deslumbrantes. Luzes e flores faziam o ambiente parecer um país das maravilhas de inverno. Tudo estava como deveria estar, e era extremamente reconfortante saber que eu tinha uma equipe em quem podia confiar quando as coisas ficavam difíceis. Quase parecia que eles nem precisavam de mim. Mas, novamente, eu estava num estado de autoaversão, então fazia sentido que eu pensasse assim, mesmo que não fosse verdade.

Voltei para o meu escritório, e meu coração apertou ao ver as decorações de Natal que eu mal podia esperar para mostrar à Clara ontem. Agora, pareciam manchadas. E eu odiava isso. Não queria me sentir assim em relação a algo tão bonito.

Pegando minhas coisas da mesa e as de Clara do sofá, enviei uma mensagem para Lana, torcendo para que ela não estivesse com a agenda lotada no salão.

> Me encontra no bar? Preciso da minha melhor amiga.

Senti um alívio imediato quando ela respondeu na hora.

> A caminho.

Empurrei as portas pesadas de madeira, agradecida por ver apenas alguns frequentadores habituais no ambiente espaçoso, que nem prestaram atenção em mim quando entrei. Fiquei feliz em ver Bella atrás do bar.

— Brooklyn. — O tom dela estava cheio de preocupação. — Como você está? Como está Clara? Como está Thomas?

— Oi — eu disse, sentando-me ao balcão e jogando minha bolsa no banco ao lado para guardá-lo para Lana. — Está todo mundo bem. Obrigada por avisar Lana ontem à noite. E por entrar em contato com Matthew.

Ela se encolheu ligeiramente, da mesma forma que Matthew havia feito ontem à noite quando ouviu o nome dela, e prometi a mim mesma que um dia descobriria qual era o problema entre eles.

— O Matthew está bem? — ela perguntou, e dava para ver que se importava com ele.

— Acho que sim. Ele está na casa do Thomas agora. Todos estão.

Vi quando ela engoliu seco antes de perguntar:

— Estamos esperando pela Lana?

— Sim — respondi bem na hora em que minha melhor amiga entrou saltitando no salão, como se sua presença fosse um presente para todos ali.

Levantei da cadeira e a abracei. Foi bom.

— Você está bem, Brooky. Tudo vai ficar bem. — Ela passou a mão pelas minhas costas, acariciando meu cabelo repetidamente, como se tentasse me acalmar.

Vale a pena se apaixonar

— Não parece que está tudo bem — admiti, enquanto ela movia minha bolsa para o lado e sentava no banco.

— Fale com a gente — Lana disse, incluindo Bella na conversa, e honestamente, eu não me importei nem um pouco.

Soltei um suspiro e tentei segurar as lágrimas. Era irritante como elas pareciam cair sem parar. Sabia que ninguém me culpava por estar emocionalmente abalada com a situação, mas mesmo assim, eu deveria ter um pouco mais de autocontrole.

Bella começou a misturar, medir e agitar algo sem perguntar, e eu esperava que fosse para nós. Observei enquanto ela derramava a mistura em três taças de martini antes de entregá-las cuidadosamente para nós, incluindo ela mesma.

— Bebendo no trabalho, Bella?

— Acho que hoje é um daqueles dias que merecem isso. — Ela deu de ombros, e eu nunca a tinha visto ser tão rebelde antes.

Lana pegou a dela tão rápido que o líquido transbordou pela borda, derramando em sua mão. Bella lhe entregou um guardanapo antes mesmo de ela pedir.

— O que você fez para nós? — Lana perguntou.

— Um martini de *chai*. Está no menu de inverno. Provem e me digam se está bom antes de eu liberar para o público. — Bella fez uma careta enquanto eu tomava um gole cuidadoso, tentando não derramar como Lana.

— Meu Deus, Bella. Está delicioso. Eu amo o sabor. Tão natalino — falei, antes de dar um gole grande demais.

— Isso é perfeição em um copo — Lana disse. Ela tomou tudo de uma vez e bateu o copo vazio no balcão.

— Não é para ser ingerido assim, Lana. — Bella balançou a cabeça antes de começar a preparar outro, o que presumi que fosse para minha melhor amiga.

— O que posso dizer? Não acredito em bebericar — ela disse.

Eu realmente ri. Foi bom rir de novo.

— Agora você pode parar de evitar a pergunta, Brooky. O que está acontecendo nessa sua cabeça?

Bella se inclinou no balcão, me dando toda a sua atenção, enquanto outro barman trabalhava ao redor dela, servindo bebidas para o resto das pessoas no salão.

— Eu não sei tudo o que aconteceu, então nem sei por que você está chateada para começar.

— Porque eu perdi Clara ontem. — Olhei nos olhos dela enquanto dizia isso, e ela inclinou a cabeça para trás em descrença.

— Como você a perdeu? Ela não é um cachorro — Bella perguntou genuinamente.

— Eu atendi a uma ligação do trabalho e me afastei. Quando voltei, ela havia sumido. Se eu nunca tivesse saído, ela não teria se afastado. Aposto que a mãe verdadeira dela nunca teria tirado os olhos da filha ou a deixado se perder na neve e quase morrer.

Bella riu. Uma risada alta, do tipo que chama a atenção de todos, algo que eu não gostei.

— Não sei como isso é engraçado — resmunguei, empurrando meu copo para longe, de repente muito irritada para apreciá-lo.

Bella o empurrou de volta para mim.

— Brooklyn, eu costumava me esconder da minha mãe o tempo todo. Não importava o quanto ela tentasse me vigiar; no segundo que ela se virava, eu saía correndo. No supermercado. Estacionamentos. No shopping. Eu me escondia dela constantemente. Ela gritava meu nome, e eu ainda não saía do meu esconderijo. Eu achava engraçado me enfiar no meio de um cabide de roupas enquanto ela me procurava desesperada.

— Você é malvada — decidi.

— Acho que era normal. Você nunca se escondeu da sua mãe? — Bella perguntou.

Percebi que não tinha feito isso. Pelo menos, não que eu me lembrasse.

Lana colocou a mão no meu braço, e eu me virei para ela.

— Você acha que não pode ser uma boa mãe para a Clara porque não deu à luz a ela? — Ela esperou alguns segundos para que eu respondesse, e como não o fiz, continuou: — Você é a única mãe que ela conhece. Você ama aquela garotinha, e ela te adora. Eu não entendo nada sobre ser mãe, mas sei que você está sempre pensando no que é melhor para a Clara. Você a inclui nos seus planos. Você nunca fala sobre o futuro sem incluí-la. E acho que isso é exatamente o que uma mãe de verdade faz.

Engoli em seco, sentindo um nó na garganta.

— Eu queria ser melhor para ela. Para o Thomas. Sinto que realmente estraguei tudo ontem.

Bella colocou outra bebida na frente da Lana, mas desta vez em um copo diferente. Lana olhou para o copo.

— É a mesma coisa. Só que em um copo que você não vai derramar. Tente não beber tudo de uma vez desta vez.

Vale a pena se apaixonar

233

— Sem promessas — Lana disse. Ela tomou um grande gole, bebendo metade do líquido de uma vez.

— Então, já estabelecemos que você é uma boa mãe. Porque você é. E assim como qualquer mãe faria, você está se culpando porque passou por um susto ontem.

— O Thomas está te culpando? — Bella perguntou, de repente, estreitando os olhos como se a simples ideia a irritasse.

— De jeito nenhum. Ele está sendo muito bonzinho em relação a tudo — respondi enquanto terminava minha primeira bebida.

— Ele está sendo sensato — Bella disse, com a expressão mais calma. — Isso parece com o Thomas.

— Ele não deveria ser sensato quando se trata da filha dele — retruquei.

— O que você quer que ele faça? Termine com você porque a filha dele saiu correndo e se perdeu? — Lana perguntou, claramente se sentindo ousada depois de suas duas bebidas.

— Meio que sim. — Achei que talvez estivesse sendo um pouco ingênua ou estúpida, mas estava tão brava comigo mesma que precisava que Thomas ficasse bravo comigo também.

— Pare com isso. Ele te ama. Ele entende que, às vezes, merdas acontecem. Estou realmente impressionada que ele não te culpou. — Lana bateu a mão no balcão.

— Você está impressionada com isso?

— Claro que sim. Você sabe que quando os caras ficam assustados, eles ficam zangados e agressivos. É o mecanismo de defesa idiota deles. E Thomas não fez isso. Ele manteve a cabeça fria. Isso é impressionante. Você deveria agradecê-lo com uma noite quente e lhe dar mais filhos.

Okay. Minha melhor amiga claramente estava bêbada.

— Para eu poder perdê-los também? — perguntei, parecendo uma idiota, mas não consegui me controlar.

— Já chega desse sentimento de autoaversão — Bella disse, irritada, enquanto terminava sua bebida também. Se continuássemos assim, todas nós estaríamos bêbadas. Seria como o primeiro dia em que esbarrei no peitoral de aço do Thomas, de novo.

— O Thomas te ama. Ele é um homem adulto. Em vez de ficar aqui se lamentando porque ele não está bravo com você por algo que você não fez, você deveria estar agradecida pela maturidade dele. Acho que você está acostumada a relacionamentos com caras imaturos. Hora de subir ao nível do Thomas e enfrentar isso de cabeça erguida.

Essa garota de vinte e dois anos acabou de me dar uma lição de moral que eu não esperava. Aliás, não me lembro de ter ouvido Bella xingar antes.

— Eu concordo com a Bella. — Lana estava digitando furiosamente no celular sem parar.

— Odeio vocês duas — murmurei, porque as palavras delas soavam tão verdadeiras e me atingiram direto no estômago, fazendo meu corpo inteiro ficar tenso. — Pra quem você está mandando mensagem, afinal?

— Sven — ela respondeu, mas dava para ver que estava mentindo. Lana não conseguia parar de sorrir. Sempre que ela mandava mensagem para o marido, tinha um sorriso bobo no rosto. Isso era diferente. Ela estava tramando algo.

Bella se afastou para preparar algumas bebidas para outros clientes antes de voltar para nós. Ela estava misturando outra bebida, mas desta vez só serviu duas taças. Uma para mim e outra para Lana.

— Covarde — provoquei.

— Não consigo beber mais uma, ou vou desmaiar atrás do balcão e vocês nunca mais vão me ver.

Respirei fundo, me sentindo melhor do que quando cheguei. Bem a tempo de ver os quatro homens O'Grady entrando no salão como se fossem os donos do lugar, com a pequena Clara e Jasper logo atrás.

Alguns homens mais velhos gritaram, e vi o Sr. O'Grady se separar dos filhos e ir em direção a uma mesa cheia de homens que ele provavelmente conhecia.

— Você não pode trazer a Clara para o bar, Thomas. — Os olhos de Bella se arregalaram, como se ela fosse ser demitida por ter uma criança de oito anos dentro do estabelecimento, que literalmente era monitorado apenas pelo dono, e duvido muito que ele se importasse.

— Vai ser só por um segundo, Bella. Prometo — Thomas disse enquanto seus olhos se fixavam nos meus.

— E, Patrick! O cachorro. Qual é… — Bella parecia exasperada, como se estivesse prestes a jogar a toalha proverbial.

Observei enquanto os grandes olhos castanhos de Clara absorviam o salão de todos os ângulos, como se ele fosse mágico e misterioso em suas ripas de madeira. Juro que nunca tinha visto aquela expressão no rosto dela antes.

— Eu disse que ela estava aqui. — Matthew se abaixou enquanto apontava para onde eu estava sentada, e a atenção de Clara de repente se focou em mim.

Vale a pena se apaixonar   235

— Mamãe! — ela gritou antes de correr e pular no meu colo. — Senti sua falta.

— Também senti sua falta.

— Então, por que você não estava na nossa casa quando eu acordei? Gosto quando você está lá.

Ela inclinou a cabeça para o lado e esperou minha resposta.

— Acho que a Brooklyn prefere ficar ao meu lado — Matthew disse com uma risada, e vi Thomas lançar um olhar ameaçador para o irmão.

Esses dois.

Thomas foi até Lana e agradeceu pelas mensagens.

Traíra. Eu sabia que ela não estava falando com Sven, mas nunca imaginei que estivesse se comunicando com Thomas. Eu nem sabia que ela tinha o número dele, mas deveria ter imaginado o quão engenhosa minha melhor amiga podia ser.

— Já estava na hora de você chegar. Acho que consertamos ela pra você. Ela quebra de vez em quando, mas você só precisa juntá-la com lógica e outras coisas — Lana disse, acenando em minha direção, como se isso fosse algo que eu sempre fizesse.

Será?

— Você está consertada, amor? — Thomas perguntou antes de acrescentar: — Já parou de se odiar por algo que não fez?

— Eu não suporto o quanto você me conhece bem — resmunguei, mas Clara apertou minhas bochechas com as mãos, deixando meus lábios engraçados. — Ou o quão compreensivo você é — tentei dizer, mas saiu mais como: *uaoo rompeesivo oce é.*

— Você nos ama, mamãe. Assim como nós amamos você. O papai disse que era hora de vir te buscar — ela disse, beijando minha bochecha antes de soltar meu rosto.

— Ele disse, foi? — perguntei à garotinha que eu amava como se fosse meu próprio sangue.

— Isso mesmo.

— Hora de você se mudar para a nossa casa — Thomas anunciou como se fosse a coisa mais natural e esperada do mundo. E também como se eu não tivesse escolha no assunto.

— O quê? Eu perco sua filha e você me pede para me mudar para sua casa?

— Você não a perdeu, Brooklyn. Ela saiu correndo — ele enfatizou.

Meu homem maduro, lógico e de coração doce.

— Você realmente confia em mim para mantê-la segura? — sussurrei por cima da cabeça de Clara, sem querer que ela ouvisse essa parte da conversa, mas sabendo que provavelmente ouviria de qualquer forma.

— É meu trabalho manter vocês duas seguras — ele disse, com um tom sério.

— Porque eu não sou confiável.

— Não, amor. Porque eu não consigo viver sem você.

— Nem eu — Clara acrescentou com um sorriso, obviamente ouvindo cada palavra.

— Por favor, acabe com meu sofrimento e diga sim, Brooklyn — Patrick interveio do outro lado de Lana, com Jasper sentado como um bom menino ao seu lado. — Não consigo lidar com meu irmão reclamando pelos próximos seis meses — ele disse, e eu não sabia se ele estava brincando ou não.

Thomas não reclamava.

— Acabe com o sofrimento de todos nós — o Sr. O'Grady apareceu de repente atrás de mim, acrescentando sua opinião, enquanto Matthew e Bella se encaravam, trocando olhares em uma conversa secreta que só os dois podiam ouvir. Eu me perguntei se alguém mais notava. — Você vai acabar morando lá de qualquer jeito. Por que esperar? Todo dia é um presente, Brooklyn.

Por que esperar, de fato?

— Você precisa de ajuda para empacotar? — Matthew perguntou, como se tivesse sentido minha mudança imediata de opinião sobre o assunto.

Olhei para Bella, que estava se ocupando atrás do balcão e já não observava cada movimento de Matthew, e percebi que talvez ela estivesse apaixonada por ele.

Uma resposta sarcástica estava na ponta da minha língua, mas eu só diria para ser difícil, não porque realmente quisesse, então engoli.

Fiquei chocada com o quanto eu queria dar esse próximo passo. Como parecia a coisa certa a fazer, mesmo com todas as minhas inseguranças sobre o que significava ser uma boa mãe ou o quão rápido meu relacionamento com Thomas tinha avançado. Nada disso importava. A única coisa que importava era que nós três estávamos juntos e felizes.

O Sr. O'Grady estava certo quando disse que cada dia era um presente. O tempo não era garantido. Parecia quase desrespeitoso agir como se fosse. Especialmente quando Thomas havia aprendido, ainda tão jovem, que não era. Assim como seu pai. Ambos sofreram. Como poderia esquecer tudo o que eles perderam e agir como se Thomas não quisesse agarrar nosso relacionamento com as duas mãos, como se fosse algo precioso e frágil?

— Na verdade, não tenho muito para empacotar — finalmente admiti, sem saber para qual O'Grady olhar. — A maioria das minhas coisas já está na casa de qualquer maneira.

O apartamento que eu estava alugando era todo mobiliado, e a maior parte das minhas roupas já estava no closet da casa de Thomas. Provavelmente eu tinha uma mala de coisas para levar, e só.

— Bem, meu trabalho aqui está feito — Lana bateu palmas, parecendo exatamente como Matthew naquela vez.

— Bem-vinda à família, Brooklyn. Já estava na hora, cacete — o Sr. O'Grady me deu um abraço que incluiu Clara, já que ela ainda estava no meu colo.

— Palavra feia, Pops! Vamos para casa, mamãe — Clara disse, enquanto se levantava do meu colo e os pezinhos tocavam o chão.

— Pronta para ir, pequena fugitiva? — Thomas sussurrou no meu ouvido.

Ele me beijou, e finalmente senti meu corpo derreter em seu toque, como sempre acontecia antes, e soube que eu ia ficar bem.

Que nós três íamos ficar bem.

— Obrigada — disse quando nos separamos.

— Pelo quê — Seus olhos azuis brilhavam com tanto amor quando ele me olhava que me perguntei como eu poderia duvidar de qualquer coisa que esse homem sentia por mim.

— Por ser paciente comigo. Por não ficar bravo. Por entender que, às vezes, eu fujo, mas prometo que sempre voltarei.

Ele me puxou, e fiquei ali, pressionada contra seu peito.

— Eu sei que vai. Mas acabou esse negócio de fugir, amor. Não há mais sentido nisso. Se quiser correr para algum lugar, que seja direto para os meus braços.

Como eu vivi sem esse homem ao meu lado?

FELIZES PARA SEMPRE

Brooklyn

Já fazia duas semanas que eu estava morando com Thomas e Clara. Era uma felicidade total. Decoramos a casa para o Natal e até cortamos nossa própria árvore, algo que eu não fazia desde que era criança. Tinha me esquecido de como o cheiro de uma árvore de Natal era maravilhoso.

Clara amava cada coisa que fazíamos em casa. Sua alegria era tão pura que me preenchia de felicidade. Eu estava grata por tudo o que ela havia passado não ter estragado o feriado para ela completamente. Pelo contrário, parecia que isso não tinha tido efeito algum sobre ela. Ela nem sequer mencionava.

Eu, por outro lado, era um trabalho em progresso. Soava dramático, mas o trauma tinha uma maneira de se enraizar em seu corpo, quer você quisesse ou não. Eu não conseguia deixar de associar as decorações com o que havia acontecido naquela noite. Cada dia era um pouco melhor que o anterior, mas eu sabia que nunca haveria um momento em que eu não lembrasse do que passamos ou do puro terror que senti.

— Quase pronta para ir, amor? — Thomas entrou no nosso quarto, onde eu estava dando os toques finais na maquiagem.

Virei-me para ele.

— Sim. A Clara está vestida?

— Vou verificar.

Ele me deu um beijo, sua língua deslizando na minha, me fazendo gemer. Minhas mãos se entrelaçaram em sua nuca. As dele deslizaram para minhas costas, descendo até minha bunda, apertando e massageando.

Eu o senti ficar excitado, e lutei contra o desejo de me ajoelhar. Nossos corpos se moviam juntos, nossas bocas em perfeita sintonia. Beijar Thomas era erótico e completamente excitante. Quando ele interrompeu o beijo e deu um passo para trás, perdi o equilíbrio. Meu corpo sempre parecia ceder ao dele, mas ele me segurou com facilidade, garantindo que eu ficasse de pé enquanto ajustava a situação em suas calças.

— Você sabe que eu vou me casar com você, certo? — ele disse do nada, e eu comecei a tossir.

— Thomas. — Bati no meu peito com a palma da mão.

— Não estou te pedindo em casamento agora. Mas vou pedir. Um dia, mais adiante. Então é melhor começar a se preparar mentalmente para dizer sim. — Ele sorriu, aqueles olhos azuis brilhando enquanto me olhava.

— Não preciso me preparar mentalmente. — Comprimi os lábios, desafiadora, imitando suas palavras.

— Está tentando me fazer te pedir em casamento já, pequena fugitiva? — O apelido de alguma forma pegou, e eu nem podia reclamar, porque achei fofo.

— Não — respondi um pouco rápido demais. — Mas quando você pedir, estarei pronta. — Tentei soar confiante.

Ele riu.

— Você vai ficar morrendo de medo.

— Mas ainda assim vou dizer sim — admiti, basicamente confirmando que sua avaliação estava certa.

— Você é minha para sempre, pequena fugitiva. Nunca vou te deixar ir embora.

— É bom mesmo. — Empurrei seu peito, mas ele nem se moveu. — Maldito peito de pedra.

— Quer escalar montanhas mais tarde? — ele perguntou com uma piscadela, e eu contive o riso enquanto o desejo inundava meu corpo.

— Com toda a certeza. — Eu praticamente salivei com a ideia.

Sexo com Thomas era alucinante. Emocional. Uma conexão que eu nunca soube que era possível entre duas pessoas. Eu o desejava constantemente. Não fazia ideia de que poderia ser assim entre nós. Definitivamente não tinha sido assim com meu ex-marido.

Falando em Eli, Lana me contou outro dia que ele estava namorando sério uma garota com quem estudamos no colégio, e tudo que eu conseguia pensar era que agora ele era o problema dela. Meu primeiro casamento honestamente parecia ter sido em outra vida. Algo que eu tinha que me esforçar para lembrar porque estava tão distante disso. Era estranho pensar como meu ex e aquela época da minha vida raramente cruzavam minha mente.

— Você pode ir verificar se nossa filha está vestida? — falei, e Thomas parou no meio do caminho.

— Diz isso de novo — ele exigiu, a voz ofegante, e percebi que era a primeira vez que eu chamava Clara assim para outra pessoa além de mim mesma.

Assumir Clara como minha sempre parecia um pouco errado, considerando que ela era da Jenna. E eu nunca quis manchar a memória de sua mãe biológica ou fazer alguém sentir que eu estava tentando substituí-la. Mas ontem de manhã, na escola, eu chamei Clara de minha enteada depois que alguém perguntou, e Clara interrompeu e disse à mulher que ela era minha filha de verdade.

Aparentemente, Clara não gostava da palavra "enteada" e não queria que eu a chamasse assim. Nós duas concordamos que Clara era tanto minha quanto de Jenna. Eu só ainda não tinha contado a Thomas sobre nossa conversa. Ele me distraiu na noite passada com todas as coisas que gostava de fazer com meu corpo. E eu não estava prestes a interromper isso. Era bom demais. E eu estava disposta demais.

— Pode, por favor, ir buscar nossa filha? — repeti, mas achei que ele fosse rasgar minhas roupas.

— Essa é a coisa mais sexy que já ouvi você dizer, amor. — Sua voz era praticamente um rosnado, e eu considerei tirar minhas roupas para ele. — Eu te amo pra caralho.

— Eu também te amo — respondi antes de me virar para o espelho, em vez de encarar aqueles olhos cheios de desejo. — Agora, deixa eu terminar de me arrumar para podermos ir.

Ele desapareceu com um sorriso satisfeito no rosto.

O trajeto até a casa de Patrick foi cheio de músicas de Natal e muita cantoria desafinada. Minha vida havia se transformado em algo tão bonito que eu nem teria pensado ser possível um ano atrás. Eu tinha avançado muito desde onde estava.

Paramos na longa entrada, que tinha bonecos de neve coloridos alinhando cada lado, e quando a casa finalmente apareceu à vista, eu arfei alto. A própria casa de Patrick era uma obra de arte, mas vê-la decorada para o Natal era ainda mais impressionante. E o mais irônico era que ninguém podia apreciar tudo o que ele havia feito. Nada era visível da estrada, exceto pelos pequenos bonecos de neve.

— Olha todas as luzes — comentei, apontando-as para Clara enquanto meu coração se enchia de alegria, em vez de apreensão.

Isso é uma coisa boa, pensei comigo mesma.

Cada janela estava emoldurada com guirlandas iluminadas. Havia laços vermelhos ao redor das coroas que pendiam no centro de cada uma. E subindo a enorme escadaria até a porta da frente, mais guirlandas e mais dos laços vermelhos combinando.

O telhado tinha luzes brancas que se estendiam desde a frente da casa até os fundos.

Até mesmo a oficina independente de Patrick estava decorada para combinar.

— Acho que o Patrick ganhou — declarei assim que Thomas estacionou o carro.

— Ganhou o quê?

— O concurso de decoração que eu nem sabia que estávamos fazendo. — Desci do carro e abri a porta de Clara.

— É o primeiro Natal dele nesta casa. Acho que ele só quer que seja especial — disse Thomas, mas minha intuição feminina me dizia que havia mais por trás disso.

— Talvez ele tenha feito algo extra especial para mim, mamãe? Já que eu tenho um quarto aqui — Clara disse de maneira muito natural, e, bem, talvez ela estivesse certa. Talvez Patrick tivesse feito tudo isso para sua sobrinha.

Quando batemos à porta da frente, Jasper começou a latir, e Patrick gritou para entrarmos. Jasper nos cheirou, a mim e a Thomas, antes de correr diretamente para sua garota favorita, Clara.

Ela riu e o acariciou na cabeça enquanto ele permanecia ao seu lado, empurrando-a levemente com o nariz.

Entramos e fomos recebidos por um cenário ainda mais incrível. Luzes. Árvores.

Guirlandas. Mais laços vermelhos. Meias de Natal. Mas, enquanto tudo do lado de fora era branco e nítido, tudo dentro estava repleto de cores vibrantes.

— Sua casa está incrível, Patrick. Foi você quem decorou ou contratou alguém? — perguntei.

Matthew, que já estava na cozinha, tomando uma cerveja, riu.

— Contratar alguém? Você acha que meu irmão pagaria alguém para fazer algo que ele mesmo pode fazer? Mesmo que levasse dez vezes mais tempo? — Matthew se levantou e me puxou para um abraço. — Bom te ver, mana.

— Você também — falei enquanto nos separávamos e eu me virava para Patrick. — Então, quer dizer que você fez tudo isso sozinho? — perguntei, vendo-o colocar mais um tronco na lareira já em chamas.

— Eu gosto do Natal — ele disse como se não fosse nada demais, mas só o lado de fora deve ter levado dias para decorar. E agora, vendo o interior, este também deve ter levado dias para ficar pronto.

— Onde está o Pops? — Clara perguntou.

— Acho que ele está vendo seu quarto — Patrick comentou com uma piscadela, e ela gritou e riu.

— Pops! Você está no meu quarto? — ela berrou conforme corria escada acima em direção ao mezanino aberto.

— A casa está ótima, irmão — Thomas deu um tapinha nas costas de Patrick, que apenas assentiu.

— Quer uma bebida? — Patrick perguntou a Thomas, esperando sua resposta.

— Eu aceito uma cerveja. Quer alguma coisa, amor? — Thomas perguntou a mim.

— Vinho? Deveríamos ter trazido uma garrafa. Você tem vinho, Patrick? Se não, aceito uma cerveja também — falei, mesmo odiando cerveja. O que eu estava pensando?

Matthew riu de novo.

— Tem uma adega no porão.

— Pare de rir de mim. Como eu poderia saber disso? — reclamei.

— Vou escolher uma garrafa. Tinto ou branco? — Patrick perguntou enquanto se afastava antes mesmo que eu respondesse.

— Tinto — eu disse, e o Sr. O'Grady começou a descer as escadas do mezanino.

— Também voto no tinto — ele disse, e sorrimos um para o outro.

Comecei a andar pela casa, observando todos os pequenos detalhes. Não conseguia acreditar que Patrick havia construído tudo aquilo sozinho.

Vale a pena se apaixonar

Em um dos corredores, vi um calendário na parede que não fazia sentido. Estava marcado em intervalos estranhos, abrangendo o que parecia ser cinco anos, e algumas datas estavam riscadas, enquanto outras permaneciam intocadas. Estava estudando aquilo um pouco mais de perto quando Patrick apareceu atrás de mim.

— Desculpe. Não estava tentando bisbilhotar — disparei, me sentindo como se tivesse feito algo errado. — Que tipo de calendário é esse? Algo sobre construção? — Tentei adivinhar.

— Claro — ele disse, mas eu sabia que não era verdade.

Patrick sempre foi um pouco reservado. Ou talvez fosse apenas mais quieto que os irmãos.

— Não, sério, o que é? O que está marcando? O celeiro de casamentos? — Olhei de novo. — Não, isso não faz sentido — corrigi, porque as datas não riscadas iam muito além do tempo necessário para terminar o celeiro.

— Não é o celeiro, Brooklyn. Não se preocupe. É uma besteira — ele declarou, e eu percebi que aquele calendário estava marcando algo sobre o qual ele não queria falar.

— Patrick.

— Apenas deixe pra lá. Acho que ela não vai voltar mesmo — ele murmurou, e soube instantaneamente que estava falando de sua ex-namorada, Addison.

Ele se afastou, cabisbaixo, e meu coração se partiu por ele. Eu gostaria de conhecê-la melhor ou ter sido amiga dela para, naquele momento, implorar para que ela voltasse para casa.

Patrick nunca superaria Addison. E, depois de vê-los juntos no colégio e observar o amor que compartilhavam, eu entendia completamente o porquê. Eles sempre foram diferentes, de alguma forma melhores que o resto de nós. Mais maduros, talvez. Mesmo naquela época, eu sabia que o que eles tinham era raro e que a maioria das pessoas nunca encontrava o tipo de amor que eles compartilhavam.

O que eu não entendia era como Addison pôde ter se afastado dele e nunca mais voltar. Eu me perguntava se ela era tão triste e solitária quanto ele. E, honestamente, eu meio que esperava que fosse.

Todos os meus homens O'Grady mereciam um final feliz. Eu estava grata pelo que eu tinha encontrado. Só não tinha certeza de como Patrick encontraria o dele sem Addison.

Fim

OBRIGADA!

Espero, de verdade, que você tenha adorado meu primeiro romance de cidade pequena, o primeiro de uma série! Eu adorei escrever esta história, e dizer que estou meio obcecada pelos irmãos O'Grady é um fato. Uma coisa aprendi durante os últimos meses enquanto lia uma punhado de romances no mesmo estilo: como eles são radiantes. Pelo menos, era assim que eles me faziam sentir enquanto estava lendo... e, definitivamente, como me senti ao escrever este aqui.

Obrigada, querida leitora, por seguir junto comigo na minha jornada como autora. Sinto que nunca serei grata o suficiente e você é a total razão de eu continuar escrevendo.

Por favor, atente-se ao fato de que o Bar (Saloon), com o teto de vidro e as mulheres se balançando de um lado ao outro do teto, foi realmente inspirado em um local chamado *Aunt Chilada's*, no Arizona. É uma joia local, com comida maravilhosa e história ainda mais maravilhosa ainda. Dê uma olhadinha online, ou vá visitar... garanto que não irá se arrepender.

A The Gift Box é uma editora brasileira, com publicações de autores nacionais e estrangeiros, que surgiu no mercado em janeiro de 2018. Nossos livros estão sempre entre os mais vendidos da Amazon e já receberam diversos destaques em blogs literários e na própria Amazon.

Somos uma empresa jovem, cheia de energia e paixão pela literatura de romance e queremos incentivar cada vez mais a leitura e o crescimento de nossos autores e parceiros.

Acompanhe a The Gift Box nas redes sociais para ficar por dentro de todas as novidades.

 www.thegiftboxbr.com

 /thegiftboxbr.com

 @thegiftboxbr

 @GiftBoxEditora